VOM ZANDIANER GERETTET

RENEE ROSE

STEPHANIE KOTZ

Übersetzt von
REBEL WEST

RENEE ROSE ROMANCE

RENEE ROSE: HOLEN SIE SICH IHR KOSTENLOSES BUCH!

Tragen Sie sich in meine E-Mail Liste ein, um als erstes von Neuerscheinungen, kostenlosen Büchern, Sonderpreisen und anderen Zugaben zu erfahren.

https://www.subscribepage.com/mafiadaddy_de

OHNE TITEL

Vom Zandianer gerettet

Menschen lügen.
Diese Lektion habe ich auf die harte Tour gelernt.
Ich dachte, ich hätte eine Gefährtin gefunden, aber sie verriet uns alle.
Das wird mir kein zweites Mal passieren.
Nicht einmal dann, als ich Sia und vier andere Weibchen dem Sterben nahe auf einem toten Planeten finde.
Auch dann nicht, als das attraktive Weibchen meiner Fürsorge übergeben wird.
Sie ist nicht ehrlich in Bezug auf die Dinge, die sie weiß.
Doch mithilfe von etwas Druck und einer kleinen Bestrafung werde ich sie womöglich zum Reden bringen.
Ich werde sie lehren, mir zu gehorchen,
und all ihre Geheimnisse in Erfahrung bringen.
Denn jeder Mensch braucht einen Meister.
Außerdem werde ich nicht zulassen, dass sie sich an einen anderen bindet.

Sia gehört jetzt mir.

PROLOG

Sia

„Du musst dich ab jetzt vor mir verantworten." Der zandianische Krieger, der mich vor dem Tod bewahrt hat, lächelt, in seinem Blick lauert jedoch ein dominantes Funkeln. Das sorgt dafür, dass sich Gänsehaut auf meinem Körper ausbreitet.

Mein neuer Meister mag eindeutig Kontrolle.

Ich war noch nie eine Lustsklavin, doch etwas an seinem Blick – oder vielleicht sind es auch die breiten Schultern und lilafarbene Haut – entzündet ein Leuchtfeuer des Verlangens in mir.

Wird er mich bitten, ihm Lust zu bereiten?

Aus irgendeinem wilden Grund hoffe ich darauf.

Mein Körper sehnt sich nach diesem mächtigen Krieger, wie ich noch nie zuvor ein Männchen begehrt habe. Okrezianer – die Spezies meines vorherigen Meisters – sind widerwärtige Wesen, dieses gehörnte Männchen ist allerdings außergewöhnlich. Leidenschaftlich. Wunderschön.

„Immerhin hast du selbst nach mir verlangt." Seine Hörner scheinen sich in meine Richtung zu neigen.

1

„Das stimmt." Alles, was geschah, seit wir von den Okrezianern geschlagen und zum Sterben auf einem toten Planeten zurückgelassen wurden, ist in meinem Gedächtnis ein verschwommenes Durcheinander, doch daran erinnere ich mich. Ich bin aufgewacht und wollte nur ihn. Ich wollte seine Arme wieder um mich herum und seine großen Finger auf meiner Haut spüren. Ich wollte das tiefe, beruhigende Grollen seiner Stimme hören. Meine Wangen werden warm.

„Also gehörst du fürs Erste mir. Meine Aufgabe als dein Meister besteht darin, dich zu beschützen und bei deiner Genesung zu helfen, für deine Sicherheit zu sorgen und deinem Gedächtnis auf die Sprünge zu helfen. Außerdem muss ich sicherstellen, dass du dich gut in Zandia einlebst und deine Rolle hier akzeptierst."

Er zieht eine glatte, fast haarlose Braue hoch. „Du wirst mir gehorchen. Wir sind hier auf Zandia nachsichtige Meister und erlauben unseren Menschen viele Freiheiten. Allerdings unterstehst du meiner Obhut."

In meinem Bauch flattert es. Nicht aus Angst, sondern wegen einer neuen und andersartigen Empfindung. „Ich verstehe."

„Tust du das?" Ein Lächeln zupft an seinen Lippen – ein dunkles und gefährliches Lächeln.

Meine Nippel kribbeln. Was im Namen aller Sterne ist mit mir los? Ich habe mich noch nie zuvor so gefühlt. „Ich werde gehorchen."

„Das wirst du." Er gluckst und meine Mitte verkrampft sich. „Wenn nicht haben zandianische Meister Methoden, um ihre Menschen gefügig zu machen."

Aus irgendeinem Grund registriere ich diese Worte nicht als Bedrohung, sondern als Anspielung, als Necken. Vor allem als er innehält und mir ins Ohr flüstert: „Du wirst schon sehen."

Als mich seine Lippen streifen, durchfährt mich ein elektrisierender Blitz. Er hat jetzt meine gesamte Aufmerksamkeit. Es ist beinahe so, als wären wir durch ein unsichtbares Kabel verbunden.

Es ist fast so, als würde er die Vorstellung genießen, mich zu bestrafen.

Meine Lippen teilen sich, meine Innenschenkel zittern. „Was meinst du?" Ich schmelze dahin. Mein Körper will etwas, was ich noch nie hatte. Ich mag diese neue Empfindung nicht nur, ich verzehre mich danach.

„Wir haben einzigartige Methoden, um einen Menschen an einen Meister zu binden", raunt er. „Mach dir keine Sorgen ... die meisten Menschen genießen diese Methoden genauso sehr wie wir."

Er streichelt mit seinem Fingerknöchel über die Seite meines Gesichts. „Doch fürs Erste lass uns herausfinden, was du brauchst, um wieder zu Kräften zu kommen. Warte hier."

„Mir bleibt ja ohnehin nichts anderes übrig", brumme ich. Woher ist das gekommen? Ich weiß es besser, als frech zu werden. Allerdings will ihn irgendetwas in mir auf die Palme bringen. Ich weiß nicht einmal warum – vielleicht hat es mit dieser Empfindung zu tun, die seine Lippen in meiner Mitte entzündet haben. Ich will mehr davon.

„Die richtige Antwort", er nimmt mein Kinn in die Hand und hält es fest, „lautet *ja, Meister*."

Ich blinzle zu ihm empor. Sein Griff ist nicht im Geringsten schmerzhaft, sondern herrisch und bestimmt.

„Sag es, Sia", verlange ich. „Ich brauche deinen Gehorsam. Jetzt. Und jedes Mal, wenn ich ihn verlange."

KAPITEL EINS

EINE PLANETENROTATION FRÜHER ...

Planet: Simak 14

Sia

Schmerz explodiert in meiner Wange.

Das warzige Gesicht der okrezianischen Wache verzieht sich vor Wut, als sie sich nach unten beugt. „Dumme Sklavin. Warum hast du uns nicht erzählt, dass ihr nicht das Lustgeschenk wart?" In der Bösartigkeit schwingt auch eine Note der Panik mit. „Jetzt fehlen uns die Sklaven, die wir brauchen. Es ist eure Schuld!" Sein stinkender Atem wabert wie der Gestank einer aufgedunsenen Leiche über mich. Bald werde ich ebenfalls eine Leiche sein, wenn er seinen Angriff nicht unterbricht.

„Bitte", krächze ich, während meine Sicht verschwimmt. „Wir wussten es nicht. Es tut mir leid." Er hat mich zur Sprecherin der Gruppe ernannt und ich leide, weil ich ihm nicht die Antworten geben kann, die er will.

Als er knurrt, wird meine Furcht noch größer. Ich improvisiere: „Ich werde es besser machen!" Meine Kehle ist ausgedörrt, aber ich quieke die Worte in der Hoffnung, die

5

magische Kombination an Lauten zu finden, die ihn dazu bringen, uns nicht mehr wehzutun. Meine vorherigen Erklärungen „Sklaven gehen dorthin, wohin sie befohlen werden" und „Du hast uns befohlen, die Frachtmaschine zu betreten, also sind wir gegangen" haben mir nur Schläge in mein Gesicht und Tritte in meinen Magen eingehandelt, weshalb mir nichts anderes als Entschuldigungen bleiben.

„Ich kann dich nicht verstehen." Seine grau-grüne Haut ist mit Furunkeln übersät – ich kann sie sehen, obwohl mein Sichtfeld kleiner wird, als würde ich in ein Loch schauen. Er zieht sein Bein zurück, woraufhin ich wimmere und mich zu einem Ball zusammenrolle. Der Tritt zielt jedoch auf meinen Kopf ab. „Bitte!", heule ich, als ein sengender Schmerz in meinem Schädel explodiert und durch meinen Hals in all meine Nerven knistert. Das Implantat muss sich gelockert haben … er wird gleich …

Plötzlich weiß ich, was ich sagen muss, und trotz der Schmerzen in meinem Kopf, schreie ich: „Stopp! Ich bin Alpha 2! Ein Experiment! Wir sind Alpha 2!"

Der Angriff endet. „Aufhören!" Die Stimme der zweiten Wache klingt angespannt und es ertönen die Geräusche einer kurzen Rangelei. „Der Kommandant wird uns bei lebendigem Leib verbrennen, wenn wir eines seiner Experimente beschädigen." Dann fragt er: „Alpha 2? Was ist das?"

Den Sternen sei Dank, dass mir das eingefallen ist. Ich würde lachen, wenn ich könnte – das, was mir nichts als Schmerzen eingebracht hat, wird möglicherweise mein Leben retten. Obwohl es ein elendiges Leben ist, hänge ich daran.

Flüche und gedämpfte Stimmen wetteifern mit dem Wind, der unablässig über die hohen gelben Gräser weht. Das Geräusch klingt kalt und leer auf dem öden Planeten. Mir ist kalt und ich liege im Sterben, während die Okrezianer flüsternd miteinander streiten. „In Schwierigkeiten …

sollten wir ... sie loswerden und behaupten, dass ... oder sie mitnehmen ... sagen, dass es einen Angriff gab? Für den Moment ... fesselt sie ... bringt sie ... alte Hütte."

Die Worte verlieren langsam an Bedeutung. Ich glaube, mein Körper bricht zusammen. Das gequälte Pfeifen in meinem Atem, der sich durch die nach Eisen schmeckende Flüssigkeit in meinem Mund kämpft, wird stärker, bis es das Einzige ist, was ich höre. Sogar der Wind ist im Vergleich zu meinem eigenen Atem verstummt.

„Bitte", wispere ich ... oder zumindest glaube ich, dass ich das tue. Zumindest versuche ich es. Den Okrezianern wird es egal sein. Sie interessieren sich nicht für ihre Menschensklaven abgesehen davon, wie viel Stein wir ihnen bei einem Handel einbringen oder welche Arbeiten wir verrichten können, um ihren Reichtum zu vergrößern und ihre Behaglichkeit zu verbessern. Diese beiden interessiert nur der Deal, den sie aushandeln, und die Rettung ihrer Karriere, nachdem sie Sklaven mitgenommen haben, die sie nicht hätten mitnehmen sollen.

Ich beschwöre all die nahen und fernen Universen und hoffe entgegen aller Vernunft, dass mein Schrei bei einem fernen Stern Widerhall findet. Zugleich will ich mich mit dem Schrei vergewissern, dass ich noch am Leben bin. Nur für den Fall, dass es mir etwas nützen wird, balle ich meine Fäuste und sende all meine Hoffnungen aus. „Süße Mutter Erde, bitte."

* * *

DAVEN

Ich tauche in das hüfthohe trockene Gras. „Runter!", zische ich. „Geh in Deckung. Sie schauen in diese Richtung."

Axe, mein Stellvertreter, grunzt, wirbelt herum und duckt sich. „Ich dachte, wir wären unbemerkt entkommen, nachdem wir das Aufzeichnungsgerät ausgeschaltet hatten." Seine Stimme ist so leise, dass ich sie kaum höre.

„Das dachte ich auch, aber sie überprüfen die Gegend." Ich spähe zu dem Lager der Okrezianer.

Meine Augen haben sich bereits an die tintenschwarze Nacht auf Simak 14 gewöhnt – ein angeblich unbewohnter fremder Planet – und nutzen nur das Sternenlicht, um etwas zu sehen. Dank der Nachtsichtfunktion meines Fernsichtgerätes kann ich gut sehen.

Einen Viertel Klick von uns entfernt marschieren mehrere stämmige Okrezianer in immer größer werdenden Kreisen mit Lichtstäben und Waffen in den Händen durch die Gegend. Wegen uns?

Es ist eine eigenartige Fügung des Schicksals, dass wir ihr Schiff hier gefunden haben – nachdem wir beobachtet hatten, wie sie ihre Tarnung ablegten und landeten, konnten wir einfach nicht widerstehen, sie auszuspionieren. Schließlich besitzen wir ein komplett getarntes Schiff, das unbemerkt landen kann. Es passiert nicht jede Planetenrotation, dass wir Zandianer mit eigenen Augen beobachten können, was die Okrezianer planen. In letzter Zeit ist diese Art von Information wichtiger denn je.

Der Anblick ihrer warzigen, stinkenden Körper macht mich wütend. Okrezianer – die größte und mächtigste Spezies in der Galaxie – boten unserem Prinzen Asyl an, nachdem die Finn unseren Planeten übernommen hatten. Doch jetzt, da wir ihn zurückerobert haben und an der Wiederbesiedlung arbeiten, hat sich unser Verhältnis verschlechtert.

Während ich sie beobachte, flüstere ich: „Ich weiß nicht, warum sich die Okrezianer hier mit karranischen Technikern treffen." Die Karraner sind groß und ihre riesigen durchscheinenden Augen leuchten wie Neonlichter in meinem Fernsichtgerät. Sie stehen hinter den Okrezianern.

„Merkwürdig. Normalerweise machen sie keine Geschäfte miteinander." Axe legt eine Hand auf seine Laserpistole. „Wir müssen einen Kampf vermeiden."

„Ich weiß. Bleib unten. Ich glaube nicht, dass sie uns sehen."

Von hier kann ich das Gespräch der Okrezianer nicht hören, ihre Körper wirken jedoch angespannt und wachsam. Die Karraner – ich bemerke, dass sie keine Waffen an sich tragen – sehen nervös aus. Sie verbiegen ihre langen Hälse und ziehen die Köpfe ein.

Die Gruppe hat ein kleines Lager errichtet, hinter dem ihre Fahrzeuge stehen: vier große Ok-Träger und zwei kleinere karranische Transportschiffe. Sie sind nicht getarnt. Die Gruppe hat eindeutig nicht mit Besuchern gerechnet.

„Wir müssen zu unserem Schiff zurück, von hier verschwinden und nach Zandia zurückkehren."

Ungefähr einen Viertel Klick entfernt steht eine heruntergekommene Hütte. Sie steht allein auf diesem großen Gebiet aus vertrockneten Büschen und dürren Gräsern.

Ich nicke zu der abgelegenen Hütte. „Sie liegt nicht auf direktem Weg zu unserem Schiff, aber wenn wir uns eine Weile dort drin verstecken, können wir sicherstellen, dass uns niemand folgt."

„Einverstanden." Axe nickt. „Achtung."

„Los." Wir rappeln uns auf und rennen zu dem Gebäude, wobei meine Lunge in der dünneren Atmosphäre brennt.

Es zischen keine Schüsse an unserer Haut vorbei oder schlagen in unseren getarnten Körpern ein, *veck* sei Dank. Innerhalb von Sekunden sind wir hinter dem Gebäude, keuchen schwer und spähen mit gezückten Waffen um dessen Seiten herum. Wir halten Ausschau – nur für den Fall.

Ich zwinge mich, ruhiger zu atmen, damit ich andere Geräusche wahrnehmen kann.

Es ist nichts zu hören außer dem ständigen leisen Heulen

des Windes, der das Gras in Bewegung hält. Obwohl die Atmosphäre für unsere Körper relativ erträglich ist, scheint dieser Planet vollkommen verlassen zu sein. Abgesehen natürlich von den Okrezianern, die uns beinahe beim Spionieren und Filmen erwischt haben.

„Dieser Planet sollte eigentlich unbewohnt sein", bemerkt Axe. „Und unberührt. Gemäß einem intergalaktischen Abkommen."

Ich schnaube. „Kein Wesen hält sich an diese Abkommen. Ein verlassener Planet ist der perfekte Ort für die Okrezianer, um eine geheime Zwischenstation zur Lagerung illegaler Waren aufzubauen."

„Das ist es ja." In Axe' Stimme schwingt Vorsicht mit. „Wenn dies ein Handelsposten ist, ist es ein erbärmlicher. Nur diese eine kleine Hütte? Noch dazu eine uralte? Sie haben dieses Gebäude nicht gebaut. Es ist ein Überbleibsel aus einer anderen Zeit."

„Vielleicht wird uns die Holo-Aufzeichnung mehr Informationen verschaffen." Ich berühre erneut den Beutel. „Wir werden sie auf Zandia analysieren. Das Mikrofon hat mehr aufgezeichnet, als unsere Ohren auffangen können."

„Lass uns hoffen, dass es gute Infos sind." Axe' Stimme ist leise.

„Auf drei rennen wir zu unserem Schiff."

Er nickt.

„Eins, zwei …"

Ein plötzliches Geräusch in der Hütte lässt mich innehalten. Wir konzentrieren uns beide darauf.

„Was war das?", fragt Axe.

„Hilfe, bitte." Es ist eine schwache Stimme, die okrezianisch spricht. Sie klingt weiblich und jung. „Bitte. Helft mir."

Axe runzelt die Stirn und schaut mich an. „Wir können ihr nicht helfen. Wenn wir das tun, wissen die Okrezianer, dass jemand hier war. Dann werden sie misstrauisch. Wir müssen an die Mission denken."

Die Stimme klingt heiser und verzweifelt. „Ich sterbe. Bitte. Ich verstehe euch nicht, aber ich habe das Wort *Zandia* gehört. Seid ihr Zandianer? Bitte helft mir."

„Sie klingt menschlich."

Axe und ich schauen einander an und seine Stirnfalten vertiefen sich. Er mag keine Menschen. *„Veck"*, flucht er.

Ich schürze die Lippen. „Planänderung. Wir nehmen sie mit, ganz egal, welcher Spezies sie angehört. Wenn sie bei den Okrezianern war, besitzt sie zusätzliche Informationen über ihre Pläne, die von unschätzbarem Wert sein könnten."

Axe denkt mit finsterer Miene darüber nach. „Stimmt."

„Wenn wir sie hierlassen, könnte sie unsere Mission mit einem Wort vermasseln. Wenn sie überlebt und den Okrezianern erzählt, dass sie Zandianer vor der Hütte reden gehört hat? Möglicherweise flüchten die Oks dann und alles, was wir erfahren haben, ist nutzlos. Du weißt, dass sie schreckhaft sind – und wegen unseres angespannten Verhältnisses können wir es nicht riskieren, sie zu verärgern, indem wir sie ausspionieren."

„Veck", knurrt Axe. „So sollte das hier nicht ablaufen."

„Wir haben nicht einmal die Erlaubnis von Meister Seke erhalten, um hier zu landen." Meine Stimme wird trocken, als ich unseren Kriegskommandanten erwähne. „Er hat gesagt, dass es zu gefährlich sei. Vielleicht wird uns dieser Mensch zusammen mit dem Holo genügend Informationen verschaffen, dass es das wert war."

Ich mache mir keine echten Sorgen darüber, was Meister Seke mit uns anstellen wird. Er vertraut uns und wir müssen unbedingt wissen, was die Oks planen. Die Menschen auf unserem Planeten sind in Gefahr.

Ich teste die Tür der Hütte – sie öffnet sich mühelos, da es keine Schlösser gibt. Wir überprüfen den Eingang auf Fallen oder anderweitige Tricks, doch es scheint keine zu geben – nur eine winzige Gestalt liegt in der Ecke und hat Schwierigkeiten beim Atmen. Sogar in dem schwachen Licht kann ich sehen, dass ich recht hatte: Sie ist ein Mensch.

Sie ist schmutzig, ihr dünner Kaftan ist zerrissen und dreckig. Außerdem kann er ihren geschmeidigen Körper nicht verbergen, der so fest mit Seilen gefesselt ist, dass sie ihr die Blutzufuhr abschneiden. Die Haut um ihre Lippen herum ist aufgerissen und brüchig. Sie hat eine Kopfverletzung – ein riesiger Bluterguss und getrocknetes Blut sind auf ihrer Stirn und oben an ihrem Kopf zu sehen. Wurde sie mit etwas geschlagen? Mit einem Stiefel getreten? Es sieht nicht gut aus. Ich versuche, den Schaden einzuschätzen, und ignoriere, wie mein Körper auf sie reagiert. Unter dem Schmutz und den Verletzungen ist sie eindeutig wunderschön, geradezu atemberaubend.

„Brauche … Flüssigkeit." Ihre Augenlider flattern.

Ich bücke mich und beuge mich zu ihrem Gesicht. Auf Okrezianisch sage ich: „Wir sind hier, um dir zu helfen."

„Bitte." Sie scheint mich nicht zu verstehen, obwohl ich ihre Sprache gesprochen habe. Menschen werden seit über zweitausend Jahren von den Okrezianern versklavt.

Zandias angespanntes Verhältnis mit Okrezia rührt daher, dass wir herausgefunden haben, dass wir uns am besten mit Menschen fortpflanzen können. Auf den ersten Blick wirkt das nicht wie ein Problem. Sie besitzen Sklaven – wir kaufen sie, um uns fortzupflanzen.

Allerdings hat es nicht auf diese Weise funktioniert. Unser Prinz – jetzt König – hat sich in seine menschliche Zuchtsklavin verliebt. Tatsächlich hat sich jeder Zandianer verliebt, der sich einen Menschen genommen hat, um sich mit ihm fortzupflanzen. Ihre Spezies verändert uns. Sie binden sich stark an uns und unser Bedürfnis, für sie zu sorgen und sie zu beschützen, ruft Emotionen in uns hervor, die wir vorher nicht kannten.

Daher machen uns die Okrezianer und ihre galaktischen Gesetze zunehmend wütend, denn sie rauben den Menschen ihre Freiheit. Die Spannungen zwischen unseren zwei Spezies nehmen zu, da sich in der Galaxie die Nachricht verbreitet hat, dass wir den Menschen auf unserem Planeten viele Freiheiten gewähren.

„Wer bist du? Warum haben sie dich hier zurückgelassen?" Ich berühre ihre Wange. Ich bin wütend, dass irgendein Wesen einen Menschen in einem solchen Zustand allein lässt. Es ist unfassbar grausam.

Sie blinzelt, spricht jedoch nicht. Ihr Blick wirkt wild.

Hier drin stinkt es so schlimm, dass nicht nur ihr Körper dafür verantwortlich sein kann. Ich sehe mich erneut um, doch in dem kleinen Raum ist sonst nichts. „Wir werden dir bald Flüssigkeit besorgen. Halte durch."

Etwas Ähnliches wie Panik wallt in mir auf. *Veck*, warum habe ich nichts dabei, um ihr sofort zu helfen?

„Sagten, sie würden uns vielleicht töten ..." Sie blinzelt, zuckt zusammen und neigt fragend den Kopf, als könnte sie sich nicht auf ihre eigenen Gedanken konzentrieren. Vielleicht kann sie das nicht, so wie sie misshandelt wurde. „Uns alle ...", fügt sie mit verwirrter Stimme hinzu. Ihre Energie schwindet.

„Uns?" Ich verenge die Augen zu Schlitzen. Sie ist allein.

Sie keucht und erschaudert.

Ich betrachte ihr Gesicht und ihren zarten Körper genauer. Sie hat lange, dichte, gewellte, schwarze Haare und hellbraune Haut. In gesundem Zustand würde sie auf einer Auktion eine gewaltige Summe einbringen. Die Okrezianer behandeln Menschen nicht gut, doch das hier geht über ihr typisches gieriges Verhalten hinaus – sie mögen es, wenn ihre Sklaven-Beute in Topform ist, damit sie sie für den besten Preis in der Galaxie verkaufen können.

„Wir schaffen es womöglich nicht." Ihre Augen schließen sich und öffnen sich nicht mehr.

„Warum haben die Okrezianer sie in diesem Zustand zurückgelassen?", knurre ich. Ich will meine Fäuste in die Gesichter ihrer ehemaligen Meister rammen.

Axe zuckt mit den Achseln. „Ich verstehe es auch nicht. Aber ich schätze, sie gehört jetzt uns." In seiner Stimme liegt viel weniger Enthusiasmus, als ein Zandianer normalerweise zeigen würde, der ein Menschenweibchen gefunden hat. Andererseits war er bei mir, als wir von einem verraten wurden.

Ich kann mir kaum das leise Knurren verkneifen, das in meiner Kehle grollt. *Sie gehört mir. Nicht uns.*

So funktionieren die Dinge auf Zandia allerdings nicht. Es sind so wenige zandianische Weibchen übrig, dass unsere Spezies die Kompatibilität zwischen Menschenweibchen und unseren Männchen ausgenutzt hat, um unseren Planeten neu zu bevölkern. Viele Zandianer haben sich zu zweit, zu dritt oder sogar zu viert ein Menschenweibchen genommen. Doch aus irgendeinem unerklärlichen Grund will ich dieses Weibchen. Und ich will es ganz für mich allein.

Er fügt hinzu: „Sie kann sich auf jeden Fall mit Zandianern paaren. Aber es ist eine *verveckt* ungünstige Zeit, um einem Menschen über den Weg zu laufen und ihn zu stehlen."

„Sie zu *retten*", korrigiere ich. Und sie ist es definitiv wert, gerettet zu werden.

Ich schnuppere erneut. Die stinkende Luft hilft dem Menschen bestimmt nicht beim Atmen. „Lass uns von hier verschwinden."

Ich blicke zu dem Menschen. Sie atmet noch, wenn auch flach. Ihre Haare sind strähnig und fettig, ihr Körper ist gebrochen. Ich verspüre ein drängendes, unvertrautes Gefühl, sie zu beschützen und zu retten.

„Beeilen wir uns." Doch als ich einen Schritt mache, knarzt etwas unter meinem Fuß. Ich schaue hinab und entdecke den Umriss von etwas.

„Im Boden ist eine Falltür", flüstere ich Axe zu und deute nach unten.

Er grunzt.

„Gefährlich, aber es ist schlimmer, nicht nachzusehen."

Er nickt. Ich gebe ihm ein Zeichen, woraufhin er langsam die Tür aufklappt und ich meine Laserpistole nach unten richte, während ich in das Loch spähe. Ich riskiere es, meinen Leuchtstab auf der niedrigsten Stufe zu benutzen, damit ich besser sehen kann. „Es ist ein Loch, das in den Felsen und die Erde gehauen wurde. Und sind das?"

„*Veck*, was ist das?" Axe würgt wegen des Gestanks, der durch die Öffnung wabert. Es ist der Gestank des Todes. Mein Mensch hustet und stöhnt.

Das flache, staubige Loch unter der Hütte ist voller gefesselter Körper, die alle weiblich sind. Es ist kein Platz mehr für ein weiteres Wesen. Ich zähle mindestens fünf oder sechs Weibchen.

Wir lassen uns sofort in das Loch fallen, da es keine Leiter gibt. Dazu besteht bei einem so kleinen Raum ohnehin kein Bedarf. Ich erkenne die gertenschlanke Gestalt einer Za'ir, die auf Auktionen hohe Summen einbringen. Ich überprüfe ihren Puls. „Tot." Ich überprüfe den einer anderen, kleineren Za'ir. „Ebenfalls tot. Sie haben ihre Sklavinnen sterben lassen." Mein Blut brodelt, als ich das Licht verstärke und den Raum erhelle.

„Die hier lebt noch." Axe hebt ein Menschenweibchen hoch. „Du nimmst sie."

Ich klettere aus dem Loch, greife nach unten und nehme den kleinen Körper entgegen, als er ihn mir reicht.

Ich bin wahnsinnig erleichtert, dass es einen zweiten Menschen gibt, sodass ich meinen nicht mit Axe teilen muss, obwohl er das niemals von mir verlangen würde. Er hat nie auch nur Interesse daran gezeigt, ein Menschenweibchen zur Gefährtin zu nehmen, weil er Menschen aus Gründen nicht mag, die er mir nie verraten hat.

Ich mustere sie, als ich sie in meinen Armen verlagere. Sie löst in mir nicht die gleichen besitzergreifenden Gefühle aus wie das erste Weibchen. Ich verspüre nicht dasselbe Gefühl von Vorsehung.

Zandianer glauben nicht ans Schicksal. Bevor wir uns mit Menschen paarten, sprachen wir kaum von Liebe. Dass ich mich zu der ersten Sklavin hingezogen fühle, muss rein chemische Gründe haben. Unsere Gene sind für eine Paarung am kompatibelsten.

Das muss es sein.

Ich lege die zweite Sklavin behutsam auf den Boden. Als ich mich umdrehe, hat Axe bereits zwei weitere Menschenweibchen aus dem Loch gehoben und löst ihre Fesseln, damit sie laufen können. „Die Za'ir sind alle tot. Diese Menschenweibchen brauchen sofort Flüssigkeit." Keine von ihnen ist so verprügelt worden wie mein Mensch – ja, ich habe bereits beschlossen, dass sie mir, und zwar mir allein gehört – sind allerdings auch nicht in guter Verfassung.

Ich helfe den geschwächten Weibchen, indem ich sachte ihre Handgelenke massiere, um den Blutfluss anzuregen. „Wer seid ihr?", frage ich. „Was ist passiert?"

Sie sind sprachlos, haben die Augen weit aufgerissen und stehen unter Schock. Keine von ihnen scheint sprechen zu können. Sie können kaum stehen. Ich gebe meine Gesprächsversuche auf. Dazu ist jetzt ohnehin keine Zeit. Wir werden die Informationen später erhalten.

Als wir alle die Hütte verlassen haben, fluche ich erneut. „*Verveckte* Monster."

Ich starre auf mein Weibchen hinab. Sie ist reizend – zu mager, jedoch weich mit runden Brüsten und dunklen Nippeln, die darum betteln, dass man an ihnen nuckelt. Ich hebe sie in meine Arme – sie ist so leicht, als wöge sie gar nichts.

„Lass uns von hier verschwinden", blaffe ich. Ich sollte sie mir über die Schulter werfen und eine zweite über die andere Seite legen, aber ich bin nicht gewillt, sie auf eine andere Art zu tragen. Sie ist zu zart. Oder vielleicht kann ich einfach nicht den Blick von diesen reizenden dunklen Augen abwenden. Es steht mir nicht zu, Anspruch auf sie zu erheben, doch ich will es tun. *Veck*, ich will es tun. Ich fühle mich zu diesem Weibchen hingezogen und bin fasziniert von ihr.

Axe hebt das zweite Weibchen hoch. Ihr Kopf ist rasiert und Straftattoos zieren eine Schulter und ihren Arm.

Die anderen drei können anscheinend laufen. Nachdem er mit leiser Stimme mit ihnen gesprochen und eine Geste gemacht hat, versetzt er ihnen einen Schubs, damit sie loslaufen. Wir verlassen die Hütte in einer unordentlichen Reihe und Axe schließt die Tür hinter uns, sodass wir sie zurücklassen, wie wir sie vorfanden. Wir beginnen, zum Raumschiff zu laufen, kommen jedoch nur langsam voran. Irgendwann nimmt Axe zwei Weibchen in seine Arme und rennt mit ihnen zum Schiff. Anschließend kommt er zurück und holt weitere Weibchen, während ich meinen verwundeten Menschen allein trage und mich vorsichtig bewege, damit ich sie nicht breche, bevor ihr geholfen werden kann.

Sie seufzt und kuschelt sich an mich, während ich sie trage, woraufhin sich etwas in meiner Brust regt – es ist allerdings keine Zeit, darüber nachzudenken.

Ich bin nur noch Sekunden von unserem getarnten Raumschiff entfernt. „Karl, schalte das Schiff im Heimlichkeitsmodus an", befehle ich dem Krieger, den ich zurückgelassen habe, damit er das Schiff bewacht.

Axe' Lippen verziehen sich verächtlich, als er eine Flüssigkeitstube an die Lippen eines Menschen hält. Ich tue das Gleiche bei meinem Weibchen und bringe anschließend den anderen drei Flüssigkeitstuben. Unterdessen überprüft Axe die Vitalwerte meines Weibchens. „Sie ist übel zugerichtet", brummt er. „Sie wird womöglich nicht überleben."

Mein Magen sinkt. Ich bin ihr erst vor kurzem begegnet, doch etwas an ihr weckt meinen Beschützerinstinkt. „Tu alles in deiner Macht Stehende, Axe. Wir müssen sie retten – sie alle."

Ich hole Decken für die Weibchen und lege sie ihnen um die Schultern. Sie sitzen schweigend und zitternd da.

„Wir bringen euch von hier weg", informiere ich sie, obwohl ich nicht weiß, ob sie irgendetwas verstehen. „Ihr seid hier in Sicherheit. Wir haben einen Arzt, der euch heilen wird."

Karl lässt den Motor geräuschlos an und das Schiff hebt vom Boden ab. Es ist ein Wunder der Technologie. Bei den okrezianischen Raumschiffen, die in der Nähe ihres Lagers parken, tut sich nichts. Unsere Tarnung ist besser als ihre Überwachungstechnologie. Sie sind die Zweitbesten in der Galaxie. Wir sind Nummer Eins. Ein kleiner Planet, jedoch ein brillanter.

Als wir den Hyperantrieb zuschalten, manövriere ich um Asteroiden herum, bevor ich den Autopiloten aktiviere. Anschließend trete ich an unseren neuen Schatz heran und untersuche ihn. Allerdings kann ich mich nur auf das Weibchen konzentrieren, das ich in meinen Armen getragen habe.

Auf den kleinen Menschen mit den langen Wimpern und wunderschönen dunklen Augen.

Sie gehört jetzt mir, was auch immer geschieht.

KAPITEL ZWEI

WELTALL

Sia

Durch den Schmerznebel spüre ich eine Bewegung über mir.

Instinktiv versuche ich, mich zu einem Ball zu krümmen.

„Nein", wimmere ich. „Tut mir nicht noch einmal weh."

Meine Glieder zittern vor Angst. Die Okrezianer sind zurück und ich weiß nicht, was dieses Mal geschehen wird. Irgendwie habe ich uns zuvor gerettet – was habe ich zu ihnen gesagt? Die Gedanken toben in meinem Schädel wie ein Hagelsturm, ehe sie zu Konfetti zersplittern. Ich kann mich an nichts erinnern.

„Kein Wesen wird dir wehtun. Du bist jetzt in Sicherheit." Eine leise, tiefe und angenehme Stimme, zumindest im Vergleich mit dem okrezianischen Grunzen, rollt über mich hinweg. Und in meinem Mund steckt eine Flüssigkeitstube. Ich sauge gierig daran, obwohl mein Mund in Flammen steht und die aufgerissene Haut brennt.

„Wir haben dich gerettet. Du bist auf unserem Schiff. Wir werden dir helfen."

Ich scheine meine Augen nicht öffnen zu können. Meine

Hände – die irgendwie von ihren Fesseln befreit wurden? – heben sich, um meine Augen zu berühren.

„Schh, tu das nicht. Wir haben dir einen Verband angelegt. Deine Hornhaut war trocken und kratzig. Deshalb haben wir eine Heilsalbe aufgetragen."

„Bitte. Nimm ihn ab." Meine Furcht wächst.

„Es sollte in Ordnung sein, den Verband abzunehmen." Das Männchen, das sich mit mir unterhält, spricht offenbar mit einem anderen. „Diese Salbe wirkt schnell."

„Wenn sie uns sieht, entspannt sie sich vielleicht." Das zweite Männchen scheint einer Meinung mit dem ersten zu sein.

Sanfte Hände entfernen etwas von meinem Kopf.

„Langsam", warnt eine Stimme.

Ich blinzle und alles ist verschwommen.

„Hier." Er wischt mit einem weichen Tuch über meine Augen. „Versuch es noch einmal."

Ich blinzle und er wird scharf. Er ist sehr groß und hat breite Schultern. Er hat lilafarbene Haut und Hörner auf seinem glatten Kopf. Es ist die gleiche Stimme, die ich zuvor gehört habe. In der Hütte konnte ich mich allerdings nicht konzentrieren. Jetzt sehe ich, dass er ein zandianischer Krieger ist. Sein Gesicht ist voller Ecken und Kanten und aus irgendeinem Grund finde ich, dass er gut aussieht – obwohl das in diesem Moment keinen Unterschied macht.

„Ich bin Daven." Der Gutaussehende beobachtet mich und deutet zu einem anderen Zandianer, der etwas kleiner und stämmiger ist. „Das ist Axe. Wir haben dich und einige andere Weibchen in einer alten Handelshütte auf einem isolierten Planeten gefunden."

Den Sternen sei Dank. Ich huste. Mein ganzer Körper tut weh. Ich kann kaum erkennen, wo ich bin. Wenigstens liege ich auf etwas Weichem und überall um mich herum sind helle Lichter. „Du hast mich gerettet?" Ich schaue zu ihm auf. „Uns gerettet?" Meine Augen füllen sich mit Tränen.

„Ja, alle Menschen, die noch am Leben waren. Du bist jetzt bei mir. Ich schwöre, dass kein Wesen dir jemals wieder wehtun wird", knurrt er und berührt meinen Arm. Er zieht seine Hand zurück, als sollte er mich nicht berühren, obwohl ich nichts dagegen habe. Seine Hand ist warm und ich sehne mich nach seiner Berührung. Ich wünsche mir mehr als alles andere, dass er mich in den Armen hält. Das ist allerdings ein seltsamer Gedanke. Ich habe mich noch nie danach gesehnt, von einer anderen Spezies berührt zu werden – vor allem nicht von einem Männchen.

Der andere Zandianer macht ein finsteres Gesicht. „Pass auf. Man kann ihnen nicht trauen."

„Sie ist verletzt", knurrt Daven.

„Und du bist zu vertrauensselig, wenn es um Menschenweibchen geht. Denk daran, was das letzte Mal passiert ist, als du eine Gefährtin gewählt hast", erinnert mich Daven und bedenkt mich mit einem kalten Blick, bevor er ihn abwendet.

Aus irgendeinem Grund hasse ich die Vorstellung, dass Daven eine Gefährtin hatte.

Daven macht ein böses Gesicht, antwortet jedoch nicht. Er wendet sich wieder mir zu.

Ich hole tief Luft. Alles tut weh, weshalb ich wimmere.

„Was ist dir zugestoßen?" Daven beugt sich nach unten, berührt mein Gesicht und zieht seine Hand wieder weg, als ich zusammenzucke. „Warum warst du gefesselt?"

„Sie wollten uns eintauschen", erinnere ich mich laut. „Sie stellten jedoch fest, dass wir keine Lustsklavinnen waren, weshalb sie mich schlugen. Sie versuchten, herauszufinden, wie der Fehler passiert war. Ich glaube, sie wollten mich töten. Doch dann sagte ich ihnen … ich bin …" Ich verstumme. „Ich weiß über …" Etwas in meinem Kopf surrt und ich empfinde schreckliche Schmerzen.

Dieses Mal sind die Erinnerungen da, aber ich kann sie nicht preisgeben. Mir wurde das eingetrichtert, seit ich ein Experiment wurde: Diejenigen, die über Alpha 2 sprechen, sterben. Ich habe es mit eigenen Augen gesehen.

„Über was?", drängt der andere Zandianer. „Worüber weißt du Bescheid?" Die zwei sehen einander an und konzentrieren sich wieder auf mich. „Das ist wichtig."

„Über Al..." Ich will es ihnen erzählen, doch mein gesamter Körper rebelliert. Bilder von Bestrafungen und den Tests prasseln auf mich ein. Ich denke an die Arbeit an sich und wozu sie gedacht ist, an meine Freunde auf dem ursprünglichen Planeten, die noch versklavt sind und die Arbeit erledigen. Da mich die Zandianer anstarren und ich etwas sagen muss, stammle ich: „Die anderen Sklaven."

„Die anderen Sklaven?" Daven runzelt die Stirn. „Was ist mit ihnen? Erzähl es uns." Seine Stimme ist herrisch, macht mir jedoch keine Angst. Er klingt nicht grausam, sondern wie ein Wesen, das es gewohnt ist, andere zu befehligen.

Ich bekomme Kopfschmerzen und Bilder blitzen in schneller Folge in meinem Verstand auf. Die Gedanken zerfallen erneut. „Ich kann nicht denken." Der Boden neigt sich und ich kippe zur Seite ... oder Dinge rollen in meinem Schädel herum. Das ist es, oder? Etwas in meinem Kopf? Mir kommt ein Gedanke, dem ich allerdings nicht folgen kann. „Mit meinem Gehirn stimmt etwas nicht." Ich versuche, mich zu beruhigen. Je mehr ich den Gedanken jage, desto stärker reagiert mein Körper mit Panik.

„*Veck*, die Kopfverletzung. Wir müssen sie stabilisieren, damit Dr. Daneth helfen kann."

Laute und Bilder verschmelzen zu einer einzigen Empfindung. Ich keuche, als ich ins Leere falle. „Hilfe!", schreie ich. „Ich falle!"

„Sie bricht zusammen. Es ist besser, wenn wir sie bis zu unserer Ankunft betäuben."

Ich spüre ein Piken, als eine Nadel in meinen Arm gleitet, und dann … nichts.

* * *

Planet: Zandia

DAVEN

Ich wollte meinen kleinen Menschen nicht allein lassen, nicht einmal mit Dr. Daneth, dem besten Wissenschaftler der Galaxie. Doch natürlich musste ich es tun.

Jetzt befinden wir uns mit dem König und seinem Rat im Kriegszimmer, um Bericht zu erstatten. Ein riesiger ovaler Tisch schwebt in der Raummitte und die Berater des Königs sitzen um diesen herum. Axe und ich stehen während unseres Berichts.

„Spielt es noch einmal ab." Unser Kriegskommandant und Vorgesetzter Seke beugt sich mit konzentrierter Miene vor.

„Selbstverständlich." Ich tippe auf das Holo-Gerät und blicke zu den Zandianern, die in den königlichen Versammlungsquartieren zusammengekommen sind: Meister Seke, mein Stellvertreter Axe und kein anderer als König Zander persönlich. Das Gesicht des Königs sieht besorgt aus. Die Gerüchte über einen neuen und größeren Angriff der Okrezianer sind eskaliert.

Auf dem Gerät bewegen sich unscharfe Gestalten über den Bildschirm. Es ist die Aufzeichnung, die ich von den Okrezianern und Karranern auf dem verlassenen Planeten gemacht habe, wo wir die Menschen gefunden haben.

„Wir brauchen …", die Audiospur bricht ab, „mindestens 1000 flache Hects Gelände." Der Oc, der das Sagen hat, verschränkt seine stämmigen Arme und betrachtet die Karraner, die neben ihm

sitzen. *„Wenn das gut läuft, haben wir womöglich eine lukrativere Aufgabe für euch."*

„Und das ist nur der Anfang. Wir wollen auch, dass ihr …" Die Tonqualität verschlechtert sich.

„Verzeiht, Majestät." Ich fummle an den Kontrollknöpfen herum in dem Versuch, eine bessere Tonaufnahme zu erhalten. „Ganz gleich, wie sehr wir es verbessern, wir können nicht verstehen, was er gesagt hat."

Der König hält einen Finger hoch. Das Holo läuft weiter.

„Und was den Preis angeht?" Der Karraner schaut zu seinem Begleiter. *„Seid ihr einverstanden?"*

„Die Stein sind kein Problem." Der Okrezianer wedelt mit einer warzigen Hand. *„Aber die Lustsklaven werden wir ein anderes Mal liefern. Die Gruppe, die wir mitgebracht haben, war …"* Er rümpft die Nase. *„Minderwertig."*

Es freut mich, dass diese Aussage zu den Erzählungen des kleinen Menschen passt. Sklaven wurden verwechselt, woraufhin sie und ihre Freundinnen zum Sterben zurückgelassen wurden.

„Das ist ein Jammer. Wir haben uns auf die beste Lust in der Galaxie gefreut", knurrt der Karraner.

„Die falsche Gruppe wurde auf das Schiff geladen. Es sind Arbeiter, die nicht in dem ausgebildet sind, was ihr begehrt. Sie hätten euch nichts als Ärger gemacht. Wir werden euch die doppelte Menge geben und sie dorthin liefern, wo ihr sie haben wollt."

Die Karraner schauen einander an und nicken. *„Akzeptabel."*

„Wir brauchen die Materialien so bald wie möglich." Der Okrezianer macht ein finsteres Gesicht.

„Mit so viel werdet ihr genug haben, um …" Der Karraner zieht eindeutig neugierig eine Augenbraue hoch.

„Das geht euch nichts an." Die Stimme des Okrezianers ist barsch und drohend. *„Wir bezahlen euch, damit ihr liefert, nicht damit ihr spekuliert. Oder redet."* Er legt eine Hand auf seine Waffe. *„Wir nehmen euch nicht ins Visier … solange unsere*

Handelsbeziehung Bestand hat." Er zieht eine Augenbraue hoch. „Und geheim bleibt."

„Verstanden." Die Karraner heben beide ihre schwankenden Arme. „Unser Schweigen ist garantiert."

„Gut."

Das Holo geht flackernd aus und wir sitzen ein oder zwei Sekunden lang schweigend da.

Ich tippe auf das Gerät. „Sie sagen nicht, was für ein Gelände sie wollen. Es könnte etwas sein, was sie brauchen, um eine neue Waffe oder etwas für einen chemischen Krieg herzustellen."

Der König nickt. „Wenn es nicht für einen Angriff ist, horten sie vielleicht eine große Menge Feuerkraft, damit sie einen Planeten überrennen und zwingen können, sich ihnen zu unterwerfen."

Meister Seke runzelt seine Stirn. „Das nennen sie eine nützliche assistive Übernahme. Wenn sie nach Zandia kämen, würden sie uns wahrscheinlich kontrollieren und uns unsere Menschenweibchen wegnehmen wollen."

Wir schweigen alle kurz und machen ernste Gesichter.

Erick, einer der Ratgeber, sagt: „Sie haben in letzter viel Aufhebens darum gemacht, dass wir jegliches Wohlwollen ihrerseits verloren haben, indem wir Menschen eine Zuflucht geboten haben. Sie behaupten, dass es für Spannungen in der Galaxie sorgt und ihnen Probleme bereitet. Ich denke, sie planen definitiv etwas ... was mit unserem Planeten zu tun hat."

Die Stimme des Königs klingt angespannt. „Wir brauchen weitere Einzelheiten darüber, was sie bauen. Was wissen wir über die Kerraner? Was können sie den Okrezianern liefern?"

„Ich weiß es nicht. Wir haben unsere besten Kundschafter darauf angesetzt", antwortet Seke.

„Ich nehme an, dass es sich um eine Art Sprengstoff oder

einen chemischen Wirkstoff handelt, der über die Luft verteilt wird", sage ich. „Noch beunruhigender ist, was sie bauen wollen. Eine Art Langstrecken-Liefersystem?" Ich schüttle den Kopf. „Wir wissen es einfach nicht. Und das macht uns schwach."

Axe räuspert sich. „Können wir die Karraner eliminieren oder den Handel stören?"

„Das wird aktuell ausgekundschaftet. Zu diesem Zeitpunkt besteht unsere beste Option darin, mehr herauszufinden. Wir müssen wissen, was sie tun, damit wir dem mit unseren Waffen und Systemen entgegenwirken können." Der König erhebt sich. „Das ist entscheidend für Zandia. Wir müssen uns auf sie vorbereiten." Er betrachtet das Team. „Was ist mit den Menschen, die gerettet wurden? Haben sie Informationen?" Er tippt auf seinen Kommunikator und Dr. Daneths Holo erscheint.

Er verbeugt sich. „Majestät." Dem Rest von uns nickt er zu.

„Haben die Menschen Informationen darüber, was die Okrezianer planen?"

Der Doktor schürzt die Lippen. „Diejenigen, die in einer besseren Verfassung sind, legen allmählich ihren Schockzustand ab, haben allerdings noch nichts Nützliches gesagt. Sie wissen nichts über das Militär oder dessen Operationen, zumindest nicht mehr als Anekdoten. Mein Vitalwerteleser verrät mir, dass sie zu ungefähr fünfundachtzig Prozent die Wahrheit sagen. Ich glaube, es würde uns zugutekommen, wenn wir jedem Menschen einen Meister zuweisen, um an ihre Erinnerungen zu kommen ... und die Wahrheit über das zu erfahren, was sie wissen."

Der König denkt darüber nach.

Dr. Daneth fügt hinzu: „Sie haben uns erzählt, dass Sia, die am schlimmsten verletzt ist, eine Art Technikerin ist. Sie ist diejenige, die die besten Informationen haben wird. Sie scheint ihre Anführerin zu sein."

„Und wie geht es Sia?" Meine Stimme ist angespannt. Ich denke an den zarten Menschen, den ich in meinen Armen hielt und nicht mehr aus dem Kopf kriege, nicht einmal während wir militärische Operationen besprechen. Wenn den Weibchen Meister zugewiesen werden, muss ich ihrer werden.

Ich will sie in jeder Hinsicht beherrschen. Ich will ihr beibringen, meinen Anordnungen Folge zu leisten und mir zu gehorchen. Ich will sie für ihren Gehorsam belohnen und ihr durch Strafe sowie Lob Wonne bereiten. So integrieren wir Zandianer die Menschen auf unserem Planeten. Wir binden sie mit sexuellem Geschick an uns.

Der Arzt tippt auf sein Armband und schaut auf. „Stabil. Sie war stark dehydriert und ihre Elektrolyt-Werte waren abnormal. Wenn Sie sie nicht gerettet hätten, wäre sie vermutlich gestorben. Das Merkwürdige …" Er verstummt.

„Ja?" Ich beuge mich vor und blaffe das Wort beinahe.

„Tatsächlich sind es zwei Dinge. Die aktuelle Kopfverletzung sah schrecklich aus, war jedoch nicht mehr als ein Bluterguss und getrocknetes Blut. Ihre trockenen Augen und Blutergüsse sind verheilt, genauso wie ihre gebrochene Rippe. Allerdings hat sie alte Narben an ihrem Kopf, die auf eine relativ frische Gehirnoperation hindeuten. Diese Narben weisen alle Menschen auf, die Sie hergebracht haben."

„Erläutern Sie das genauer." Die Stimme des Königs ist ruhig. „Haben Sie Hinweise auf Veränderungen an ihrem Gehirn gefunden?"

„Ich habe Scans angefertigt und es gibt keine Hinweise auf Fremdgegenstände in ihren Köpfen, keine Chips oder Platten oder Verbesserungen. Keine Technologie. Sie haben jedoch alle die gleichen Narben und das ist besorgniserregend. Die Okrezianer haben etwas getan oder es zumindest versucht."

„Wenn sie in der Lage sind, zu kommunizieren, werden sie es uns sicherlich erzählen."

Ich spüre, dass sich Axe neben mir bewegt, und höre sein leises Schnauben.

„Sie werden tun, was sie können, um uns zu helfen." Vielleicht versuche ich nur, mich selbst davon zu überzeugen. Wenn ich an meinen Menschen denke, verspüre ich bereits einen starken Beschützerinstinkt. Den würde ich sicherlich nicht bei einem Wesen empfinden, das nicht gut für unseren Planeten wäre, oder?

Der Arzt schaut zum König und wieder zu mir. „Ich hoffe es. Meine anfängliche Einschätzung ist jedoch, dass Sia etwas verbirgt. Hinzu kommt, dass ihr die aktuelle Kopfverletzung keine derart schlimmen Qualen bereiten und nicht zu einem Erinnerungsverlust führen hätte sollen. Sie ist wahnsinnig verängstigt. Momentan ist sie nicht einmal zu einem Gespräch in der Lage, ohne eine Panikattacke zu erleiden. Ich vermute, dass sie Angst davor hat, freimütig zu sprechen."

„Wie sollen wir mit ihr umgehen?" Wenn sie die Meine werden soll, muss ich wissen, wie ich ihr helfen kann.

Dr. Daneth tippt erneut auf sein Tablet, betrachtet einige Zahlen und schaut auf. „Die Vitalwerte sind besser. Ich schlage vor, dass wir unser Bestes geben, sie zu trösten und ihr ein Gefühl der Sicherheit zu vermitteln. Wenn sie wieder gesund ist, wird sie uns hoffentlich mehr erzählen können. Vor allem darüber, was sie denkt, geheim halten zu müssen." Er schaut mich an. „Daven."

„Ja?" Mein Herz hämmert wie wild, als ich daran denke, wie zerbrechlich der kleine Mensch ist. Wie reizend sie sogar in ihrem angeschlagenen Zustand ist. Mich schmerzt der Gedanke, dass sie nicht mehr zu heilen ist.

„Sie hat nach Ihnen gefragt."

Weil sie mir gehört. Ich verstehe die Emotion kaum, die mich durchflutet. Besitzgier. Verlangen.

Doch Axe hatte recht. Ich muss vorsichtig sein. Ich habe schon einmal einen Menschen gerettet und wollte mich mit ihr paaren, nur damit sie uns im erstbesten Moment verriet.

Ich richte mich auf. „Sie hat nach meinem Namen gefragt?"

„Nein."

Ich ignoriere den Anflug von Enttäuschung.

„Sie hat etwas gebrabbelt, dann hat sie", er räuspert sich, *„den Gutaussehenden, der mich getragen hat,* erwähnt. Aus dem Bericht weiß ich, dass Sie das waren."

Meine Hörner werden dicker.

Der Mensch findet mich gut aussehend.

Am Tisch erklingt gedämpftes Kichern.

Der König macht ein finsteres Gesicht und alle verstummen.

Dr. Daneth fährt fort: „Ich vermute, sie hat durch die Rettung bereits ein Band zu Ihnen geschmiedet." Er blickt zu König Zander. „Ich empfehle, dass sie in Davens Obhut gegeben wird, damit er sie befragen und in die Gesellschaft integrieren kann."

„Daven." König Zander sieht mich an. „Wenn sie sich an Sie erinnert, ist das ein Anfang. Vorläufig werden Sie hier auf Zandia ihr Meister und Beschützer sein, solange sie heilt. Binden Sie sie an sich. Verbringen Sie Zeit mit ihr und unterhalten Sie sich mit ihr. Tun Sie alles in Ihrer Macht Stehende, um ihr Informationen zu entlocken, ganz gleich, wie geringfügig sie wirken. Was immer nötig ist. Alles könnte helfen. Wir wissen, dass sie etwas in ihrem Kopf hat, was uns helfen kann. Wenn sie keinen Gefallen an Ihnen findet, werden wir einen anderen für sie suchen. Geben Sie Ihr Bestes."

Ich verbeuge mich und freue mich innerlich über den Auftrag. „Ja, Majestät."

„Die Beschaffung dieses Holos war übrigens gute Arbeit. Jetzt wissen wir wenigstens, dass sie etwas Großes und möglicherweise Tödliches planen. Und zwar bald."

„Danke, Majestät. Wir werden weiterhin alles in unserer Macht Stehende tun, um mehr in Erfahrung zu bringen. Wir überprüfen intergalaktische Gespräche mithilfe von Scannern, gehen auf Erkundungsmissionen und setzen uns mit bekannten Verbündeten in Verbindung. Wir werden nichts unversucht lassen."

„Gut. Sie beide sind entlassen. Gehen Sie wieder an Ihre Arbeit."

Axe und ich verbeugen uns.

„Majestät?", sagt Aex und zögert, nachdem er aufgestanden ist.

König Zander hebt fragend eine Augenbraue.

„Was ist mit den anderen geretteten Weibchen?"

König Zander mustert Axe einen Augenblick lang. „Haben Sie sich an eine von ihnen gebunden?"

„Nein", blafft Axe zu schnell. „Ich ..." Er schüttelt den Kopf. „Sie sollten aufmerksam überwacht werden, das ist alles. Wir wissen nicht, ob man ihnen trauen kann."

Der König mustert ihn wortlos.

„Natürlich wissen Sie das. Verzeihen Sie mir, Majestät", entschuldigt sich Axe rasch, als ihm bewusst wird, dass er zu weit gegangen ist.

„Ich werde jedem geretteten Menschen einen zandianischen Meister zuteilen. Wenn Sie für die Aufgabe oder für einen speziellen Menschen in Erwägung gezogen werden möchten, ist jetzt der richtige Zeitpunkt, um etwas zu sagen."

Ich erwarte, dass Axe es leugnen wird, denn ich weiß, wie

sehr er Menschen misstraut, doch er reibt mit einer Hand über seinen Kiefer. „Eine von ihnen muss aufmerksamer beobachtet werden als die anderen. Sie hat ihren vorherigen Meistern eindeutig Ärger bereitet, nach ihrem rasierten Kopf und den Straftattoos zu urteilen."

„Ich werde das bedenken", erwidert König Zander. „Wir müssen diesen Menschen sämtliche Informationen entlocken, die sie kennen. Sogar ein kleines Informationsbröckchen, das sie für unbedeutend halten, könnte uns helfen." Er hält inne. „Dr. Daneth, bitte teilen Sie mir Ihre Empfehlungen für mögliche Paarungen mit, wenn die Menschen bereit sind, aus Ihrer Obhut entlassen zu werden."

Der Doktor nickt. „Ja, Majestät."

König Zander entlässt uns ein zweites Mal. „Dann gehen Sie an die Arbeit."

Axe und ich verbeugen uns erneut und verlassen gemeinsam den Raum. „Vertrau diesem Menschen nicht", warnt er mich.

Ich spanne meinen Kiefer an. „Sie befindet sich auf unserem Planeten und in meiner Obhut. Sie kann keinen Schaden anrichten."

Er macht ein finsteres Gesicht. „Das weißt du nicht."

Ich straffe die Schultern. „Hoffentlich hat sie mehr Informationen, die sie uns anvertrauen kann. Sie könnte einen wertvollen Beitrag für Zandia leisten."

Axe betrachtet mich mit zweifelnder Miene.

Ich will ihm ins Gesicht schlagen, aber nur, weil ich weiß, dass er recht hat. Meinem Urteilsvermögen kann man nicht trauen, wenn es um Weibchen geht.

Das letzte Mal sind wir beide fast gestorben, weil ich einem geglaubt habe.

„Was sie auf dem Schiff gesagt hat … Sie weiß etwas", sagt Axe. „Es ist wichtig, dass du es herausfindest."

„Das werde ich", schwöre ich nicht nur ihm, sondern auch mir. Meinem König. Meinem Planeten.

„Wenn sie dich attraktiv findet, wird sie sich mit dem richtigen Training und angemessenen Bestrafungen bestimmt an dich binden. Das kannst du nutzen."

Ich hasse es, dass er überhaupt über sie spricht. „Ich werde tun, was ich tun muss."

„Paare dich einfach nicht mit ihr. Nicht, bis du weißt, dass man ihr trauen kann."

„Natürlich nicht." Ich trete zur Seite. „Ich gehe jetzt zur Med-Bucht und schaue nach, ob sie mit mir spricht."

„Paare dich nicht mit ihr", wiederholt er. Dann schaut er mit finsterem Gesicht zur Med-Bucht. „Ich werde mitkommen, um sicherzustellen, dass Flora keine Bedrohung für Zandia darstellt."

Interessant. Flora ist der Mensch, von dem er vorhin gesprochen hat – diejenige mit den Tattoos und dem rasierten Kopf. Axe vertraut Menschen nicht, doch etwas verrät mir, dass er trotzdem interessiert ist.

„Vielleicht könnte ich bei ihrer Befragung helfen. Wir müssen alle tun, was wir können."

„Richtig." Es ist offensichtlich, was er meint, und es hat nichts mit Informationen zu tun. „Wenn du ihr Meister werden willst, hättest du darum bitten sollen."

„Das will ich nicht", blafft er. „Ich mache mir nur Sorgen, das ist alles."

Richtig. *Sorgen.*

„Na schön. Dann lass uns zu ihnen gehen."

Als ich zu dem Gebäude laufe, vibriert mein Körper erwartungsvoll. Wenn ich auf einem Einsatz bin, gebe ich immer einhundert Prozent und bin bereit, das Beste für die Zandianer zu tun. Das hier ist jedoch etwas anderes. Das hier ist etwas … Körperliches, aber auch mehr. Der Gedanke an

das Wiedersehen mit dem kleinen Menschen tritt eine Flut-
welle an Empfindungen in meinem Körper los.

Ich kann es nicht erwarten, zu sehen, was passiert, wenn
ich sie vollständig für mich beansprucht habe.

Nicht als meine Gefährtin – nicht bis ich ihr vertrauen
kann – aber ihr Körper gehört jetzt mir und ich kann es
nicht erwarten, ihn zu benutzen.

KAPITEL DREI

Sia

Panik zerrt an meinen Nerven und sorgt für die Rückkehr meiner Kopfschmerzen trotz der Medikamente, die mir der zandianische Arzt gegeben hat. Dass ich mich nicht daran erinnere, wer ich bin oder woher ich kam, macht alles schlimmer.

Ich habe die Menschenweibchen erkannt, mit denen ich hergebracht wurde, woher ich sie kenne, ist mir jedoch nicht klar. Wir waren offensichtlich gemeinsam Sklavinnen. Ich habe allerdings keine Erinnerungen an den Planeten, von dem sie uns weggeholt haben. Genauso wenig weiß ich, wie wir dorthin gelangt sind oder was davor geschehen ist.

Und obwohl die anderen mir ein Trost sein sollten, sehne ich mich stattdessen nach der Anwesenheit des Kriegers, der mich gerettet hat.

Ich weiß nicht warum, aber ich habe das Gefühl, dass er alles für mich klären wird.

Das ist absurd, da ich glaube, dass ich ihm vor der letzten Planetenrotation noch nie begegnet bin.

Er betritt die Klinik, in der ich seit unserer Landung festgehalten wurde, und mein Herzschlag beschleunigt sich.

Ich rutsche vom Untersuchungstisch. „Meister", sage ich
und halte verwirrt inne. „Es tut mir leid, du bist nicht mein
Meister, oder?" Dann bin ich wieder durcheinander. Warum
habe ich das überhaupt gedacht?

Die Lippen des Kriegers zucken, seine Hörner werden
dicker und neigen sich in meine Richtung. „Möchtest du,
dass ich dein Meister bin?" Seine Stimme ist ein leises, tiefes
Grollen. Ich bin mir nicht sicher, ob ich den Hauch einer
sexuellen Zweideutigkeit herausgehört habe.

Ich kann mich nicht entscheiden, ob ich möchte, dass
eine vorhanden war.

„Ja", antworte ich ehrlich.

Das ist erneut ein absurder Wunsch, doch die ruhige
Autorität dieses Männchens erdet mich, wohingegen mich
jedes andere Wesen hier nervös macht. Ich weiß nicht, was
los ist, will jedoch, dass er derjenige ist, dem ich unterstehe
und der mir Befehle erteilt. Er fühlt sich sicher an.

Er tritt an mich heran, legt seine großen Hände um meine
Taille und hebt mich mühelos zurück auf den Tisch. „Hast du
die Erlaubnis, den Tisch zu verlassen?" Eine Spur von
Strenge liegt in seiner Stimme, aber aus irgendeinem Grund
fühlt es sich wie eine Neckerei an.

Meister necken ihre Schützlinge nicht, oder? Ich
zerbreche mir den Kopf und versuche, mich an meinen
letzten Meister zu erinnern. Aus irgendeinem Grund macht
mir bereits der Gedanke an ihn Angst.

Hitze breitet sich in meinem Körper aus – ich weiß nicht,
ob das daran liegt, dass ich mich schäme, weil ich getadelt
wurde, oder weil seine großen Hände auf meiner Taille
liegen und ihr sanftes Gewicht meine Haut durch das dünne
Krankenhemd hindurch wärmt. „Ich … ich bin mir nicht
sicher. Habe ich sie?"

Seine Lippen zucken. „Ich werde es herausfinden." Er wendet sich an den Arzt, lässt dabei jedoch eine Hand auf mir ruhen. „Doktor Daneth? Muss Sia hierbleiben?"

Ich bin lächerlich erfreut darüber, meinen Namen von seinen Lippen zu hören, als würde ich zu ihm gehören. Er ist das einzig Vertraute an einem Ort, wo alles neu und anders ist.

Der Arzt, der kühl und professionell, allerdings nicht unfreundlich war, dreht sich um. „Ich bin fürs Erste mit ihrer Behandlung fertig. Sie können sie zur Wartebucht bringen, wo die Sklavinnen untergebracht wurden, die mit ihr hergekommen sind. Anschließend kommen Sie bitte zu mir, damit wir über ihre Unterbringung sprechen können."

Der Krieger verbeugt sich vor dem Arzt, der sein Vorgesetzter sein muss, und wendet sich wieder an mich. Er hebt mich an der Taille hoch und stellt mich auf die Füße, als wöge ich nichts. Als meine Knie einknicken, fasst er mich am Ellenbogen und stützt mich.

„Kannst du laufen, kleiner Mensch?"

„Ja, Meister", murmle ich.

Der Krieger macht einen Laut wie „Hmm" oder „Mm". Er klingt zufrieden. Seine große Hand bleibt auf meinem Ellenbogen, während er mich aus der Klinik auf einen langen weißen Korridor führt. Das Gebäude ist wunderschön – es unterscheidet sich gewaltig von den okrezianischen Bauwerken. Das ist zumindest mein erster Gedanke. Als ich mich jedoch an die okrezianischen Gebäude zu erinnern versuche, sehe ich nur ein verschwommenes Bild von einem Labor vor meinem inneren Auge. Sobald ich versuche, diese Erinnerung zu jagen, verschwindet alles.

Dennoch bin ich mir sicher, dass ich noch nie so gewaltigen Reichtum und Pracht gesehen habe. Der Boden des Korridors besteht aus glänzendem Marmor oder einem anderen Stein. Die Wände sind mit einem polierten Putz bedeckt, in dessen Textur blasse Farben gewebt wurden.

Dieser Planet hat eine Leichtigkeit an sich, die ich noch nie zuvor erlebt habe.

Das könnte allerdings auch an den Medikamenten liegen, die sie mir für meine Kopfverletzung gegeben haben.

Ich hole mehrere Male tief Luft. Ich muss diese Kopfschmerzen loswerden, damit ich verstehen kann, was genau vor sich geht.

„Ist das hier dein Raum?" Er deutet zu dem kleinen, jedoch gemütlichen Alkoven. Die anderen Geretteten sind in ähnlichen Quartieren entlang des Gangs untergebracht worden. Wir sind eingesperrt, es fühlt sich allerdings wie keines der Gefängnisse an, die ich gesehen oder mir vorgestellt habe.

„Ja." Mein Kopf dreht sich erneut und ich schwanke.

Er packt mich und senkt mich auf ein weiches Schlaflager. „Setz dich."

Ich blinzle, als er eine weiche Decke um meine Schultern wickelt. Seine Finger streifen meine Haut, was scheinbar teils zufällig und teils absichtlich geschieht, und ich erschaudere. Man hat mir ein weiches Gewand mit kurzen Ärmeln gegeben, das viel bequemer ist als alle Kleider, die ich zuvor getragen habe. Ich spüre seine Finger gern auf meinem Arm.

„Ist dir kalt?" Seine Stimme ist leise und erneut neckend.

„Äh … nein." Tatsächlich ist mir am ganzen Körper warm und alles kribbelt, vor allem die Stellen, die er berührt hat.

„Gut." Er betrachtet mich, fasst mich allerdings nicht mehr an, woraufhin Enttäuschung durch meinen Körper schwappt.

Ich starre in sein gut aussehendes Gesicht und versuche, aus ihm schlau zu werden. Mir einen Reim auf diese ganze Situation zu machen.

„Du hast mich also gerettet?" Ich weiß, dass er das getan

hat, aber ich brauche es, dass er es laut ausspricht, damit alles Sinn ergibt. Ich versuche dadurch, die Teile meines Gehirns zu entriegeln, die momentan nicht erreichbar sind.

„Du lagst sterbend in einer verlassenen Hütte auf einem angeblich verlassenen Planeten. Wir glauben, dass du von Okrezianern dort zurückgelassen wurdest. Außerdem habt ihr alle die gleichen Narben am Kopf."

„Aber warum?" Meine Stimme bricht. Ich greife nach oben, um meinen Kopf zu berühren, und finde die eigenartig vertraute Erhebung unter meinem Haaransatz. Ich fahre sie mit dem Zeigefinger nach. „Was ist das?"

„Wir hatten gehofft, dass du uns das erzählen könntest." Seine Stimme ist ernst. „Diese Information ist von größter Wichtigkeit für unseren Planeten und für jedes Wesen, das hier lebt. Zandianer und Menschen gleichermaßen."

Ich denke darüber nach. „Mein Name ist Sia. So viel weiß ich."

Er nimmt meine Hand in seine. Der Funke, der daraufhin durch mich knistert, ist ein Schock und eine Überraschung für mich. Ich mag seine Berührung mehr als alles andere.

„Ich bin eine Laborarbeiterin", sage ich, ohne zu wissen, was es bedeutet. Dann präsentiert sich mir die Information als perfekte kleine Videoclips, als würde ich mir ein Holo anschauen. Funktioniert so ein Gedächtnis?

„Ich organisiere Glaswaren und führe einfache Experimente mit Chemikalien durch, aber ich bin keine Chemikerin. Ich bin nur eine einfache Arbeiterin." Es ist erstaunlich, wie das Wissen zu mir zurückkehrt wie Wasser, das in einen Becher fließt. „Ich kann es sehen!" Ich schaue ihn an und Furcht wallt in mir auf, doch seine Augen beruhigen mich.

„Mach weiter." Daven drückt meine Hand. „Erzähl mir einfach alles, woran du dich erinnerst."

Ich nicke. „Der Name meines Meisters ist", er fällt mir ein, „Torok. Aber wir … er ist kein Meister wie du. Er berührt uns nie." Mein Gesicht fühlt sich heiß an. „Wir sind keine Lustsklavinnen."

Ich weiß nicht, warum ich Lust erwähnt habe. Daven hat nicht angedeutet, dass er mich auf diese Weise benutzen wird. Doch als ich es ausspreche, werden seine Hörner länger und neigen sich in meine Richtung, als hätte er Interesse an mir.

Bei den Sternen, aus irgendeinem Grund möchte ich, dass er an mir interessiert ist.

Ich räuspere mich und fahre fort: „Wir leben in Schlafsälen und melden uns zur Arbeit. Alles ist streng geregelt. Wir gehen nirgends ohne Wachen hin. Wir bekommen eine Sonderkost, weil wir Experimente sind."

Plötzlich surrt es in meinem Kopf. Ich soll nicht sagen, dass ich ein Experiment bin. Ich berühre meinen Kopf und die seltsame Narbe, die ich nicht verstehe und an die ich mich nicht erinnere. Das Surren verstärkt sich und ich erinnere mich an ein okrezianisches Gesicht – das Gesicht eines der Techniker meines Meisters: *Du darfst nie über die Arbeit von Projekt Alpha sprechen, sonst wirst du getötet. Ist das klar?*

„Ich kann nicht …" Bilder blitzen im Sekundentakt in meinem Kopf auf. *Ich sehe das anzüglich grinsende Gesicht eines Okrezianers über mir. Dann ein Bild von einem Operationssaal, sterile Instrumente und weiße Wände. Eine Spritze nähert sich meinem Kopf.*

Ich schreie auf.

„Immer mit der Ruhe." Davens Arme umschließen mich und die Bilder sind fort.

„Was tut weh? Dein Kopf?"

„Ja." Ich stelle fest, dass ich schwitze. Der Atem entweicht mir keuchend.

„Hast du dich an etwas erinnert?" Er klingt drängend.

„Ähm … ja, ich glaube schon."

„Woran hast du dich erinnert?" Seine Arme spannen sich an. „Erzähl es mir. Es ist sehr wichtig, Sia."

„Es tut mir leid. Ich … ich kann mich nicht an viel erinnern. Eine Spritze. Und ein Gesicht?" Nun sind die Bilder ganz weg. Wie kann das sein? Wie kann ich das so schnell vergessen? „Aber … jetzt bin ich mir nicht sicher. Es ist einfach weg!"

Er schaut mir in die Augen. „Ich verstehe." Ich glaube, auf seinem Gesicht zeichnet sich Enttäuschung ab, aber auch Verständnis. Er glaubt mir.

In diesem Moment blitzt jedoch eine weitere Erinnerung in meinen Gedanken auf. Diese ist anders, irgendwie mächtiger, als würde sie mir auf einem sehr persönlichen Level etwas bedeuten.

„Wir müssen das Geheimnis wahren, sonst sterben wir alle. Du weißt das, Sia." Meine Freundin Flora sieht mich mit wilder Entschlossenheit an, ihre Augen wirken riesig in ihrem frisch rasierten Kopf. Ihre Narben sind frisch und rot, erhoben und dick wie aufgeblähte Adern.

Ich zucke zusammen, als ich ihre Hand nehme, und stimme ihr zu. „Wir werden nie ein Wort zu einem Wesen sagen, falls uns die Flucht gelingt. Wir werden es nicht einmal denen sagen, die vertrauenswürdig wirken. Sie würden uns im Nu töten, wenn sie die Wahrheit über uns wüssten, sogar die angeblich Netten. Denn wegen dem, was in unseren Köpfen ist, kann uns kein Wesen jemals vertrauen."

Der Flashback endet, dieses Mal erinnere ich mich allerdings daran und an den Menschen, mit dem ich zusammen war – Flora. Sie ist ebenfalls hier auf Zandia. Was ist uns nur zugestoßen?

Ich blinzle und wende den Blick ab. Ich will meinem neuen Meister vertrauen, dieser Flashback erinnert mich jedoch an eine Loyalität, die ich anderen schulde – und bis ich das verstanden habe, muss ich schweigen. Das verrät mir mein Bauchgefühl.

„Hast du dich an noch etwas erinnert?" Seine Stimme ist ruhig.

„Nein." Ich schüttle den Kopf, schaue ihn allerdings nicht an. „Ich bin nur müde. Mein Kopf tut weh und ich kann nicht richtig denken. Es ist furchterregend." Der letzte Teil stimmt. Merkt er, dass ich etwas weglasse?

„Es wird alles gut werden." Seine Stimme ist kräftig und ruhig und aus irgendeinem Grund will ich ihm glauben, obwohl im Moment alles wahnsinnig falsch ist.

„Wer bist du?" Diese Frage ist einfacher als: „Wer bin ich?" Denn trotz der Dinge, an die ich mich bisher erinnert habe, weiß ich eindeutig nur sehr wenig über mich und meine Vergangenheit.

„Ich bin Daven. Ein zandianischer Krieger. Dein neuer Meister."

„Okay." Ich nicke.

„Du bist auf Zandia. Du bist hier in Sicherheit. Wir werden dir nicht wehtun. Wir verehren unsere Menschen."

„Okay." Das beschreibt nicht einmal annähernd die gewaltige Erleichterung, die ich bei seinen Worten empfinde, ist jedoch das Einzige, was ich momentan herausbringe.

„Ich bin so dankbar, dass du uns gerettet hast." Erneut versuche ich, meine Erinnerungen heraufzubeschwören, um zu sehen, woran ich mich abgesehen von den wenigen Dingen erinnern kann, die ich ihm erzählt habe.

Panik beginnt, in mir aufzusteigen. „Ich kann nicht!" Es kommen keine Bilder mehr. Meine Vergangenheit ist eine einzige Leere. Ich bin leer.

Er nimmt mein Gesicht sachte zwischen seine starken Hände. „Hör auf. Atme. Ein und aus."

Da ich mich nicht bewegen kann, bleibt mir nichts anders übrig, als in seine tiefen, faszinierenden Augen zu blicken.

„Genau so."

Er legt eine Hand auf meine Brust und obwohl es keine sexuelle Berührung ist, flattert Erregung in meinem Bauch, als die Furcht zu verblassen beginnt. „Tiefe Atemzüge. Denk an nichts anderes. Atme einfach mit mir."

Ich starre in seine Augen und atme ein und aus, bis die Panik nachlässt und ich es wieder ertragen kann, zu existieren.

„Dein Gedächtnis wird zurückkommen. Das tut es immer."

„Du scheinst dir so sicher zu sein." Ich zupfe an der Decke und ziehe eine weiche Haarsträhne zwischen zwei Finger.

„Das ist unsere Erfahrung." Er zuckt mit den Achseln. „Jeder Mensch, der hierherkommt, fühlt sich irgendwann besser."

Ich mag die Bedeutung seiner Worte – dass ihnen Menschen hier wichtig sind. „Jeder Mensch? Wie viele sind hier?" Obwohl ich mich kaum an etwas über mich erinnern kann, weiß ich, dass Menschen dem Universum gehören. Und ich weiß, dass ich schlimm misshandelt wurde. Es klingt so, als sei dieser Planet eine Zuflucht für Menschen. Wenn tatsächlich viele von uns auf diesem Planeten sind, wäre das ein Segen!

Er betrachtet mich. „Mehr als du dir womöglich vorstellst." Er fährt fort: „Und was deinen alten Meister angeht ... Es ist in Ordnung, wenn du dich noch nicht an ihn erinnerst. Denn hier auf Zandia bin ich dein Meister, kleiner Mensch."

* * *

DAVEN

Sia stockt der Atem, sie wirkt allerdings nicht verängstigt. Nein, ich glaube, sie fühlt sich zu mir hingezogen. Ihr gefällt die Vorstellung, mich als Meister zu haben.

„Du musst dich ab jetzt vor mir verantworten." Meine Hörner werden dicker bei dem Gedanken daran, wie ich dafür sorgen werde, dass der kleine Mensch nicht aus der Reihe tanzt. Bei dem Gedanken an die Methoden, die ich anwenden werde, um gutes Benehmen einzufordern. „Immerhin hast du selbst nach mir verlangt."

„Das stimmt", murmelt sie leise und ihr Gesicht wird rot.

„Also gehörst du fürs Erste mir. Meine Aufgabe als dein Meister besteht darin, dich zu beschützen und bei deiner Genesung zu helfen, für deine Sicherheit zu sorgen und deinem Gedächtnis auf die Sprünge zu helfen. Außerdem muss ich sicherstellen, dass du dich gut in Zandia einlebst und deine Rolle hier akzeptierst."

Ich ziehe eine Baue hoch. „Du wirst mir gehorchen. Wir sind hier auf Zandia nachsichtige Meister und erlauben unseren Menschen viele Freiheiten. Allerdings unterstehst du meiner Obhut."

Ihre beerenfarbenen Lippen teilen sich. „Ich verstehe."

„Tust du das?"

Ist es falsch, dass ich darauf hoffe, dass sie mich testen wird? Dass ich es nicht erwarten kann, ihr eine Kostprobe auf eine Bestrafung zu geben?

„Ich werde gehorchen", verspricht sie.

Veck, ihre Stimme ist so süß wie Honig.

„Das wirst du." Ich gluckse. „Wenn nicht haben zandianische Meister Methoden, um ihre Menschen gefügig zu machen." Ich beuge mich nach unten, streife ihre Ohrmuschel mit meinen Lippen und raune: „Du wirst schon sehen."

Ihre Nippel richten sich unter ihrem Gewand auf. „Was meinst du?"

„Wir haben einzigartige Methoden, um einen Menschen an einen Meister zu binden", flüstere ich. „Mach dir keine Sorgen … die meisten Menschen genießen diese Methoden genauso sehr wie wir."

Ich streichle mit den Fingerknöcheln über die Seite ihres Gesichts. „Doch fürs Erste lass uns herausfinden, was du brauchst, um wieder zu Kräften zu kommen. Warte hier."

„Mir bleibt ja ohnehin nichts anderes übrig."

Ah. Mein Schwanz wird in meiner Hose dicker. Da ist es. Sie testet mich bereits.

„Die richtige Antwort", ich nehme ihr Kinn in die Hand, „lautet *ja, Meister*."

Sie hört auf, zu atmen, und richtet ihre großen Augen auf mein Gesicht.

„Sag es, Sia", verlange ich. „Ich brauche deinen Gehorsam. Jetzt. Und jedes Mal, wenn ich ihn verlange."

„Ich …" Sie zögert.

Ich ziehe sie an meinen Körper, drehe sie leicht und werfe die Decke beiseite. Mit einer Hand streichle ich über ihre Pobacken und verpasse ihr einen leichten Klaps. „Du hast es schon einmal gesagt. Sag es jetzt."

Ich rieche ihre Erregung, als sie einen erstickten Laut keucht: „Ai!"

Ich schlage sie noch einmal, dieses Mal etwas fester. Außerdem lasse ich meine Hand nach dem Hieb auf ihrem fantastischen Hintern liegen und spreize meine Finger.

„Sia?"

„Ja, Meister!", keucht sie. Anschließend stöhnt sie leise und presst ihre Beine zusammen, als bräuchte sie dort mehr Reibung. Ich kann es nicht erwarten, bis ich ihr diese schenken kann. Jetzt ist allerdings nicht der richtige Zeitpunkt dafür. Vorher muss ich Vertrauen zwischen uns aufbauen.

„Gut." Ich massiere ihr Hinterteil durch den Stoff ihres Gewandes hindurch. „Beim nächsten Mal sagst du es schneller, verstanden?"

„Ja, Meister."

„Braves Mädchen." Ich packe wieder ihr Kinn. „Denn ich

werde dir für deinen Ungehorsam den Hintern versohlen. Jedes Mal. Das ist die beste Methode, um es dir beizubringen."

Die Röte auf ihren Wangen vertieft sich und sie senkt den Blick.

Veck. Ich muss diesen kleinen Menschen sofort zu meiner Unterkunft bringen. Ich sehne mich danach, ihr Training zu beginnen.

„Ich werde in Kürze zurückkehren", verkünde ich mit rauer Stimme und gehe, um in Erfahrung zu bringen, was ich tun muss, damit ich meinen hübschen Preis mitnehmen kann.

* * *

SIA

Süße Mutter Erde!

Was stimmt nur nicht mit mir, dass mir das gefallen hat? Warum will ich, dass er es sofort noch einmal tut? Ich erinnere mich verschwommen daran, dass mir ein Okrezianer eine Ohrfeige verpasst hat – das war schmerzhaft und furchteinflößend. Die Hiebe von vorhin sind jedoch wie warmer Honig durch meine Adern geflossen.

Er lässt mich mit einem rasenden Gehirn und einem bebenden Körper zurück. Der wissende Blick, mit dem er mich bedenkt, verrät mir, dass er genau weiß, was seine zwei Hiebe mit mir angestellt haben.

Die Tür gleitet hinter ihm ins Schloss und ich weiß, dass sie sich verriegelt hat. Ich habe nicht vor, zu fliehen. Wohin sollte ich gehen? Und warum sollte ich wegrennen?

Ich stehe auf und berühre meinen Hintern mit beiden Händen. Es tut nicht weh, aber ich spüre ein leichtes Kribbeln von den Schlägen. Das Verlangen zwischen meinen

Schenkeln hat zugenommen und ich spüre dort Feuchtigkeit. Das ist neu – mein Körper hat das noch nie getan.

Als er zurückkehrt, wird mein Gesicht erneut heiß.

„Ich habe die Erlaubnis erhalten, dich zu meiner Unterkunft zu bringen", verkündet er. „Du wirst dort mit mir leben."

„Ja, Meister", murmle ich. „Wie lange?"

„So lange, wie es nötig ist." Er bedenkt mich mit einem nachdenklichen Blick. „Bis du deine Erinnerungen zurückerlangst und dich an das Leben hier auf Zandia gewöhnst. Ich werde entscheiden, wann du bereit bist, dich hier in die Gesellschaft zu integrieren."

„Darf ich mit meinen … den anderen Menschen sprechen, bevor wir gehen? Meiner Freundin Flora? Bitte?"

Ich muss so bald wie möglich mit Flora sprechen. Erinnert sie sich an mehr als ich? Was sollen wir angeblich geheim halten? Wer *sind* wir?

„Später." Er sieht mich an. „Sie ruht sich aus."

„Bitte." Es kommt beinahe als ein Schluchzen heraus. Fleht man seinen Meister wegen so etwas an? Denn ich würde es tun, wenn ich der Meinung wäre, es würde helfen.

Er betrachtet mich und seine Gesichtszüge werden weicher. „Ich werde es dir zeigen."

Anstatt mich am Ellenbogen zu fassen, hebt er mich dieses Mal hoch, als wöge ich nichts, und trägt mich durch den Flur, bevor er an eine Tür klopft. Sie gleitet auf.

Flora liegt mit geschlossenen Augen auf einem Schlaflager und atmet ruhig. Ihr Gesicht ist übel zugerichtet und bandagiert. Ihre Haare sind noch immer kurz geschoren von der Strafe unserer Meister. Ihre Haut trägt die okrezianischen Tattoos, die von ihren Verbrechen erzählen – hauptsächlich Fluchtversuche und Ungehorsam.

Eine Betreuerin ist im Raum – ein Mensch, den ich nicht kenne und der anscheinend hier lebt – und verschiebt einige

Gegenstände auf einem Tablett. Sie nickt Daven zu und bedenkt mich mit einem mitfühlenden Blick.

„Sie wird noch einige Planetenrotationen lang schlafen", flüstert sie.

Ich stoße einen leisen Schrei aus. Wie soll ich mich an mehr erinnern, wenn ich nicht mit meinen Freundinnen sprechen kann?

„Schh", raunt mein Meister in mein Ohr. „Sie wird wieder gesund werden, aber sie hat Medizin bekommen und schläft. Du wirst sie wieder sehen, ich verspreche es."

Ich nicke an seiner Schulter. „In Ordnung. Danke, Meister."

Auf dem Weg zu seiner Unterkunft drücke ich den Kopf an seine Brust, bemerke jedoch den Schwebetransporter, das Licht von den Sonnen und die hübschen Gebäude, die vorbeigleiten.

Zandia ist wirklich ein magischer Planet.

Das hier wirkt beinahe zu gut, um wahr zu sein.

Dieser Verdacht – der Gedanke, dass meine Anwesenheit hier irgendwie in Bezug zu meiner Arbeit in dem Labor steht und etwas Schreckliches passieren wird – hindert mich daran, mich in den starken Armen meines Meisters zu entspannen.

* * *

DAVEN

Der Mensch kuschelt sich an mich, beinahe als würde sie versuchen, in meine Brust zu klettern. Sie hat Angst und ist immer noch erschüttert. Das sorgt dafür, dass mein Beschützerinstinkt fast durch die Decke geht.

Dennoch hat sie mich bereits mindestens einmal angelogen. Ich sah, dass sie den Blick abwandte, während wir uns unterhielten, und ich merkte, dass sie etwas verbarg.

Axe hatte recht. Ich kann ihr nicht vertrauen.

Doch was verbirgt sie? Und warum? Ich werde es herausfinden. Es ist meine Mission, es herauszufinden.

Es stört mich nicht, eine sanfte Bestrafung zu verabreichen, um sie gefügig zu machen. Menschenweibchen lieben das. Es erregt sie sexuell und bindet sie an ihren Gefährten und Meister. Ich lächle, als ich mich daran erinnere, wie sich ihre Pupillen weiteten und ihr ganzer Körper vor Verlangen pulsierte, nachdem ich ihren hübschen Hintern lediglich zweimal angetippt hatte. Oh, es wird Spaß machen, sie zu trainieren. Und zu disziplinieren. Und zu besitzen, wenn auch nur für kurze Zeit.

Mein Schwanz drängt sich gegen meine Hose und ich zwinge mich, mich zu beruhigen. Bei diesem Weibchen muss ich langsam und stetig vorgehen, denke ich.

Sie murmelt im Schlaf und bewegt sich, wodurch das Gewand von ihrer Schulter rutscht und perfekte Haut sowie die Rundung eines perfekten Busens entblößt. *Langsam und stetig.*

„Aber nicht zu langsam", flüstere ich. *Veck*, ich muss all meine Selbstbeherrschung aufbringen, damit ich nicht an Ort und Stelle über sie herfalle.

KAPITEL VIER

Sia

Ich verbringe eine angenehme Nacht mit meinem neuen Meister, in der er keine Forderungen an mich stellt. Er zeigt mir, wie ich die unglaubliche Waschröhre benutzen kann, gibt mir wunderbar weiche, bequeme Kleidung und lässt Essen für mich in seine Unterkunft bringen.

Eine Planetenrotation später werde ich zu einer Gedächtnis-Session mit Dr. Daneth gebracht. Obwohl er nichts anderes getan hat, als mir mit meinen Verletzungen zu helfen, macht er mir Angst. Er ist zu klug. Ich habe das Gefühl, als wüsste er, dass ich lüge.

Seine Assistentin Bayla lächelt. „Sia, lehn dich auf dem Schwebestuhl zurück und versuche, dich zu entspannen. Wir werden dir bloß ein paar Fragen stellen und schauen, ob du dich an etwas erinnern kannst. Okay?"

Ich nicke. Ich mag Bayla. Sie ist ein Mensch wie ich, die Gefährtin des Doktors und hat auf diesem Planeten anscheinend eine bedeutsame Stelle inne, die mit vielen Freiheiten und Anerkennung einhergeht. Außerdem wirkt sie glücklich.

Ich denke an Daven und daran, wie anders es bei uns ist. Er hat deutlich gemacht, dass wir nur zusammen sind, damit er mir dabei helfen kann, mein Gedächtnis zurückzuerlangen, und weil er mir als Meister zugeteilt wurde – mehr gibt es zwischen uns nicht. Wenn er von mir erhalten hat, was er will, werde ich an einen anderen Meister weitergereicht werden.

„Sia. Bisher hast du uns erzählt, dass du auf Okrezia eine Technikerin und Sklavin warst." Die Stimme des Arztes ist leise und ruhig.

Ich sehe mich in der Med-Bucht um, die sauber und steril, aber nicht abschreckend ist. Niedrige Schränke säumen die Wände und es gibt ein großes Fenster, durch welches das Nachmittagslicht strömt. Mein gepolsterter Sitz ist bequem und luxuriös, obwohl mein Körper noch immer vor Sorge angespannt ist.

„Ja. Das stimmt." Mein Herz hämmert wie wild.

„Ich werde dir Fragen stellen und du versuchst, sie so schnell wie möglich zu beantworten."

Ich nicke.

„Bayla wird dieses Band an deinem Handgelenk anbringen. Es wird nicht wehtun. Es wird lediglich deine Vitalwerte aufzeichnen, während wir uns unterhalten."

Ich nicke erneut. Ein Lügendetektor. Mein Herz sinkt. Ich hole tief Luft. Ich werde einfach mein Bestes geben.

Er stellt mir eine Reihe von Fragen: Was esse ich täglich? Wo schlafe ich? Diese Fragen sind einfach und ich beginne, mich zu entspannen. Ich kann ehrlich antworten.

Dann wird es schwieriger in dem Sinn, dass ich mich wieder in dieser Grauzone befinde, was ich erzählen soll und was nicht.

„Welche Arbeiten hast du verrichtet?"

Ich beginne mit meinen vorherigen Aufgaben. „Ich wurde einem Labor zugewiesen, wo ich den Chemikern bei Experimenten half. Ich organisierte Messbecher, putzte sie und machte hinsichtlich der Mischverhältnisse Notizen auf einem Holo-Gerät." Ich lege meine Finger aneinander und schiebe die Nägel einer Hand unter die der anderen. „Ja."

Er und Bayla wechseln einen Blick. Das Gerät an meinem Handgelenk blitzt auf.

„Und? Was dann?"

Ich beiße mir auf die Lippe. „Ich habe weitere Aufgaben in dieser Richtung erledigt. Dann erhielt ich, äh, eine neue Aufgabe." Ich spüre, dass ein Schweißtropfen vom Haaransatz über meinen Nacken kitzelt.

„Alpha 2. Daven hat uns von deinen Erinnerungen erzählt."

Ich nicke vermutlich zu lange. „Ja, aber ich kann nicht … ich erinnere mich nicht, was ich dort getan habe."

Ich schaue ihn und Bayla an und gebe mir Mühe, unschuldig zu wirken. Ich reiße die Augen auf für den Fall, dass das hilft. „Die Erinnerungen, äh, sind noch nicht zurückgekommen. Nur Bruchstücke." Wenn ich Bröckchen der Wahrheit beimische, wirken meine Worte dann seriöser?

„Die da wären?" Seine Stimme ändert sich nicht.

„Ähm, ich glaube, ich wurde gefesselt. Ich erinnere mich an Schmerzen." Ich kneife die Augen zu, weil diese Erinnerungen der Wahrheit entsprechen und schrecklich sind. „Ich glaube, sie wollten meine Muskeln und diese Dinge verbessern." Ich deute auf meinen Körper. „Sie wollten schauen, ob sie mich stärker machen können."

„Das haben sie zuvor schon einmal getan", sagt der Arzt zu Bayla.

Sie nickt und macht ein mitfühlendes Gesicht. „Ich weiß, dass hier ist schwer, Sia, und du machst das so gut. In dieser Planetenrotation werden wir dir nur noch ein paar Fragen stellen."

Während sie spricht, setzt das eigenartige Surren in

meinem Kopf ein. Es ist die gleiche Empfindung, die ich schon einige Male gespürt habe. Ich berühre meine Schläfe und verziehe das Gesicht.

„Sia, noch einmal zurück zu Projekt Alpha. Wie wollten sie dich verbessern? Ich habe das Gefühl, dass du womöglich mehr weißt, als du denkst. Versuche, dich zu konzentrieren."

Das Surren wird zu einem Klicken und Brüllen in meinen Ohren. Dann hört es auf.

„Ich kann es wirklich nicht sagen." Ich zucke mit den Achseln und hoffe, dass ich besorgt, jedoch unwissend wirke. „Ich hoffe, dass ich mich bald an mehr erinnere." Ich füge hinzu: „Ich will wirklich helfen." Diesen Teil meine ich vollkommen ernst.

Es klopft an der Tür und der Arzt dreht sich um. „Entschuldige mich. Ich muss mit ihm sprechen." Er berührt Baylas Schulter, eine Geste, die zugleich beruhigend und dominant ist. Ich sehne mich danach, diese Art der Verbindung zu Daven zu haben.

„Doktor, wir haben Informationen erhalten, dass die Karraner bald in dieser Gegend vorbeikommen werden. Angeblich wollen sie nur Karten erstellen. Wir machen uns Sorgen, dass sie in Wahrheit für die Okrezianer spionieren und die Absicht haben, hochauflösende Bilder unseres Planeten aus der Luft zu machen und unsere Ressourcen abzuschätzen. Wir müssen unsere Maskierungs- und Tarntechnologien mit Ihnen und den Experten besprechen. Wir müssen herausfinden, ob wir sie von diesem Vorstoß abbringen können."

„Nicht hier, S…"

Das Surren ist zurück und dieses Mal wird es von einigen Blitzen begleitet. Sie tun nicht weh, doch jedes Mal, wenn es passiert, verdunkelt sich mein Sichtfeld kurz und ein Schwindelgefühl erfasst meinen Körper.

Ich erschaudere und schüttle den Kopf. Dann erinnere ich

mich – in meinem Kopf ist ein Chip. Ein Chip, der dazu benutzt werden kann, mich von innen heraus zu zerstören. Ich kann mich nicht mehr an seinen Zweck erinnern, aber etwas lässt mich glauben, dass der Chip aktiviert wurde, um diese Worte aufzuzeichnen. Mutter Erde, wenn es nur eine Möglichkeit gäbe, das zu unterbinden.

Als sich die Tür erneut öffnet, kommt Daven herein. Er nickt mir zu, bevor er und der Doktor sich einige Minuten lang besprechen. Der Arzt entfernt das Gerät von meinem Handgelenk und überprüft die Werte, ehe er den Kopf schüttelt. Dabei unterhalten er und Daven sich weiterhin so leise, dass ich nichts hören kann.

* * *

DAVEN

Sia wirkt nach ihrer Session mit Dr. Daneth bleich und verängstigt.

Ein Teil von mir will sie in die Arme nehmen, dem Doktor sagen, dass er sie in Ruhe lassen soll und sie zurück zu meiner Unterkunft tragen, wo ich sie vor jedem Wesen beschützen kann.

Andererseits ist sie möglicherweise gestresst, weil sie etwas geheim hält. Dr. Daneth scheint zu denken, dass sie mehr weiß, als sie sagt, und Angst hat, zu reden. Er meinte, dass ihre Unfähigkeit, uns eindeutige Informationen zu geben, auch mit ihrer Kopfverletzung und dem Gedächtnisverlust zu tun haben könnte.

Ich weiß nicht, was ich von alldem halten soll.

Als wir die Med-Bucht verlassen, kommt Axe aus einem anderen Laborraum. Seine große Hand liegt in Floras Nacken. Sie ist der Mensch mit den Straftattoos und dem rasierten Schädel.

Sie hält den Kopf hoch erhoben und hat das Kinn stur

gereckt, als hätte sie vor, sich Axe zu widersetzen, wenn nicht mit ihrem Körper, dann mit ihrem Verstand und ihren Emotionen.

„Flora!", ruft Sia, als sie ihre Freundin sieht. Sie schlingt die Arme um das hellhäutige Weibchen und Flora flüstert ihr etwas ins Ohr, was ich nicht verstehen kann.

„Sie kann jetzt nicht mit dir sprechen", knurrt Axe, zieht Flora weg und bedenkt Sia mit einem finsteren Blick, bei dem sich meine rechte Hand zur Faust ballt.

Das ist jedoch albern. Axe bedroht mein Weibchen nicht.

Zumindest würde ich ihm raten, das zu unterlassen.

„Wohin bringst du sie?" Sias Stimme ist schrill vor Angst.

„Ihr geht es gut, kleiner Mensch", beruhige ich sie. „Ihr seid hier auf Zandia sicher. Axe wird ihr nicht wehtun."

Axe strafft die Schultern und ein Muskel an seinem Kiefer zuckt. „Natürlich werde ich ihr nicht wehtun", sagt er steif. „Wir brauchen lediglich Antworten." Er schaut Sia erneut böse an. „Von allen Menschen."

„Wir werden Antworten erhalten." Ich klinge positiver, als ich mich fühle, aber mir gefällt das Unbehagen nicht, das Axe ausstrahlt. Ich will nicht, dass es meine Beziehung zu Sia beeinflusst.

Ich gewöhne mich bereits daran, sie in meiner Unterkunft zu haben und ihr Meister zu sein.

„Wenn sie auf Zandia bleiben möchten, müssen sie alles verraten. Wir beherbergen hier keine Spione der Okrezianer."

Ich schnaube. Jetzt benimmt sich Axe lächerlich. „Kein Mensch ist ein Spion der Okrezianer. Sie waren Sklavinnen. Sie mussten hart arbeiten und den Kopf einziehen, nur damit sie überlebten. Vergiss das nicht, wenn du dein Weibchen befragst."

Zum ersten Mal richtet Flora ihren hochmütigen Blick,

der bisher absichtlich von Axe abgewandt war, auf sein Gesicht. Sie sucht darin nach etwas.

„Sie ist nicht mein Weibchen."

Floras Lippen spannen sich an und sie wendet den Blick ab.

„Wurde sie nicht deiner Obhut übergeben?", hake ich nach.

Axe zögert. „Das wurde sie. Vorübergehend."

„Also bist du ihr Meister und sie ist dein Schützling."

„Sie ist mein …" Axe verstummt und wirft Flora schnell einen Blick zu. Seine Hörner werden dicker und neigen sich in ihre Richtung.

Wie ich vermutet habe. Sein Interesse geht über die Informationen hinaus, die sie möglicherweise hat.

„Sie ist fürs Erste dein Weibchen. Denk daran, was sie durchgemacht hat. Wenn ihre Vergangenheit sie rebellisch gemacht hat, lag das bestimmt daran, dass sie keinerlei Freiheiten hatte."

Axe lässt sofort Floras Nacken lost, als hätte ihr schlanker Hals seine Hand verbrannt. „Das weiß ich", giftet er. Er packt sie stattdessen am Ellenbogen. „Komm, Mensch", blafft er.

„Komme schon, Meister", murmelt Flora mit einer Stimme, die als respektvoll interpretiert werden könnte, es jedoch nicht ist.

Sia greift nach ihrer Freundin, doch ich nehme ihre Hand, um sie wegzuführen. „Ein anderes Mal, Sia."

Sie richtet ihre großen, dunklen Augen auf mich und klimpert mit ihren dichten Wimpern. „Ja, Meister."

Anders als Flora klingt Sia aufrichtig und bei ihrem samtenen Tonfall wird mein Schwanz hart.

Ich habe Ideen, wie ich meinen kleinen Menschen zum Reden bringen kann, und bei allen geht es darum, sie nackt auszuziehen und meiner Gnade auszuliefern.

Tatsächlich kann ich es nicht erwarten, bis ich mir die Zeit für eine persönliche Befragung nehmen kann. Eine, bei der auch eine kleine Bestrafung zum Einsatz kommen wird, damit sie ehrlich antwortet.

Wir treten ins Sonnenlicht, als mein Freund Khrys und seine menschliche Gefährtin Kailani mit ihrem Kleinkind in den Armen auf uns zu kommen.

Sia keucht und starrt das Halblings-Kind an, bevor sie die Eltern mustert.

Ich hebe meinen Unterarm im rechten Winkel und die Faust zum traditionellen zandianischen Gruß. „Khrys, Kailani, das hier ist Sia. Wir haben sie und mehrere andere menschliche Sklavinnen von Simak 14 gerettet."

Khrys erwidert die Geste, während Kailani eine Hand ausstreckt und Sias ergreift.

Sia hat nur Augen für das Kind. „Wer ist das?" Ihr Lächeln bringt ihr Gesicht zum Strahlen und sorgt beinahe dafür, dass ich eifersüchtig auf das Kind bin, weil es solche Freude in ihr auslöst.

Dadurch verstärkt sich mein Wunsch, ein Junges in ihren Bauch zu pflanzen und zuzuschauen, wie unser Halbling in ihr heranwächst.

„Das ist Nicao, unser Junges", antwortet Kailani mit einem ähnlich strahlenden Lächeln. „Er ist nur etwas älter als ein Sonnenzyklus."

Das winzige Junge hebt seine Faust in die Luft, so wie es Khrys und ich getan haben, woraufhin wir alle bewundernd lachen und die Geste erwidern.

„Er ist so klug", gurrt Sia.

„Er ist wegen einer Kontrolluntersuchung bei Dr. Daneth hier. Wir würden gerne plaudern, sind allerdings spät dran", entschuldigt sich Kailani.

„Natürlich. Es war schön, euch kennenzulernen", ruft Sia, den Blick nach wie vor auf den Halbling gerichtet.

Als die Familie das Gebäude betritt, neigt sie das Gesicht zu meinem. „Also stimmt es … Zandianer paaren sich mit Menschen?"

Ich nicke. „Es stimmt. Unsere Spezies läuft Gefahr, auszusterben. Dr. Daneth hat herausgefunden, dass Menschen die besten Zuchtsklaven sind, um uns bei der Wiederbevölkerung des Planeten zu helfen."

Sias Stirn legt sich in Falten. „Aber Kailani ist nicht …" Sie schaut in die Richtung, in die Kailani und Khrys gegangen sind. „Sie ist nicht nur eine Zuchtsklavin, oder? Sie sahen aus, als … wären sie Gefährten. Glücklich."

Meine Hörner werden dicker und neigen sich in ihre Richtung. Sie will einen Gefährten und zandianische Junge. Dessen bin ich mir sicher und die Vorstellung sorgt dafür, dass mein Blut gen Süden in meinen Schwanz fließt. Ich will das Männchen sein, das ihr ein Junges schenkt.

Als hätte sie meine Stimmung bemerkt, schmiegt sie sich an meinen Körper und ihre Nippel bohren sich gegen den dünnen Stoff ihres Kleides.

„Viele Menschen nehmen ihre Meister zum Gefährten", raune ich.

Sie blinzelt und ich fange den Geruch ihrer Erregung auf.

„Würde dir das gefallen?"

„Ja, Meister." Sie fügt ihrer Stimme ein Schnurren hinzu.

Meine Hörner werden dicker und pulsieren.

Veck, ja.

Ich senke mein Gesicht zu ihrem und meine Lippen schweben kurz vor ihrem sinnlichen Mund. „Zeige mir, dass du ein braver kleiner Mensch bist und wir werden sehen, ob wir gut zusammenpassen."

„Ja, Meister."

Ich will von ihr kosten, sie ausziehen und herausfinden, was sie zum Schreien bringt. Ihre Verletzungen sind allerdings noch nicht vollständig verheilt. Ich muss noch ein oder zwei Planetenrotationen warten.

Veck, ich will ihr eine sexuelle Einführung geben.

Axe irrt sich gewaltig in Bezug auf diese Weibchen.

Man muss keine Angst vor ihnen haben. Sie sind dazu gedacht, sanft, jedoch entschlossen erobert zu werden.

KAPITEL FÜNF

Sia

„Wie fühlst du dich?", fragt Daven eine Planetenrotation später.

Es ist ein sonniger Morgen und Lichtstrahlen fallen durch das große Kuppelfenster seiner Unterkunft. Sein Domizil, das hoch gelegen ist und einen relativ geschäftigen Platz überblickt, ist wie alles auf diesem Planeten ziemlich hübsch.

Ein Kristall – ein zandianischer Kristall, hat mir Daven erzählt – ist in das Oberlicht in der Decke eingelassen und projiziert Kaskaden aus Regenbögen an die Wände. Daven sagt, dass Zandianer die Kristallenergie nutzen, um ihre Körper zu nähren – sie brauchen kaum Essen.

„Ich beobachte gerne das Treiben dort unten." Ich deute zur Straße, die mit flachen Steinen gepflastert ist, in denen winzige Kristallstücke funkeln. Zwei Menschen unterhalten sich unter mir – es ist ein tröstliches Geräusch. „Ich schaue gerne zu."

Eine Gruppe zandianischer Krieger marschiert gemeinsam zu einer weiter entfernten Kuppel. Sie sind so stark und hübsch wie Daven, lösen aber nicht die gleiche Sehnsucht nach Berührungen in mir aus, wie er es tut.

„Wann darf ich meine Freundinnen sehen?" Ich nehme eine Traube von dem Zweig, den er mir auf der glänzenden Silberoberfläche präsentiert hat. Daven isst nur alle zehn Planetenrotationen, bringt mir allerdings das fantastischste Essen, das ich jemals gekostet habe. Frisches Essen – Obst, von dem ich nur gehört, das ich jedoch noch nie gesehen oder geschmeckt habe.

„Bald. Wenn ihr euch alle eingelebt habt."

Ich will unbedingt all die Lücken in meinem Kopf darüber füllen, was passiert ist und warum wir hier sind. Ich weiß, dass meine Bedenken berechtigt sind, denn als ich Flora während der letzten Planetenrotation umarmte, warnte sie mich: „Sag *nichts*, Sia."

Ich weiß nicht einmal, was ich nicht sagen soll, aber ich habe gemerkt, dass sie sich an etwas erinnert hat und wir nicht darüber reden sollen.

Jetzt weiß ich, dass es etwas mit dem Chip zu tun hat.

Ich brenne auf ein richtiges Gespräch mit Flora und ich will auch die drei anderen sehen – Katia, Alyza und Janae. Bezüglich des großen Geheimnisses, das wir in unseren Köpfen bewahren, tappe ich noch immer im Dunkeln. Was ist sein Zweck? Aus irgendeinem Grund glaube ich, dass es Dinge aufzeichnen soll.

Das könnte ein Problem sein. Was, wenn wir als ahnungslose Spione nach Zandia geschickt wurden?

Das ergibt keinen Sinn. Wir wurden nicht nach Zandia geschickt, sondern auf Simak 14 von einer Gruppe Okrezianer zurückgelassen, die dachte, wir wären Lustsklavinnen. Es gab irgendeine Verwechselung. Wir wurden an den falschen Standort geschickt.

Also wohin sollten wir eigentlich gehen und warum?

Und was wird jetzt mit diesen Chips in unseren Köpfen

passieren? Können wir aufgespürt werden? Zeichnen sie etwas auf?

Ein Schauder durchläuft mich, als ich plötzlich verstehe, warum Flora so eindringlich klang, als sie mich beschwor, nichts zu sagen. Ich erinnere mich daran, was sie uns antun können, wenn wir das Geheimnis verraten – sie können unser Gehirn von innen heraus zerstören.

Der Chip ist mit unseren Neuronen verwoben.

„Ich bin dankbar, dass ich hier bin", beeile ich mich, hinzuzufügen für den Fall, dass ich undankbar wirke. „Das Essen ist köstlich. Ich bin in Sicherheit und habe es warm. Aber es sind mittlerweile drei Planetenrotationen vergangen, oder? Darf ich Flora und die anderen Menschen sehen?" Ich deute nach draußen und schaue zu ihm auf. „Bitte, Meister."

Er setzt sich neben mich und seine Körperwärme löst wie immer ein Kribbeln in meinem gesamten Körper aus. Der Frust darüber, in seiner Unterkunft festgehalten zu werden, und die Angst vor meinen fehlenden Erinnerungen, verblassen jedes Mal, wenn ich seine Präsenz spüre. Jedes einzelne Mal, wenn er sich mir nähert, wird das Verlangen in meinem Körper stärker. Ich will etwas, was ich nicht in Worte fassen kann. Es ist eine ganz andere Art von Frust.

Er berührt mein Gesicht. „Deine äußeren Wunden sind verheilt. Aber deine Erinnerungen sind nach wie vor unvollständig. Dr. Daneth hält es für besser, wenn du größtenteils isoliert lebst, bis du deine Gedanken besser im Griff hast."

„Da bin ich anderer Meinung, Meister." Ich stehe auf und tigere hin und her. Ich weiß nicht, was mich dazu bringt, mit meinem neuen Meister zu diskutieren, aber irgendwie spüre ich, dass ich hier sicher bin. „Ich denke, rauszugehen, würde mir helfen. Mein Körper ist voller Adrenalin, Furcht, Verlangen. Ich brauche etwas. Ich brauche Erleichterung."

„Hast du dein Erinnerungsbuch geführt?" Er sieht mich aus schmalen Augen an. „Sia?"

Ich nicke. „Ja. Natürlich zeichne ich all meine Erinnerungen auf." Das ist eine Lüge. Ich habe viele aufgezeichnet, jedoch alles zurückgehalten, was mit meiner Kopfnarbe oder den Einzelheiten zu Projekt Alpha zu tun hat – allerdings war ich ohnehin nicht besonders erfolgreich dabei, mich an diese Dinge zu erinnern.

„Ich habe mich erst vorhin an etwas Neues erinnert. Soll ich es dir erzählen?"

Er nickt und verengt die Augen zu Schlitzen, als sei er sich nicht sicher, ob ich die Wahrheit spreche.

Ich berühre das Gerät, drücke aber nicht auf die Abspieltaste. „Ich erinnere mich daran, dass ich in einem Labor war und sich einige der okrezianischen Laborleiter unterhalten haben. Sie waren aufgeregt. Sie sagten", ich halte inne und schließe die Augen, damit ich es richtig wiedergebe, „dass sie neue Proteine isoliert hätten, die sie uns zusammen mit verschiedenen Hormonen geben können, um unser Durchhaltevermögen zu steigern. Angeblich könnte mit diesen Proteinen auch unser Genesungsprozess beschleunigt werden."

Ich öffne die Augen und schaue Daven an. „Sie schrieben auf ein Holoboard und ich erinnere mich an die Symbole. Ich kann sie schreiben."

Daven ist verstummt und sein ganzer Körper vibriert vor eifrigem Interesse. „Ja, Sia, bitte." Seine Stimme ist leise. Er reicht mir ein Tablet mit einem leeren Bildschirm. „Schreibe sie nach deinem besten Vermögen auf."

Ich weiß nicht, wie ich das tun soll, und vielleicht sollte ich Angst haben, weil ich mich mit Chemie nicht auskenne. Ich erinnere mich nur an wenig von meiner Vergangenheit, weiß jedoch, dass ich gut darin war, Glaswaren zu organisieren und die einfachsten Mischungen zuzubereiten. Allerdings war ich keine Expertin in Sachen Wissenschaften – ich war eher eine ‚folge den Anweisungen'-Technikerin.

Es ist komisch, wenn ich mich an etwas erinnere, fühlt es sich an, als würde ich mir ein Video anschauen. Erneut – wie bei meiner ersten Begegnung mit Daven – bin ich erschüttert, dass mein Gehirn etwas so vollständig abspielen kann, als würde ich mir ein Holo anschauen. Ich bin mir ziemlich sicher, dass mein Gedächtnis früher nie so funktioniert hat?

„Wie kommt es, dass du dich an all das erinnern kannst?" Davens Stimme hat einen eigenartigen Unterton, als er mich beim Zeichnen beobachtet – er klingt nicht anschuldigend, sondern eher neugierig. Er betrachtet mein Werk. „Ich kann das nicht einmal verstehen. Die meisten Zandianer haben keine derart fotografischen Erinnerungen." Er vergrößert einen Teil des Bildschirms. „Das ist sehr komplex."

„Ich ... weiß es ehrlich gesagt nicht."

Er mustert mein Gesicht, als sei er sich nicht sicher, was er sieht.

„Daven, ich verstehe wirklich nicht, wie es funktioniert, aber ich habe mich daran erinnert. Es ist einfach da, in meinem Kopf." Ich zucke mit den Achseln. „Aus irgendeinem Grund kann ich den Holo-Bildschirm aus dem Labor vor meinem inneren Auge sehen. Ich erinnere mich daran, dass ich die Messbecher organisiert habe, wie es mir aufgetragen worden war, und dass sich mir die Symbole ins Gedächtnis gebrannt haben."

„Ist das ein Projekt, mit dem du vertraut bist? Hast du mit Chemikalien experimentiert?", hakt er mit gerunzelter Stirn nach.

„Ich weiß nichts über diese Technologie. Es ist, als würde ich eine Fremdsprache transkribieren, aber ich weiß, dass es akkurat ist. Es zeigt zumindest das, was ich an jenem Tag sah. Ich ... es ist einfach in meinem Gehirn."

„Das ist gut. Sehr gut." Daven klingt endlich zufrieden, als ich die komplexen Berechnungen fertigstelle, obwohl er nach wie vor besorgt wirkt. „Es ist eine starke Erinnerung und wir können versuchen, sie mit den anderen Menschen zu teilen und zu schauen, ob sie bei ihnen weitere Erinnerungen auslösen. Und wenn sie richtig ist, ist Dr. Daneth möglicherweise in der Lage, die Technologie nachzuahmen, um den Menschen hier auf Zandia zu helfen." Aufregung schwingt in seiner Stimme mit – und Stolz. „Exzellente Arbeit, Sia. Weiter so."

Ich erröte. Ich liebe das Gefühl, ihn stolz gemacht zu haben.

„Ich bin froh, dass ich helfen kann." Ich berühre meinen Kopf. „Du und die Zandianer haben mir – uns – so sehr geholfen. Ich will all den Menschen hier so gut wie möglich helfen." Als ich das sage, zuckt ein eigenartiger Blitz durch meinen Kopf und etwas summt. Ich berühre meine Schläfen. „Ich …" Ich schüttle den Kopf.

„Die da ist perfekt für Projekt Alpha", spricht ein Okrezianer. „Klug, kann chiffrieren, lernt erstaunlich schnell. Und die Gehirnscans zeigen die Flexibilität, die wir brauchen."

Ich bin mit Riemen fixiert. Wir sind in einem Labor. Sie werden jetzt die Operation durchführen – die, die der Höhepunkt des Projekts Alpha sein wird – und uns zu …

Dann ich selbst, viel später, wie ich nach oben greife, um die verheilten Narben auf meinem Kopf zu berühren – Narben, die zu denen auf Floras Schädel passen …

Zu was genau wurden wir gemacht? Ich will mehr von der Erinnerung, aber sie ist nicht vollständig. Ich erinnere mich allerdings an genug. Etwas Schreckliches ist mir in diesem Labor widerfahren. Es hat etwas mit dem Chip zu tun und es ist das, was ich laut Flora geheim halten soll. Ich *muss* es geheim halten, damit wir am Leben bleiben können.

„Was?" Daven beugt sich vor. „Erzähl es mir."

Ich schüttle den Kopf, als die Erinnerungen in diesem wirbelt und das Schwindelgefühl verfliegt. „Sie ist verschwunden", lüge ich.

Ich will Daven nicht belügen. Das Problem ist, dass ich nicht weiß, welche dieser Erinnerungsblitze ich verraten darf und welche nicht, wenn sie vorkommen – und sie kommen häufiger vor, als ich ihm gestehe. Ich kann das Gefühl nicht abschütteln, dass ich mehr über mich selbst lernen muss, bevor ich Daven etwas erzählen kann. Immerhin hängen anscheinend mein Leben – und Floras – davon ab, dass etwas geheim gehalten wird. Ich wäre eine Närrin, wenn ich mir keine Zeit nehmen würde, um zuerst selbst hinter das Ganze zu kommen, oder?

Diese Erinnerung ist eindeutig keine, die ich im Moment einfach so verraten kann, wenn mir meine Sicherheit lieb ist.

Aber Mutter Erde, er merkt, dass ich lüge.

„Ich glaube, du bist nicht ehrlich zu mir." Davens Stimme wird tiefer. „Sia, als dein Meister bestehe ich darauf, dass du ehrlich antwortest."

„Das habe ich getan." Ich bemühe mich, überzeugend auszusehen. Ein Jammer, dass im Moment das Einzige, woran ich denken kann, nicht die dummen Erinnerungen sind, sondern die Art und Weise, wie er mir in dieser Wartebucht zweimal auf den Hintern geschlagen hat. Ich erinnere mich auch daran, welche Gefühle das in mir ausgelöst hat. Er hat mich nicht mehr auf diese Weise berührt und, um ehrlich zu sein, bin ich ganz scharf darauf. Seine Nähe weckt Gefühle in mir, die ich noch nie zuvor in meinem Leben empfunden habe. Wenn ich ihn dazu verleiten kann, so etwas noch einmal zu tun, können wir möglicherweise aufhören, über die verfluchten Erinnerungen zu sprechen. Ich möchte mich ohnehin lieber nicht erinnern.

Er lässt sich nicht täuschen. „In Ordnung." Er schlägt mit den Händen auf seine Schenkel, nickt und steht auf. „Wir können das auf die einfache oder die harte Tour machen. Offen gesagt", Daven schenkt mir ein dunkles Lächeln,

„würde ich die harte Tour vorziehen. Du möglicherweise nicht."

Mein Magen schlägt einen Salto. „Was ist die harte Tour?" Ich lege eine Hand auf meinen Mund. Ich wollte etwas von ihm, aber ... will ich das hier?

„Lass es uns herausfinden", schlägt er im Plauderton vor.

Er geht zu einem Schrank und schließt ihn auf. „Ich schätze, es wird Zeit, dass wir dich mit einigen der zandianischen Methoden bekannt machen, Sia."

„M-methoden?"

Er holt eine schwarze Tasche aus dem Schrank und kehrt zu dem Schwebesitz zurück, auf dem ich sitze.

„In der Tat." Er tätschelt die Tasche.

Ich rutsche von ihm weg. Ich bin mir nicht sicher, ob ich das will.

„Bleib stillsitzen." Seine Stimme ist eisern.

Sofort stelle ich jede Bewegung ein. „Daven?"

„Du kannst mich jetzt *Meister* nennen."

Er öffnet die Tasche und holt einen kleinen Lederriemen heraus. „Weißt du, was das ist?"

Ich starre den Riemen an und schüttle den Kopf.

„Antworte mir."

„Nein. Ähm, nein, Meister." Ich schlucke.

„Es ist ein kleines Spanking-Werkzeug, Sia. Für deinen hübschen Menschenhintern."

Ich laufe garantiert knallrot an. Eine Mischung aus Furcht und Verlangen flutet meinen Bauch. „Ich ..."

„Du", betont er, „wirst gleich eine Lektion in Sachen Gehorsam erhalten. Menschen werden bestraft, wenn sie ihren Meistern nicht gehorchen. Mich anzulügen, ist nicht akzeptabel."

Er schlägt mit dem Riemen auf seine Hand und der Laut hallt durch den Raum, woraufhin ich einen Satz mache.

Er feixt. „Stell dich vor mich, Sia."

Wortlos stehe ich auf und gehorche. Ich habe das Gefühl, als würde ich schlafwandeln. Ich bin schockiert von dem, was er vorhat, doch ein Teil von mir – diese spezielle Stelle zwischen meinen Schenkeln – ist begeistert von der Vorstellung.

„Heb dein Gewand hoch."

„Aber ich ..." Ich dachte, er würde mich einfach packen und es tun, so wie in der Wartebucht. Mein Gesicht wird noch heißer.

Er schlägt erneut mit dem Riemen auf seine Hand, dieses Mal härter. „Verzögerungen erhöhen nur die Anzahl deiner Schläge, Sia. Das wirst du ebenfalls lernen. Was ich von dir verlange, ist nicht so schwer. Nimm den Stoff mit beiden Händen und heb ihn über deine Taille."

* * *

DAVEN

Sias Gesicht ist vor Verwirrung und vermutlich Verlangen gerötet. Ich muss anfangen, sie zum Reden zu bringen, darf jedoch nicht zu forsch vorgehen. Während der letzten Planetenrotationen ist sie meinen Fragen ausgewichen und ich weiß, dass sie mir absichtlich nicht erzählt, woran sie sich erinnert. Das muss aufhören. Ich glaube, sie ist bereit für das Menschen-Training. Ich weiß, dass Menschen empfänglich für Strafen sind, wenn sie auf eine sexuelle Art verabreicht werden. Tatsächlich lernen sie manchmal sogar, sich danach zu sehnen. Ich kann nur hoffen, dass das auch auf sie zutrifft.

„Sia."

Sie schluckt und greift langsam nach ihrem Kleid. „Aber du wirst alles sehen, sogar mein, mein ..."

„Das werde ich." Ich ziehe eine Augenbraue hoch. „Dein Höschen. Und mehr. Hoch." Ich rucke mit dem Kopf.

Sie zögert. Ich kann sehen, dass sie zwischen ihrem Wunsch, mir zu gehorchen, und ihrer Scham hin und her gerissen ist.

Ich starre sie an, bis sie schließlich anfängt, ihr Kleid hochzuheben. Als der Stoff ihre Schenkel streift, leckt sie sich über die Lippen und etwas blitzt in ihren Pupillen auf.

Ah, da ist es. Meinem kleinen Menschen gefällt das hier. Ich bin auf der richtigen Spur.

„Höher."

Sie gehorcht. „Höher kann ich es nicht halten." Ihre Stimme klingt trotzig, allerdings auch bedürftig. Oh ja – sie weiß nicht einmal, wie sehr sie besessen werden will.

„Gut. Bleib so."

Ich stehe auf, marschiere um sie herum und betrachte sie aus allen Richtungen. *Veck*, sie hat einen perfekten kleinen Hintern – zwei umwerfende blasse Pobacken, die kaum von der hauchdünnen Seide ihrer Unterwäsche verdeckt werden. Ihre Schenkel zittern vermutlich vor Nervosität oder Erregung. Möglicherweise wegen beidem.

„Spreiz deine Beine." Ich lasse den Riemen zwischen ihre Schenkel gleiten und drücke gegen den linken.

Sie kreischt und macht einen kleinen Satz, gehorcht jedoch.

„Ja, Meister." Sie schiebt ihr Bein einige Zentimeter zur Seite.

„Weiter."

„Ja, Meister." Ihre Stimme zittert, als sie ihre Beine spreizt.

„Gut." Ich tippe ganz leicht gegen ihren Innenschenkel. Es ist kein Hieb, nur eine Berührung, dennoch keucht sie.

Mein Schwanz ist bereits steinhart.

„Bleib so, bis ich dir etwas anderes befehle. Beweg keinen Muskel." Ich tippe gegen ihren anderen Innenschenkel.

Sie atmet scharf ein. „Ja, Meister." Es ist ein Flüstern.

Ich stelle die Tasche außer Sichtweite und beginne, einige Gegenstände auf der Oberfläche der Lagereinheit auszubreiten. Ich merke, dass sie darauf brennt, nachzuschauen, was ich tue – ihr ganzer Körper vibriert vor nervöser Neugier.

„Meister, was machst du …"

„Du wirst es noch früh genug herausfinden." Ich öffne den weichen Beutel, in dem sich das Anal-Trainingsgerät befindet. Dr. Daneth hat gesagt, dass manche Menschen besonders gut reagieren, wenn dieses Gerät mit einem Spanking verbunden wird, und ich beabsichtige, das in Erfahrung zu bringen.

Ich gehe zum Schwebesofa und setze mich mit dem Riemen und dem Trainingsgerät. „Komm hierher und halte dabei weiterhin dein Kleid hoch."

Sie gehorcht und mir stockt beinahe der Atem, weil sie so sexy aussieht. Das Höschen rutscht ihre Schenkel hoch und bedeckt kaum noch ihre Spalte.

Ihre Augen weiten sich, als sie das silberne, knollenförmige Trainingsgerät im Licht des Fensters funkeln sieht, und sie blinzelt hektisch.

„Komm näher, Sia." Meine Stimme ist ein leises Knurren.

Ich packe ihre Taille und ziehe sie näher, bis sie direkt vor mir ist. Ich kann ihre Erregung riechen und weiß, dass ich sie feucht vorfinden würde, wenn ich sie zwischen ihren Beinen berühren würde. Sie weiß vermutlich nicht einmal, warum das so ist.

Veck, ich muss vorsichtig sein.

„Über meinen Schoß."

Sie wimmert leise, widersetzt sich allerdings nicht, als ich sie über meine Schenkel ziehe. Dabei achte ich darauf, dass ihr Kleid weiterhin auf ihrem Rücken und ihren Schultern liegt, damit ihr Hintern für mich präsentiert wird.

„Wurde dir schon einmal der Hintern versohlt?" Ich

massiere die Haut mit meiner Hand. Er ist perfekt, so wie der Rest von ihr. Straff, weich, glatt.

„Nein, Meister." Ihre Stimme ist leise.

Ich streichle sie sanft und langsam. Sie reagiert darauf, indem sie ihren Hintern in meine Hand drückt. „Wurdest du schon einmal gebeten, deinem Meister deinen Körper auf diese Weise zu präsentieren?"

„Nein." Ihre Stimme ist jetzt etwas atemloser. „Noch nie."

„Gewöhn dich daran", rate ich ihr. „Ich werde das von dir verlangen, wann immer ich will."

Sie stöhnt.

Ich nehme mir Zeit, streichle über ihr Höschen und gleite mit den Fingern unter den Stoff, um die Haut zu berühren, die von dem winzigen Seidenstück verborgen wird.

„Spreiz deine Schenkel ein wenig", befehle ich.

Sie tut es ohne eine Frage. Ich lasse meine Finger tiefer wandern, über den Teil ihres Höschens, der ihr kleines Poloch bedeckt, und drücke sogar ein wenig hinein, sodass der Stoff in ihrem Loch stecken bleibt.

Sie kreischt, drückt ihren Po allerdings erneut hoch.

Veck, ihr gefällt das hier genauso gut wie mir – zumindest bis jetzt. Ich drücke meinen Finger wieder in sie, dieses Mal etwas weiter, und zwinge den Stoff tiefer in ihr Loch. Anschließend lasse ich meine Finger über den Zwickel ihres Höschens gleiten. Es ist klatschnass, so wie ich es mir gedacht habe.

„Wurdest du hier schon einmal berührt?", flüstere ich, beuge mich nach unten und gleite mit einem Finger über den feuchten Stoffstreifen. „Oder hier?" Ich tippe auf ihre Klitoris.

„Nein." Ihre Stimme hat einen verträumten Tonfall angenommen. Sie bewegt ihre Schenkel. „Oh, bitte. Mehr, bitte."

Ich massiere sie sachte und so sanft, dass es kaum eine Berührung ist.

Sie reagiert sofort mit einem Stöhnen und drückt ihre Hüften in meine Hand.

„Nein." Ich bewege meine Finger. „Beweg dich nicht, Sia. Halte deine Hüften vollkommen still."

„Ja, Meister", haucht sie.

Ich lege meinen Finger wieder auf ihre Rosette. „Gefällt dir das hier?"

„Ja, ja." Sie atmet schneller. „Oh, Süße Mutter Erde." Sie drückt mir ihre Hüften erneut entgegen.

„Habe ich dir gesagt, dass du dich bewegen darfst?"

„Es tut mir leid, ich kann nicht, es ist einfach ... es fühlt sich so gut an."

Sie bewegt sich abermals auf meinem Schoß und ich bemerke, dass jegliche Scham darüber, ihr Kleid hochzuheben, längst verflogen ist. Zu ihrem – und meinem – Pech wird die Session jedoch nicht mit Sex enden.

Ich nehme den Riemen in eine Hand und ziehe mit der anderen an ihrem Höschen, sodass ich es etwas fester in ihre Pospalte stecken kann. Anschließend rucke ich erneut daran und ziehe es straff, bis sie jammert.

„Nun, da du aufgewärmt bist", informiere ich sie, „lass uns schauen, wie dir der Spanking-Riemen gefällt."

„Aber ..." Sie ist verwirrt. „Du berührst mich." Sie versucht, sich zu drehen.

„Korrektur. Ich habe dich berührt. Jetzt werde ich dir den Hintern versohlen." Mit meiner freien Hand positioniere ich sie sachte. „Bleib in dieser Position."

Ich hebe den Riemen. „Es wird wehtun", warne ich. „Denn es ist eine Bestrafung. Und ich erwarte, dass du auf meinem Schoß bleibst und deine Hände nach unten hängen lässt, Sia. Ist das klar?"

Sie spannt sich an. Ich lege eine Hand auf ihr Kreuz. „Entspann deinen hübschen Po", befehle ich. Ich lasse den Riemen fallen und massiere ihre Haut sanft, bis sie es tut. Anschlie-ßend hebe ich den Riemen wieder auf.

„Zwanzig", informiere ich sie und bevor sie das Wort verarbeiten kann, hebe ich das kleine Lederstück und lasse es fest auf beide Pobacken krachen.

„Au!", kreischt sie und ihr Körper zuckt. Sie tritt mit den Beinen aus.

„Schh, das war nur der Anfang. Die Schläge werden noch härter werden", rüge ich sie. Erneut hebe ich den Riemen. Knall. Dieser Hieb fällt härter aus, um einiges härter, und er hinterlässt einen knallroten Striemen auf ihren Pobacken.

„Daven, autsch!" Sie dreht sich wieder um.

„Das heißt *Meister* und diese zwei zählen nicht, weil du dich bewegt hast. Wir fangen von vorne an. Beweg dich nicht, die Hände nach unten und keine Tritte", befehle ich.

„Es tut mir leid, ich wollte nur … au!", kreischt sie, als ich den Riemen wieder senke und mich dieses Mal auf ihre rechte Pobacke konzentriere.

Sie tritt erneut aus.

„Und noch einer, der nicht zählt. Lass es uns noch einmal versuchen."

Ich senke den Riemen einige Male, wobei ich mich zwischen den Pobacken abwechsle und mittelhart zuschlage.

Sie schreit und greift nach hinten. „Au!"

„Keine Hände, Sia. Ich werde dich nicht fixieren, denn du musst lernen, dich zu kontrollieren."

„Aber es tut weh!" Sie klingt überrascht.

„Ich habe dir gesagt, dass es das tun würde." Ich lächle vor mich hin.

Sie reibt ihre Schenkel aneinander und ich kann sehen, dass sie noch feuchter als zuvor ist.

„Benimm dich und das Spanking endet schneller. Kämpfe gegen mich an und es dauert länger. Deine Entscheidung."

Ich senke den Riemen einmal, zweimal, dreimal. Ich tue

es einige weitere Male, wobei ich zwischen harten und leichten Hieben abwechsle. Insgesamt sind es vermutlich zehn oder fünfzehn Schläge.

Sie kreischt, zuckt und greift erneut nach hinten.

Ich schnalze mit der Zunge. „Oh, Sia. Keiner dieser Schläge hat gezählt und dir stehen noch immer zwanzig harte Hiebe bevor. Wenn du nicht anfängst, zu gehorchen, wird dein Hintern morgen besonders wund sein."

Sie atmet scharf ein.

Ihr Hintern ist bereits pinkfarben und hat rote Striemen – ihre Haut wird anscheinend sehr schnell rot. Ich weiß, dass ich nicht so hart zuschlage, dass ich sie verletze, und ich will diesen idealen Punkt erreichen, an dem sie gerade genug bestraft wird.

„Sag mir, dass es dir leidtut", verlange ich. „Und dass du gehorchen wirst, während ich dir den Hintern versohle."

„Es tut mir leid, Meister", bringt sie mit stockender Stimme hervor. „Ich werde gehorchen ... während du ... mir den Hintern versohlst."

„Mit dem Spanking-Riemen", füge ich hinzu.

„Mit dem Spanking-Riemen", wiederholt sie. „Meister."

„Gut. Jetzt werden wir zwanzig harte Schläge zählen. Bleib reglos über meinem Schoß liegen."

Ich hebe den Riemen und senke ihn hart. Er knallt und sie atmet scharf ein, schafft es jedoch, sich nicht zu bewegen.

„Gut. Das war einer."

Ich schlage sie erneut, dieses Mal etwas fester. „Das sind zwei."

Ich halte inne und lasse sie warten. Sie rutscht hin und her. „Es tut weh." Ihre Stimme klingt atemlos.

Ich lasse sie noch länger warten. Dann senke ich den Riemen einige Male auf ihre Schenkel, bevor ich mich wieder ihrem Hinterteil widme.

Als ich zwanzig Schläge erreiche, zappelt sie und bleibt

kaum noch auf meinem Schoß – aber sie hat nicht mehr nach hinten gegriffen.

Ich brenne darauf, weiterzumachen. Ich will ihr das Höschen ausziehen und ihr den Hintern versohlen, bis sie mich anfleht, aufzuhören, mir alles verspricht und mir schwört, dass sie meinen Schwanz zweimal pro Planetenrotation blasen und mich jederzeit ihren Hintern *vecken* lassen wird – doch jetzt ist nicht der richtige Zeitpunkt dafür. Allerdings werde ich ein wenig mit ihrem Hintern spielen.

„Braver kleiner Mensch." Ich massiere ihren Po. „Du hast diesen Teil deiner Bestrafung sehr gut angenommen. Ich bin stolz auf dich." Mit beiden Händen lindere ich den Schmerz in ihrer Haut, indem ich sie kreisend massiere, bis Sia auf meinem Schoß erschlafft und anfängt, ihre Schenkel wieder zu öffnen, womit sie mir mitteilt, dass sie mehr will.

„Jetzt möchte ich, dass du nach hinten greifst und dein Höschen bis zur Mitte deiner Schenkel ziehst", informiere ich sie.

„Warum?" Sofort ist sie wachsam.

Ich verpasse ihr noch einen Hieb mit dem Riemen. Hart. „Deine Aufgabe ist es, anstandslos zu gehorchen." Ich schlage sie noch zweimal. „Zieh dein Höschen runter, andernfalls erhältst du zehn weitere Hiebe."

„Es tut mir leid!" Sie dreht sich unbeholfen um und schafft es, das Höschen nach unten zu zerren. Dazu muss sie es aus ihrer Pospalte und ihrer Pussy ziehen, was mich so sehr erregt, dass ich mich kaum beherrschen kann.

Ich lege sie wieder über meinen Schoß. „Das hier", verkünde ich und hebe das silberne Gerät hoch, „wird ein Anal-Trainingsgerät genannt."

„Ein was?" Sie klingt verängstigt.

Ich drücke auf den blauen Knopf am Ende des silbernen Geräts und ein glattes, durchsichtiges Gel tropft aus der Spitze. Mit dem Finger verteile ich es auf dem Gerät und drücke erneut auf den Knopf, sodass einige Tropfen auf ihr Poloch fallen.

Sie kreischt.

Ich drücke die Spitze des Geräts an den Eingang ihres Pos.

„Ich werde das Trainingsgerät in deinen verdorbenen Allerwertesten schieben, Sia", erkläre ich. „Und dann wirst du es festhalten, während ich dir erneut den Hintern versohle."

Beim Sprechen beginne ich, das Gerät langsam vorwärtszuschieben.

Sie verkrampft sich augenblicklich.

„Hör auf." Ich verpasse ihren Pobacken einen Hieb. „Öffne dich für mich, Sia. Du wirst dich jedes Mal für mich öffnen, wenn ich es verlange."

Ihre Stimme klingt gedämpft, als sie an meinem Bein murmelt: „Ja, Meister."

Sie schnieft und entspannt ihren Körper.

„Braver kleiner Mensch." Ich streichle ihre Haare und lege meine Hand auf ihren hübschen Hintern. „Ich werde das hier langsam in dich schieben, während du mir alles darüber erzählst, wie du mir gehorchen wirst, verstanden?"

Sie nickt. Ich kann praktisch sehen, wie sich die Röte auf ihrem Gesicht ausbreitet. Ich lächle – diesen hübschen Menschen zu trainieren ist ein *verveckter* Rausch.

Ich schiebe das Gerät ein Stückweit in sie, woraufhin sie kreischt und zappelt. Ich vermute, dass sie die Wärme der Öle spürt, mit denen Dr. Daneth das Gel versetzt hat, und ich halte sie fest. „Sia, fang an, zu reden. Erzähl mir, wie brav du für mich sein wirst."

Ich drücke das Trainingsgerät weiter in sie und sie keucht, als ihre engen Muskeln gezwungen sind, sich zu dehnen, um den Großteil des Plugs aufzunehmen.

„Bitte, Meister. Ich werde brav sein", bringt sie hervor. „Au! Oh, Daven."

Ich schlage ihr auf den Po. „Und?" Ich schiebe das Gerät noch einen Zentimeter in sie und genieße es, wie sich ihr Körper versteift, als sie mit dieser neuen Empfindung ringt. Ich weiß, dass es nicht schmerzhaft ist, aber es ist bestimmt mit nichts vergleichbar, was sie bisher erlebt hat, und es wärmt sie von innen heraus.

„Ich werde dir gehorchen und ehrlich sein. Ich verspreche es!" Dann kreischt sie, als ich den Plug vollständig in sie einführe und drehe.

„Sieh zu, dass du dich daran hältst", warne ich und verpasse ihren runden Pobacken einen Hieb. „Denn dieser Plug kann sich ausdehnen und drehen, Sia. Und er kann noch mehr von dem wärmenden Gel absondern, das dafür sorgen wird, dass sich dein hübscher Hintern anfühlt, als würde er von innen heraus verbrannt werden."

Sie wimmert, doch ich rieche plötzlich, dass ihre Erregung zunimmt. Ich gluckse. „Dir gefällt das hier, süßer Mensch. Das ist gut, denn ich habe vor, das hier ... oft mit dir zu tun."

Sie gibt einen hilflosen Laut von sich und zappelt, woraufhin ich ihr erneut auf den Po schlage, einfach weil ich es kann.

„Jetzt werden wir unser vorheriges Gespräch fortführen", verkünde ich. „Geh zu dem Teil zurück, an dem du mich angelogen hast. Damit werden wir anfangen."

KAPITEL SECHS

Sia

„Aber ich habe nicht gelogen." Ich weiß, dass er mir nicht glaubt. Ich glaube mir selbst nicht – meine Stimme ist kein bisschen überzeugend.

Der Plug in meinem Po pocht und tut weh, wärmt mich jedoch, weshalb die sündhaften Funken zwischen meinen Schenkeln mit jedem groben und aufdringlichen Ding, das er tut, exponentiell zunehmen. Es ist, als sei mein Körper für das hier gemacht worden.

„Oh, Sia", summt er. „Es tut mir leid, dass du noch immer lügen musst. Ich habe dich gewarnt."

Er tippt auf den Plug. „Bist du bereit, deine Geschichte zu ändern?"

Ich beiße mir auf die Lippe. „Was ... oooooh." Der Plug vibriert in meinem Poloch und schickt Vibrationen durch meinen ganzen Bauch. „Daven!" Meine Stimme ist hoch und bedürftig. Ich bewege meine Schenkel und öffne sie leicht. „Ich muss ... ich muss."

„Was du musst", er schlägt mir hart auf den Po, „ist, mir

diese Erinnerung zu erzählen. Die, die du angeblich verloren hast." Er schnippt mit den Fingern. „Jetzt."

„Ich …", keuche ich. „Es ist …"

Die Erinnerung wird erneut in voller Farbe in meinem Kopf sichtbar. *„Ist sie vollständig fixiert?"*

„Selbstverständlich. Bereit für weitere Tests, Kommandant."

Der Raum ist weiß und über meinem Kopf befinden sich helle, runde Lichter. Sie sind zu hell. Ich will kein Teil dieses Experiments sein, aber wir Sklaven haben auf Okrezia keine andere Wahl – wir tun anstandslos, was uns befohlen wird, andernfalls leiden wir. „Projekt Alpha ist das Herzstück unserer Zukunft hinsichtlich …"

„Rede, Sia." Daven tippt erneut auf den Plug und die wundervollen Vibrationen hören auf. Der Plug dehnt sich plötzlich so weit aus, dass es kein Spaß mehr ist.

„Au." Ich zucke zusammen.

„Sia." Seine Stimme ist stählern.

Der Plug ist auch nicht mehr kühl. Tatsächlich ist er warm und – mein Hintern brennt!

„Au, Daven!" Ich greife nach hinten und versuche, den Plug herauszuziehen. „Es brennt!"

In seiner Stimme liegt ein Lächeln. „Es wird dir nicht schaden, kleiner Mensch, aber das botanische Extrakt, das der Plug absondert, kann ziemlich … brennen. Zumindest habe ich das gehört. Ich selbst habe noch nie einen getragen."

„Nimm ihn raus!" Ich bin leicht panisch und wütend, doch er drückt mich nach unten.

„Wir tun die Dinge auf meine Art, Sia." Er verpasst mir zwei weitere Hiebe. „Und das bedeutet, dass du den Plug mit dieser Einstellung tragen wirst, bis du dich dazu entscheidest, mir die Wahrheit zu erzählen. Du kannst mir vertrauen. Du wirst lernen, dass es sicher ist, kleiner Mensch. Die Zeitspanne, in der das geschieht, liegt ganz bei dir."

„Aber es tut weh!" Meine Stimme wimmert und stockt. Es ist verrückt. Meine Erinnerungen sind zwar beeinträchtigt, aber ich weiß, dass ich mich normalerweise niemals mit einem Sklavenmeister streiten würde. Etwas an diesem Zandianer sorgt dafür, dass ich mich wohl genug fühle, um meine Unzufriedenheit kundzutun.

„Es wird aufhören, sobald du mir erzählst, was ich wissen will. Stell dir vor, was für ein Glück du hast. Manche Meister lassen ihre Menschenweibchen den Plug in dieser Einstellung den ganzen Morgen lang tragen. Würde dir das gefallen?"

„Nein!", antworte ich rasch, obwohl sich ein Teil meines Gehirns, ein eigenartig tief vergrabener Teil, fragt, ob es vielleicht gar nicht so schlimm wäre.

In diesem Moment will ich jedoch, dass er die andere Sache aktiviert, die Vibrationen. Und ich möchte, dass er mich anfasst. Mutter Erde, ich will seine Finger auf meinem Körper spüren. Ich bin mir sicher, er würde dafür sorgen, dass es sich gut anfühlt.

„Na schön, ich werde es dir erzählen!", rufe ich. Er sagt, dass ich ihm vertrauen kann, und in diesem Augenblick glaube ich es. „Bitte. Okay." Ich zögere und fahre fort: „Ich war in einem Labor und wurde fixiert. Sie wollten etwas mit mir machen." Die Furcht beginnt, in meiner Brust zu wirbeln. „Ich weiß nicht was, ich schwöre es, dieser Teil entzieht sich mir noch. Aber sie haben ein Projekt erwähnt." Ich schlucke und Galle steigt in meiner Kehle auf. *Rede nicht über die Arbeit.* „Daven, Hilfe!"

Mein ganzer Körper wird vor Panik steif wie ein Brett. „Ich soll es nicht sagen, ich soll nicht, ich soll nicht!", schreie ich den letzten Teil.

Er reagiert sofort. „Sia, schhh, es ist okay, es ist okay." Seine Finger schalten schnell den Plug aus und entfernen ihn innerhalb von Sekunden. „Es ist okay."

Plötzlich bin ich in seinen Armen, presse mein Gesicht an

seine Brust und schluchze. „Nein, das ist es nicht. Sie werden mir wehtun, wenn ich es sage."

„Nein, Süße, das werden sie nicht. Du bist hier in Sicherheit, du wirst nicht zurückgehen. Ich verspreche es." Seine Stimme ist harsch, allerdings nicht wegen mir. In diesem Moment spüre ich bei ihm nichts anderes als seinen Schutz. „Du kannst es mir erzählen. Es wird die Dinge hier nur besser machen, Sia."

„O-okay." Ich hole tief Luft. „Es ist aber so, als würde mein Mund nicht zulassen, dass ich die Worte ausspreche."

Er streichelt meinen Rücken und wartet. „Probiere es einfach."

Ich hole noch einmal Luft und erzähle alles, bevor mein Verstand verarbeiten kann, was ich tue. „Es heißt Projekt Alpha und ich bin ein Projekt Alpha und ich bin ein Experiment und es ist strenggeheim. Und die zwei haben uns aus Versehen mitgenommen und sie haben ihren Fehler erkannt und dachten, sie sollten uns töten oder verstecken oder so etwas. Und sie griffen mich an, als wir den Planeten erreichten. Sie waren wütend und dachten, wir hätten uns auf das Schiff geschlichen oder so etwas, aber warum sollten wir das tun…"

Ich hyperventiliere. „Ich weiß nichts anderes, alles ist fort."

„Gute Arbeit." Er streichelt meine Schulter. „Das war exzellent, Sia. Danke, dass du es mir erzählt hast."

Er neigt mein Kinn nach oben und blickt mir in die Augen. Sein gut aussehendes Gesicht ist streng, doch als er lächelt, fühlt sich mein ganzer Körper warm und weich an. „Gut gemacht."

Ich fühle mich eigenartig stolz und ziehe den Kopf ein. „Ich habe doch bloß etwas gesagt."

„Erinnerst du dich an mehr? Was ist Projekt Alpha?" Er ist ruhig, aber ich spüre die Dringlichkeit hinter seinen

Worten. „Hast du irgendeine Ahnung, was die Okrezianer mit den Karranern planen?"

Ich schüttle den Kopf. „Es tut mir leid. Ich weiß nichts." Im Moment stimmt das – mein Gehirn tanzt in meinem Schädel und all meine Gedanken purzeln wild durcheinander. Und eine eigenartige Empfindung mischt sich mit all dem, als wäre etwas lebendig und würde surren – in meinem Kopf. Was in Mutter Erde Namen? Dann verblasst es.

Das Schlimmste ist jedoch nicht passiert! Ich habe über Projekt Alpha geredet – tatsächlich die Worte ausgesprochen – und nichts ist geschehen. Ich verspüre eine solche Erleichterung, dass mir die seltsamen Empfindungen in meinem Kopf egal sind. Vielleicht wird doch noch alles gut werden.

Er neigt meinen Kopf wieder nach oben und unsere Blicke begegnen sich einige Sekunden lang. Er nickt. „In Ordnung. Aber wenn du dich an mehr erinnerst, erzählst du es mir, okay?" Er zieht eine Braue hoch. „Ansonsten fällt die Bestrafung länger aus und sie wird gründlicher." Er feixt und plötzlich ist das Verlangen mit voller Kraft zurück. Es ist überwältigend und löst auch das letzte bisschen Angst und Furcht auf, die von der schrecklichen Erinnerung hervorgerufen wurden.

Ich nehme all meinen Mut zusammen. „Ich habe das Gefühl, dass ich eine Belohnung verdiene, weil ich so brav war. Meinst du nicht … Meister?" Ich rutsche auf seinem Schoß hin und her. Jetzt, da ich nicht in der Emotion gefangen bin, kann ich spüren, dass dieser Teil seines Körpers unter meinen Schenkeln steinhart ist. Ein sehr interessanter Teil. Er stöhnt leise und ich wiederhole die Bewegung triumphierend, weil ich ihm diesen Laut entlocken konnte. „Gefällt dir das, Meister?"

Ist das meine Stimme, die so sinnlich und langsam klingt? So neckend? Woher in Mutter Erde Namen kam das?

Ich weiß es nicht, aber ich tue es noch einmal. „Ich habe das Gefühl, als hätten wir einige Dinge zu klären."

Er knurrt, packt mich und seine Hände wechseln innerhalb einer Sekunde von zärtlich zu kraftvoll. „Du denkst, du verdienst eine Belohnung, was?" Er lacht. „Oh, süßer Mensch, die Dinge, die du tun wirst, um dir deine Erlösung zu verdienen. Du hast nicht die geringste Ahnung."

„Dann bring es mir bei." Es kommt als ein Flüstern heraus, heiser und wild. „Daven."

Ich schaue zu ihm auf, in diese umwerfenden Augen, in sein Gesicht und sehe, dass seine Hörner steif und hart sind. Wie gebannt greife ich nach oben und schlinge meine Finger um ein Horn. Sein ganzer Körper spannt sich an und ich merke, dass es ihm gefällt, dennoch packt er meine Hand.

„Fass. Mich. Nicht. Ohne. Erlaubnis. An", blafft er, seine Hand ist jedoch sanft, während er meine von seinem Körper weghält. „Verstanden?"

„Ja, Meister." Ich rutsche hin und her, da das Verlangen zwischen meinen Schenkeln unmöglich zu ignorieren ist. „Warum nicht?"

„Meine Hörner sind ... empfindlich." Er räuspert sich. „Wenn es an der Zeit ist, dass du mich berühren darfst, werde ich es dir mitteilen." Seine Stimme ist ganz knurrig und mein Magen macht einen Purzelbaum.

„Aber da du mich tatsächlich zufriedengestellt hast, werden wir herausfinden, wie dir das gefällt." Er greift nach unten und schiebt meine Beine auseinander. „Bist du hier schon einmal berührt worden, Sia?"

„Nein." Ich packe seine Hand, weil ich ihn näher zu mir ziehen und zugleich zurückhalten will.

„Was habe ich über das Anfassen gesagt?" Er packt meinen Hals mit festem Griff.

Ich keuche. Es tut nicht weh, aber ich lasse sofort los. „Du hast gesagt, dass ich es nicht tun soll."

„Korrekt", bestätigt er. „Fürs Erste behältst du deine Hände bei dir. Fass mich noch einmal an und du wirst wieder über meinem Schoß liegen und zwanzig harte Hiebe mit dem Riemen erhalten."

Ich atme scharf ein. „Ja, Meister."

Er positioniert mich so, dass mein Rücken an seiner Brust lehnt, und spreizt meine Beine so, dass jeweils eines über einem seiner breiten Schenkel liegt. Ich spüre die kühle Zimmerluft an meiner Spalte und erschaudere erwartungsvoll.

„Willst du etwas, hmmm?" Er gleitet mit einem Finger über meinen Busen. „Dann wollen wir mal schauen, ob wir herausfinden können, was genau du willst."

Der Nippel zieht sich in Reaktion darauf zusammen, ich zapple und bewege meine Hüften nach oben. Er spielt mit mir und neckt mich, bis ich wegen der Stimulation stöhne. Ich verspüre nicht mehr den Wunsch, seine Hände wegzuschieben, nicht einmal den kleinsten Wunsch. Ich will sie überall auf mir haben. *Jetzt.*

Er lacht. „Ich glaube, dir gefällt das hier." Er drückt sanft zu, dann fester, bis ich stöhne. „Und das hier." Er schnipst mit dem Fingernagel gegen die steife Spitze. „Du bist so empfindlich, *veck.* Ich denke, ich könnte dich zum Kommen bringen, indem ich nur … das hier tue." Er schnipst erneut gegen den Nippel und drückt zu, bis ich einen starken Schmerzensstich spüre. Ich hasse es – und ich liebe es. Er tut es noch einmal. Und noch einmal.

Ich schreie auf und biege meinen Körper durch, als Funken der Lust durch mich hindurch knistern. Sie wächst, diese fantastische Empfindung. „Bitte", keuche ich, obwohl ich nicht einmal weiß, was ich von ihm möchte.

„Bitte was?", fragt er. Er neckt meine Nippel mit seinen kräftigen Fingern. „Bitte zwick meine Nippel, Meister? Mach, dass sie wehtun?"

Ich wiederhole es schneller. „Bitte, Meister, zwick meine ... Nippel." Ich schäme mich, die Worte auszusprechen, brauche seine Zuwendungen jedoch. „Mach, dass sie wehtun." Es tut allerdings nicht weh, nicht wirklich. Es ist ein sauberer, guter Schmerz, der nur Lust entzündet. Es ist wahnsinnig genial.

„Braver Mensch", raunt er. „Und vielleicht gefällt dir auch das hier?" Mit seinen Händen streichelt er über meine Seiten und meinen Bauch. Ich atme schwer und seine Lippen gleiten über die Seite meines Halses, während seine Finger Muster auf meine Haut zeichnen. Sein Atem entzündet meinen Körper, sodass es sich anfühlt, als würden köstliche Funken über mein gesamtes Rückgrat wandern.

Ich weiß nicht, ob er mich minutenlang oder stundenlang berührt, doch bald kann ich es nicht mehr ertragen. Ich brauche seine Finger an einer neuen Stelle, einer, die ich noch nie zuvor erkundet habe.

Er scheint das zu wissen. „Und vielleicht hier?" Er streichelt die Stelle meines Körpers, die sich nach ihm verzehrt.

Ich schreie wegen dieser wundervollen Empfindung beinahe auf. „Bei den Sternen, Daven, dort. Bitte, dort. Ja. Oh bei den Sternen. Hör nicht auf."

„Für den Fall, dass du es nicht wusstest", flüstert er an meinem Hals, „das hier ...", er wirbelt langsam mit seinem Finger darum herum, „ist deine Klitoris. Und hier ..." Er bewegt seinen Finger über meinen Körper und steckt ihn in meine Öffnung. „... ist deine Pussy. Lerne die Worte, kleiner Mensch. Du wirst um das bitten, was du willst. Auf nette Art."

„Ja, bitte, berühr mich dort, an der Klitoris", stöhne ich, bäume mich auf und suche seine Finger. Sein Atem setzt mich zusammen mit seinen magischen Fingern in Brand.

„In Zukunft wirst du mit deinem Mund fragen", murmelt er. „Indem du mich so gründlich befriedigst, dass mir keine andere Wahl bleibt, als dich zu *vecken*. Doch für den Moment wird das hier genügen."

Er taucht zwei Finger in mich und ich komme ihm entgegen, bewege mich instinktiv so, dass er über die Stelle reibt, die brennt.

„Das nächste Mal wirst du darauf warten." Seine Stimme ist etwas härter. „Ich werde dich immer wieder an den Rand eines Höhepunkts bringen und dich bestrafen, wenn du zu früh kommst. Doch dieses Mal darfst du ihn einfach genießen."

Ich weiß nicht einmal, was er meint, und in diesem Moment ist es mir egal. Ich will einfach nur den Höhepunkt, der sich anbahnt. Ich treibe auf einer Welle, die immer größer wird und über mir zusammenbrechen wird. Seine Finger bewegen sich in mir. Noch ein Finger streichelt meine Klitoris und gemeinsam sorgen sie dafür, dass sich mein Körper immer stärker anspannt, und ich werde …

Ich schreie und die ganze Welt explodiert in einem Sternenregen aus Farben und brillanten Lustexplosionen, als mein Orgasmus durch mich fegt und mich vor Wonne erschaudern lässt.

Er dauert an und an, bis ich benommen vor Glückseligkeit bin. Daraufhin sacke ich gegen ihn, meine Pussy zuckt vor Freude und meine Haut ist feucht vor Anstrengung und bebt vor Wonne. Meine Beine sind noch immer gespreizt, ich bin feucht von meiner jüngsten Erregung und nackt für ihn – und ich liebe es.

„Daven."

Ich habe noch nie so etwas gefühlt. Wer hätte gedacht, dass das Leben solche Schätze für niedere Sklaven wie mich bereithält?

Plötzlich rinnen Tränen über meine Wangen, obwohl ich nicht traurig bin: Ich bin glücklicher denn je. „Daven", sage ich erneut und presse mich an seinen Körper, als sei es das

Einzige, was ich tun kann. Wenn es nötig ist, seinen Befehlen zu gehorchen, damit ich mich so gut und sicher fühlen kann, werde ich das mit Freuden jeden Moment jeder Planetenrotation tun. „Danke schön, Meister."

* * *

DAVEN

Veck, ich will sie mehr, als ich jemals ein Weibchen wollte. Der Drang, sie niederzuringen, meinen Schwanz in sie zu rammen und sie hart zu reiten, bis ich sie mit meinem Regenbogensperma fülle, sorgt beinahe dafür, dass ich vor Verlangen knurre. Ich bin so hart, dass es wehtut, doch jetzt ist nicht der richtige Zeitpunkt. Sie muss mir vertrauen. Das nächste Mal werde ich sie hart rannehmen, das ist garantiert, aber jetzt muss sie sich entspannen. Sie muss darauf vertrauen können, dass ich das Richtige tue.

„Weinst du?" Die Streifen auf ihrem Gesicht lenken mich von meiner eisenharten Erektion ab. Ich berühre eine Träne. „Habe ich dir wehgetan?"

Es ist vielleicht ironisch, aber es besteht ein Unterschied zwischen dem Schmerz, den ich ihr bereiten will, und dem Schmerz, den ich ihr nicht zufügen will. Wir Zandianer bringen unsere Menschen an einen Ort, wo sich Lust und Schmerz vermischen, gehen jedoch nicht darüber hinaus.

„Nein, das ist es nicht. Du hast mir ein wenig wehgetan, aber nicht …" Sie errötet und wirkt schüchtern. „Du hast dafür gesorgt, dass ich mich so gut fühle." Sie klingt ehrfürchtig. „Ich habe nie … mein Körper hat nicht … ich wusste nicht."

Ich lächle und bin von gewaltigem Stolz erfüllt. Ja, das ist *verveckt* richtig. Das hier ist mein Weibchen, ich besitze sie und ihren hübschen Körper und ich habe ihr gerade den ersten Orgasmus ihres Lebens geschenkt.

„Du wirst das noch einmal tun", verspreche ich und füge eine Warnung hinzu, „aber nur auf meinen Befehl. Ist das klar?"

„Ähm, ja?" Sie blickt mit großen Augen zu mir auf.

Ich hatte nicht vorgehabt, das zu tun, doch es fühlt sich richtig an. „Diese Pussy gehört mir", knurre ich und greife nach unten, um sie erneut zu fingern. „Und das hier auch." Ich streife ihre Klitoris. Sie ist jetzt empfindlich, da sie gerade erst gekommen ist, kreischt und zuckt mit den Hüften. Ich drücke gegen sie, streichle erneut ihre Klitoris und zwinge sie, es anzunehmen. „Du fasst sie nicht an, außer ich erlaube es dir ausdrücklich." Ja, so wird es zukünftig ablaufen. Ich werde ihre Reaktionen besitzen.

„Aber …"

„Kein Aber. Hände weg, Sia. Wenn ich herausfinde, dass du dich ohne Erlaubnis berührt hast, wirst du bestraft werden. Hart. Was ich während dieser Planetenrotation getan habe, wird sich im Vergleich wie ein Flüstern auf deinem Hintern anfühlen. Und ich werde es herausfinden. Denn du wirst mich nie wieder anlügen, stimmt's?"

„Ja, Meister." Ihre Stimme ist hoch und bedürftig.

Ich schnipse gegen ihre Klitoris, woraufhin sie aufschreit und sich windet. Sie wird jedoch von mir festgehalten und kann nicht weg. „Und ich fasse dich an, wann und wo ich will, ohne Vorbehalte."

„Ja, Meister!", kreischt sie, als ich sie grob und anschließend sanfter fingere und necke.

„Zum Beispiel." Ich gleite mit der Kuppe meines Zeigefingers immer wieder über sie, bis sie schwer atmet. Sie ist noch feuchter als zuvor und ich bemerke, dass sie allmählich Verlangen verspürt.

„So." Ich fahre damit fort, sie überall zu berühren, bis sie zittert und meinen Unterarm packt.

„Daven, härter, bitte, härter." Sie versucht, sich an meinem Handballen zu reiben. „Genau so, bitte", keucht sie.

Ich drehe sie um und schlage ihr hart auf den Hintern. „Was habe ich dir gesagt?"

Sie erschrickt und versteift sich, weshalb ich meine Hand erneut auf ihr Hinterteil senke. „Entspann dich bei deinem Spanking, Sia."

Ich verpasse ihr mehrere harte Schläge, die sogar noch härter sind als zuvor.

Sie heult und tritt mit den Beinen aus. Ihr Hintern ist hübsch rosa gefärbt und die Striemen des Riemens zeichnen sich als rote Linien ab. Die Schläge werden keine Wunden oder dauerhaften Male hinterlassen – so hart habe ich nicht zugeschlagen. Ich habe nicht vor, ihr das anzutun, zumindest momentan nicht, aber sie wird die Hiebe morgen garantiert spüren. „Daven! Meister!"

Sie spürt die Mischung aus Lust und Schmerz, die ich meinen Weibchen so gerne bereite. Es macht sie gefügig und scheint ihre Orgasmen bedeutend zu verbessern. Sie wird es hassen, mögen und lernen, sich danach zu sehnen.

Ich will sie so sehr, dass meine Sicht verschwimmt, zwinge mich jedoch, mich nur auf sie zu konzentrieren – dieses Mal.

„Lass uns das hier ausprobieren", knurre ich und trage sie zum Schlaflager. „Spreiz die Beine, Sia."

Ich ziehe ihre Schenkel auseinander und sie hilft mir nur allzu gern dabei, indem sie ihre Fersen in die Bettwäsche bohrt und ihre Hüften nach oben wölbt, als wüsste sie, was ich tun werde. Als ich mich hinknie und meinen Mund auf sie lege, schreit sie auf und zittert. Daher muss ich ihre Schenkel packen, sodass sie nicht abhauen kann. Es dauert nur eine Sekunde, bis sie es wieder will, mir ihre Pussy ins Gesicht drückt und die kleinen Laute schreit, die nicht einmal Worte sind.

„Das hier gehört mir", knurre ich, lecke ihre Spalte und gleite mit der Zunge über ihre Klitoris. „Mir allein. Ich werde derjenige sein, der dir Wonne schenkt, Sia. Nur ich."

„Ja, Meister!" Sie kann kaum noch zusammenhängende Sätze bilden. Ihr Körper sehnt sich nach Wonne.

„Komm nicht", befehle ich. „Halte es zurück."

Dann wirble ich gezielt mit der Zunge um ihre Klitoris in dem Bemühen, es ihr zu erschweren, einem Orgasmus zu widerstehen.

„Daven", wimmert sie. „Ich kann nicht."

„Du kannst. Und du wirst." Ich greife nach oben und zwicke einen Nippel. „Es wird mir ein Vergnügen sein, es dir beizubringen."

Ich lecke sie erneut mehrere Sekunden lang, bis sie bettelt.

„Daven, ich schwöre, ich versuche es, aber er kommt, ich kann nicht!" Sie ist verzweifelt.

Ich bin ein wenig sadistisch veranlagt, denn es freut mich, sie auf diese Weise zu quälen.

„Also willst du noch ein Spanking?" Ich zwicke ihren Nippel fester. „Wenn du zu früh kommst, werde ich dich bestrafen, bis du weinst, süßer Mensch. Und das, nachdem du gekommen bist. Dann wird es nicht annähernd so viel Spaß machen, weißt du."

„Ich weiß, aber ich kann nicht!", heult sie und ihr ganzer Körper ist angespannt.

„Hmm, das ist ein Dilemma, oder nicht?", spreche ich mit sanfter Stimme. „Dann wollen wir mal schauen, wie du es löst."

Ich fahre damit fort, sie mit meinen Fähigkeiten in den Wahnsinn und dicht an den Höhepunkt zu treiben, ehe ich mich zurückziehe, kurz bevor sie den Gipfel erreicht. Sie denkt womöglich, dass sie den Orgasmus zurückkämpft –

sie versucht es, weiß allerdings nicht, dass ich ihr gerade so viel helfe, dass sie erfolgreich ist.

Schließlich gebe ich nach. Ich lecke sie zu einem Crescendo an Empfindungen und befehle: „Komm für mich, Sia. *Jetzt*. Komm auf meiner Zunge, kleiner Mensch."

Und das tut sie. Mit einem Schrei schnappt sie sich ihre Lust, reitet mein Gesicht hart und verteilt ihre köstliche Essenz auf meinem Mund, während ihr ganzer Körper in den Fängen des Orgasmus zuckt.

Als die Wonne verebbt, plappert sie etwas Unverständliches an meinem Hals. Ich halte sie in den Armen und zu meiner Überraschung dauert es nur wenige Minuten, bis sie einschläft.

Vielleicht ist es nicht so merkwürdig. Ich habe ihr gerade die ersten Orgasmen ihres Lebens geschenkt und ich muss sagen, dass sie *verveckt* fantastisch waren.

Ich beobachte sie einen Moment lang. Ihre Locken ringeln sich um ihre Schultern und ihr Hintern ist pinkfarben. Sie sieht quälend hübsch aus. Mit den Fingern streichle ich sie sanft, damit ich sie nicht aufwecke, und zwinge mich, aufzuhören, bevor ich den Drang verspüre, sie aus dem Schlaf zu reißen und alles noch einmal zu tun. Ich ziehe eine Spinnenseidendecke über sie.

Mein Körper hat jedoch ebenfalls Bedürfnisse, die ich nicht länger ignorieren kann. Während ich sie beim Schlafen beobachte, packe ich meinen schmerzenden Schwanz, streichle ihn hart und stöhne, als ich daran denke, wie gut es sich anfühlen wird, wenn ich endlich in ihrer engen Hitze komme. Ich erinnere mich daran, wie feucht sie wurde, wie gut sie riecht und schmeckt. Als ich komme, ist mein Höhepunkt gewaltig, mächtig und so gut, dass ich brüllen, auf sie fallen, sie in die Arme nehmen und nie wieder loslassen will. Mein kleiner Mensch.

Ich verdränge diesen Gedanken, als ich mich wasche und

frische Kleidung anziehe. Sie gehört mir nicht wirklich. Dieses Arrangement ist nur vorübergehend. König Zander hat sie mir nicht als Gefährtin zugewiesen, sondern sie aus geschäftlichen Gründen meiner Obhut übergeben. Es ist meine Pflicht, ein Band zu ihr zu schmieden und sie dazu zu bringen, mir zu vertrauen, damit sie mir die Informationen gibt, die wir so dringend brauchen. Ich weiß nicht, was geschehen wird, wenn sie sich an alles erinnert und wir die Informationen an Dr. Daneth und König Zander weitergeben. Ich weiß jedoch, dass sie mich anlügt. Ich kann ihr nicht vertrauen, obwohl sich mein Körper von ihrem angezogen fühlt, und ich muss mir immer wieder ins Gedächtnis rufen, dass sie eine Gefahr für Zandia darstellen könnte. Ich will nicht einmal in Erwägung ziehen, eine Gefährtin anzunehmen, die derart beschmutzt ist. Als wir uns das erste Mal begegneten, hatte ich zwar das Gefühl, ich würde sie kennen und wir wären füreinander bestimmt, doch das lag bestimmt nur an den Hormonen. Oder an etwas anderem. Immerhin habe ich zuvor schon große Fehler begangen und Wesen vertraut, denen ich nicht hätte vertrauen sollen. Das werde ich nicht noch einmal tun. Nie wieder. Im Moment kann ich weder ihr noch mir vertrauen. Wollen wir hoffen, dass ich das nicht vergesse.

Dennoch bin ich unerklärlich zufrieden, vor allem für jemanden, der sich selbst befriedigen musste. Ich ertappe mich sogar dabei, wie ich leise pfeife, während ich das Domizil aufräume, an meinem Tablet arbeite und jedes Wort aufschreibe, das sie mir von ihren Erinnerungen erzählt hat, damit ich es sofort an den König schicken kann. Sogar bei der Arbeit kann ich nicht anders, als hin und wieder zu ihr zu schauen, mich zu vergewissern, dass sie es noch bequem hat, und mich einfach an ihrem Gesicht zu erfreuen, während sie entspannt träumt.

KAPITEL SIEBEN

Sia

Ich wache plötzlich aus beunruhigenden Träumen auf, die jedoch verfliegen, als ich aufschaue und Daven auf der anderen Seite der Unterkunft entdecke. Er konzentriert sich auf ein Gerät in seinen Händen. Seine breiten Schultern und Muskeln sorgen dafür, dass es in mir flattert, und ich will, dass er alles noch einmal tut.

„Hi." Ich fühle mich schüchtern.

„Sia." Er steht sofort auf und kommt zu mir. „Wie geht es dir?" Er betrachtet mich mit einem wachsamen Blick. „Alles in Ordnung?" Er zieht eine Braue hoch.

„Ja, Meister. Ich glaube schon." Ich strecke mich und beobachte, wie seine Augen zu meinem Körper schnellen. Er ist der Meister, dennoch besitze ich hier eindeutig ebenfalls Macht. Ich tue es noch einmal, nur weil es Spaß macht, zu beobachten, wie er mich beobachtet.

Er zieht mich an seinen Körper, drückt einen Kuss auf meinen Kopf und ich will mehr. Er hat mich noch nicht auf die Lippen geküsst. Ich weiß, dass Wesen das tun, zumindest diejenigen, die die Aktivitäten genießen, an denen Daven und ich vorhin teilgenommen haben. Es ist keine Erinnerung, sondern Allgemeinwissen. Wo ich herkomme, bekommen Sklaven wie ich keine Gefährten und auch keine Lust. Wir unterhalten uns jedoch untereinander und manche von uns haben auf anderen Planeten oder bei anderen Meistern Dinge gesehen. Wir Sklaven sammeln mehr Gruppenwissen, als unsere okrezianischen Meister wissen oder als ihnen lieb wäre.

„Du solltest etwas essen." Es ist kein Vorschlag. „Du musst bei Kräften bleiben. Das ist gut für die Heilung deines Gehirns."

Er deutet zu einem niedrigen Tisch, auf dem verschiedene Nahrungsmittel für mich ausgebreitet sind: Trauben, andere reife Beeren und Dinge, die ich nicht kenne.

Da ich am Verhungern bin, stürze ich mich auf das Essen. „Willst du etwas?"

Er schüttelt den Kopf. „Ich könnte es wegen des Geschmacks essen, doch im Moment möchte ich nichts."

„Dir entgeht etwas." Ich halte eine Traube hoch, lege sie auf meine Zunge und zerteile sie mit den Zähnen, sodass sich das Aroma in meinem Mund ausbreitet. Ihn zu necken, ist ein neues Spiel für mich und ich mag es.

Seine Augen funkeln und ich sehe, dass ein Muskel an seinem Kiefer zuckt. „Nein." Er schenkt mir ein träges Lächeln. „Die Dinge, die ich wirklich genieße, entgehen mir nicht. Ich habe vor, viel von ihnen zu kriegen."

Ich erröte, denn es ist eindeutig, was er meint.

„Doch fürs Erste muss ich gehen." Er deutet zu den breiten Fenstern und könnte damit alles Mögliche meinen: Krieg, Missionen, Meetings. „Ich werde bis zum Ende der Planetenrotation zurückkehren."

Er verrät mir keine Einzelheiten. Trotz der Momente der

Leidenschaft gibt es noch so viel, was wir einander nicht verraten. Ich weiß noch immer nicht, ob ich ihm jemals die Geheimnisse verraten kann, die ich wahre.

„Du", er fixiert mich mit seinem Blick, „wirst meinen Befehlen Folge leisten. Wenn dir weitere wichtige Erinnerungen einfallen, zeichnest du sie für mich auf."

„Ja, Meister." Ich nicke. „Das werde ich tun." *Zumindest die Erinnerungen, die gefahrlos verraten werden können.*

Er wartet kurz und setzt sich dicht neben mich. „Sia. Gefällt es dir, wie Menschen hier behandelt werden? Ist es besser als das, was du bisher erlebt hast?"

„Du weißt, dass es besser ist." Meine Stimme ist rau. „Viel besser."

„Deine vorherigen Besitzer, die Okrezianer, sind bekannt für ihre Grausamkeit Menschen gegenüber. Wir sollen eigentlich keinem Menschen Schutz bieten, geschweige denn so vielen. Wir denken, dass sie uns lieber vernichten würden, als weiterhin zuzulassen, dass wir uns mit Menschen paaren und Junge zeugen. Das ist ein direkter Verstoß ihrer Befehle. Sie betrachten das als die ultimative Respektlosigkeit und wollen uns wahrscheinlich eine Lektion erteilen, damit alle im Universum sehen und wissen, dass die Okrezianer ein derartiges Verhalten nicht tolerieren."

„Ich weiß." Von diesen Worten wird mir schlecht. Ich bin erst so kurze Zeit hier und dennoch sehe ich bereits, dass es Utopia ist. Ich will hierbleiben und dieser Gesellschaft helfen. Daven. Unbedingt.

„Alles, was du über ihre Militärkraft, Experimente, Pläne, irgendetwas weißt – selbst wenn du es nicht für relevant oder wichtig hältst – könnte uns helfen, vorauszuahnen, was sie aushecken. Wir können nur …"

Es ist eigenartig, doch während er spricht, summt es in meinem Kopf, als wäre da ein Insekt. Allerdings ist es in meinem Kopf. Meine Gedanken wirbeln erneut wild durcheinander, wie sie es in dem Raumschiff taten. Plötzlich kann ich seine Worte so sehen, als wären sie auf ein Tablet geschrieben worden. Die Laute bilden Formen, die ich in meinem Gedächtnis speichern und auf das Implantat laden kann, *wo es meine Meister lesen und herausfinden werden, was die Gegner tun.*

„Ah!" Ein Energiestoß oder Schmerzensstich macht mich blind und ich fasse mir an die Schläfen. „Au."

„Sia? Was ist los?" Daven kniet sich vor mich, sodass sein Gesicht auf einer Höhe mit meinem ist. „Was ist los? Deine Kopfverletzung?"

„Ich weiß es nicht." Ich blinzle gegen den intensiven Schmerz an und Punkte tanzen vor meinen Augen. „Ich kann nicht … ich weiß nicht. Es tut so weh." Ich wimmere, doch der Laut klingt so weit entfernt, als wäre er Millionen Meilen weg und würde wie eine Feder im Wind zu mir treiben. Ich breche zusammen.

Dann ist es so schnell vorbei, wie es angefangen hat. Mein Kopf ist klar und der Schmerz ist verschwunden. Ich neige den Kopf. Etwas in Bezug auf Laute, Formen? Doch es ist fort und ich sehe bloß Davens besorgten Blick und sein gut aussehendes Gesicht. „Ich bin okay. Ich glaube, es sind nur die Nachwirkungen der Verletzungen." Etwas stört mich, als würde mehr hinter dem Ganzen stecken, doch wie zuvor flattert dieser Gedanke ins Nichts davon.

Er schaut mir in die Augen, hält inne und nickt. „In Ordnung. Falls das noch einmal passiert, kontaktiere mich." Er deutet auf mein Handgelenk, wo ein Kommunikator leuchtet. „Drück den Knopf und du wirst direkt mit mir verbunden, Sia."

Ich nicke. „Ja, Meister." Ich lächle schwach, denn die Kopfschmerzen sind fort und er hat recht, das Leben hier ist prächtig, und ich habe vor, so gut daran teilzunehmen wie ich kann.

„Und …", er erwidert mein Lächeln und lässt seine Augen über meinen Körper wandern, „fass nichts an, was mir gehört. Kein einziges Mal."

Er wartet.

„Oh. Ja, Meister." Mein Gesicht ist heiß.

„Sei brav." Und er ist fort.

* * *

SIA

Nachdem Daven gegangen ist, wandere ich durch die kleine Unterkunft und versuche, mich nicht so eingesperrt zu fühlen. Ich habe großes Glück, dass ich hier bin, und bei den Sternen, ich weiß das. Dennoch habe ich mich bereits an meine neue Freiheit gewöhnt und meine gierige Seele verlangt nach mehr. Jetzt sehne ich mich danach, rauszugehen, meine Sklavenfreundinnen zu sehen und mehr zu tun.

Ich drücke eine Hand flach auf das Glas.

Plötzlich sehe ich weitere Bilder oder eher einige Erinnerungsblitze.

„Sie hecken etwas aus. Die Informationen besagen, dass sie mindestens 100 auf ihrem Planeten haben. Vielleicht mehr. Das ist ein direkter Verstoß gegen unsere Befehle. Diese Unverschämtheit!"

Ich springe nach vorne, keuche und nutze nun beide Hände, um mich zu stützen. Beide Handflächen schwitzen an dem Fenster, als noch schlimmere Erinnerungen meinen Kopf fluten.

„Sie ist in Position. Bereit für das Einsetzen des Chips. Auf drei, Doktor."

„Ja, Doktor."

„Sie wird Schmerzen verspüren, aber das Muskellähmungsmittel wird sie daran hindern, sich zu bewegen. Sie muss während

des Prozedere wach sein, damit wir wissen, wenn wir die richtige Stelle erwischen."

„Denk daran, Sia, diejenigen, die über Alpha 2 reden, können eine Woche lang mit Schockstäben bestraft werden. Denkst du, dass du danach noch so gut laufen und funktionieren kannst? Vielleicht sollten wir dich ein paarmal schocken, damit du dich daran erinnerst, wie es sich anfühlt."

Schreckliche Schmerzen schießen durch meinen gesamten Körper.

Ich schreie. Dann breche ich schwitzend und schluchzend auf dem Boden zusammen.

Weitere Erinnerungen prasseln auf mich ein. *Ein Okrezianer deutet auf mich, Flora und die anderen, während er erklärt: Das hier sind nur Experimente für die Arbeit auf diesem Planeten. Die Transmitter arbeiten bloß in einem bestimmten Radius und die Chips sind nur die Rev 0. Sie werden noch nicht weggeschickt werden.*

Und: Die letzte Gruppe Alphas starb, als wir versuchten, ihnen die Erinnerungen zu entnehmen. Wie gut, dass wir so einen unbegrenzten Vorrat haben, an dem wir experimentieren können." Gelächter. Lautes, raues Gelächter.

Das bin ich: ein Versuchskaninchen. Mit irgendeinem Chip in meinem Kopf? Sorgt dieser dafür, dass mein Kopf wehtut und meine Gedanken verschwinden? Warum kann ich mich nicht an mehr von Alpha 2 erinnern? Ich bin nur ein Werkzeug, darauf programmiert, Angst davor zu haben, mir Hilfe zu holen. Angst wurde in mein Gehirn einprogrammiert.

Ich sollte es Daven erzählen. Er kann es dem Arzt erklären und vielleicht können sie mich wieder gesund machen!

Ich stehe langsam auf und hole einen weichen Lappen aus dem Waschbereich, um mir den Schweiß vom Gesicht zu wischen. Ich hole ein paarmal tief Luft, um mich zu beruhigen, und lasse die Panik verebben. Daven kann helfen.

Dann realisiere ich: *Ich kann es Daven nicht erzählen.*

Mir könnten schreckliche Dinge zustoßen, wenn ich es erzähle. Und meinen Menschenfreundinnen ebenfalls. Das Ganze zu verraten, würde eine andere Form des Verrats bedeuten, ein Verrat an mir und meinem Schicksal. Und an meinen Freundinnen. Die Zandianer würden uns bestimmt isolieren, vielleicht sogar töten und uns wegschicken, wenn sie wüssten, dass wir Chips in unseren Köpfen haben. Oder? Es wäre dumm von ihnen, es nicht zu tun. Auf Okrezia wurde jede Bedrohung sofort beseitigt, nur um sicherzugehen. Die Zandianer werden sich sicherlich genauso verhalten.

Falls meine Erinnerungen stimmen, befinden wir uns weit außerhalb der Reichweite, in der der Chip gelesen werden kann. Ich weiß nicht, was er noch in meinem Kopf tut, doch selbst wenn er alles aufzeichnet, was ich sehe und höre, kann er unmöglich etwas an einen Okrezianer weitergeben. Zandia ist sogar vor unseren Spionagehirnen sicher, zumindest vorerst. Und im Moment will ich mehr über mich und Daven herausfinden, ehe ich mehr verrate. Kann ich ihm wirklich vertrauen? Oder bin ich für ihn auch nur ein Werkzeug? Ein Mittel zum Zweck? Kann mein Leben ihres retten, aber nur indem ich mich umbringe? Werde ich sterben, ganz gleich, was ich tue? Ich brauche Zeit, um herauszufinden, was meine besten Optionen sind. Wenn ich doch nur mit Flora sprechen könnte. Wann wird mir Daven den Kontakt zu Flora erlauben? Wann wird er mir vertrauen?

Als ich an Daven denke, wird es eng in meiner Brust. Diese Informationen nur für kurze Zeit vor ihm geheim zu halten, könnte das zerbrechliche Band zerstören, das wir geschmiedet haben. Allerdings weiß ich nicht, was die Zandianer mit der Information tun würden, wenn ich sie ihnen gäbe. Sie könnten entscheiden, dass ich gefährlich bin, und uns alle sofort abschieben. Was dann? Würden sie uns zurück zu den Okrezianern schicken? Uns eintauschen, um sich selbst zu retten? Ich kann dieses Risiko einfach nicht eingehen. Ich will ein gutes, anständiges Leben führen. Und ich denke wirklich nicht, dass es Zandia schaden wird, länger zu warten.

Die Planetenrotation vergeht langsam und ich gehe sporadisch zu dem Tablet, das mir Daven gegeben hat. Es enthält Informationen über Zandia, Holos über Menschen, die erschreckend fabelhaft sind. Ich schaue sie mir alle gierig an, bis ich sie zweimal gesehen habe. Ich kann es nicht erwarten, die Menschen kennenzulernen, die diesen Planeten ihr Zuhause nennen, und ich hoffe, dass mir Daven das bald erlaubt. Ich verspüre auch das tiefe Verlangen, mich wieder mit meinen Menschenfreundinnen in Verbindung zu setzen, die zusammen mit mir gerettet wurden. Ich habe vor, Daven später darum zu bitten, wenn ich ihn wieder sehe.

Wenn ich mich an mehr von meiner Vergangenheit und an das erinnere, was in meinem Schädel steckt, tun das die anderen sicherlich auch. Halten sie es geheim so wie ich? Flora tut das bestimmt, immerhin habe ich nicht vergessen, dass sie mich drängte, es für mich zu behalten. Es müsste nur eine von uns reden und dann wären wir gezwungen, alles zu verraten, ob wir bereit dazu sind oder nicht. In dieser Sache kann ich jetzt allerdings nichts unternehmen und mir den Kopf darüber zu zerbrechen, bringt mein Herz lediglich zum Rasen. Daher schaue ich mir die Holos ein drittes Mal an, um mich abzulenken.

Als ich die Holos praktisch auswendig kann, schaue ich aus dem Fenster und trete von einem Fuß auf den anderen, während die Furcht erneut in mir anschwillt. Eigenartige Gedanken piken die Ränder meines Bewusstseins, verblasste Bilder von Okrezianern und einem Labor, doch ich will jetzt nicht daran denken. Ich muss eindeutig mehr über mich herausfinden, vor allem da ich beschlossen habe, diesen Teil meiner Vergangenheit vor Daven geheim zu halten. Allerdings glaube ich, dass es mich momentan zerstören könnte, tiefsitzende Erinnerungen zu erleben, und ich will eine Pause.

Ich schließe die Augen und konzentriere mich auf die Mitte meines Körpers in dem Versuch, die Bilder zu verjagen.

„Ich bin jetzt auf Zandia. Ich bin in Sicherheit", sage ich laut.

Daraufhin knistert es plötzlich in meinem Kopf. Es ist eine schmerzlose, jedoch eindrückliche Empfindung und ich keuche schockiert. Mir wird bewusst, dass der Chip etwas aufzeichnet oder überträgt. Laute? Meine Gedanken? Weil ich das Wort Zandia gesagt habe?

„Stopp!", rufe ich, packe meine Schläfen und drücke sie. Nichts verändert sich, und tatsächlich knistert es erneut, sodass ich die Augen fest zukneife und all meine Muskeln anspanne, einschließlich der intimen Muskeln, die Daven so sehr beansprucht hat. Plötzlich halten die Gedanken und Chip-Aktionen mitten in einem Flackern inne.

Als ich meine Pussy erneut anspanne, verblasst das mentale Bild und die kribbelnde Empfindung zwischen meinen Schenkeln verstärkt sich.

Habe ich das getan? Habe ich den Chip daran gehindert, zu tun, was immer er tut, oder hat er von allein aufgehört?

Ich habe keine Möglichkeit, das zu überprüfen, weshalb ich meine Mitte noch einmal anspanne, weil dieses Gefühl fantastisch ist und ich es lieber genießen möchte, als an diesem Gehirn-Schwachsinn zu leiden.

Erneut necken mich die schwachen Vorboten eines bevorstehenden Orgasmus.

Ich halte die Luft an und spanne experimentell meine

Pussy an. Das Kribbeln verstärkt sich. Süße Mutter Erde, kann ich mir die gleichen Empfindungen verschaffen, die Daven mir geschenkt hat?

Ich eile zum Schlaflager, lege mich hin und meine Finger bewegen sich schnell zu meinem weichen Fleisch, damit ich meine Klitoris streicheln und massieren kann, die bei meinen Berührungen zum Leben erwacht.

Ich erinnere mich an Davens Warnung, *Fass nichts an, was mir gehört*, höre jedoch keine einzige Sekunde lang auf. Ich will diesen Rausch und die Erleichterung, weshalb ich weiter streichle und lerne, wie ich den Druck meiner Fingerspitzen verändern muss, um die Empfindung zu verstärken. Ich drehe meine Hüften, drücke sie gegen meine Hand und schreie vor Lust auf, als ich den Orgasmus zu seinem Gipfel zwinge.

Als ich fertig bin, liege ich keuchend auf dem weichen Stoff und genieße die verbleibende Wonne und das Pochen in meinem Körper. Träge wische ich einen Schweißtropfen von meiner Stirn. Bei den Sternen, ich hätte das jede Planetenrotation tun können! Zugegeben, es war nicht annähernd so fantastisch wie der Orgasmus von Daven, aber wer wird sich über kostenlose Lust beschweren? Nicht diese Sklavin, das steht fest.

Kann ich das noch einmal tun?

Einige Minuten später, während ich meine Kleider zurechtrücke und mich auf die bestmögliche Art erschöpft fühle, denke ich darüber nach, ob Daven seinen Erlass ernst gemeint hat, und was er tun würde, wenn er herausfände, dass ich seine Befehle missachtet habe. Jetzt, da ich die Wonne erlebt habe und die Empfindungen verblasst sind, macht es mir mehr Angst, dass ich meinem Meister nicht gehorcht habe. Daven ist mir wichtig. Ich mag ihn. Ich will brav für ihn sein. Es ist nur ... ich hatte noch nie zuvor diese Freiheit oder Lust.

Ich denke darüber nach, in der automatischen Waschröhre zu duschen für den Fall, dass er meine Erregung riechen oder spüren kann, doch bevor ich eine Bewegung machen kann, erklingt ein Geräusch an der Tür.

Oh bei den Sternen.

Daven ist zurück.

KAPITEL ACHT

Daven

Als ich die Unterkunft betrete, wirbelt Sia herum und schlägt sich eine Hand vor den Mund. Ihr Gesicht ist gerötet und ich rieche sofort ihre Erregung.

„Sia", sage ich mit strenger Stimme. „Hast du dich angefasst?" Ich bin tatsächlich belustigt. Ich liebe es, dass sie ihre Sexualität entdeckt hat. Mir gefällt auch die Vorstellung, sie zu bestrafen, weil uns das aneinanderbinden wird.

Sofort schüttelt sie den Kopf. „Nein, Meister." Die Farbe, die ihr in die Wangen steigt, sowie das unverkennbar süße Aroma ihrer Säfte an ihren hübschen Fingern verrät mir etwas anderes.

Der kleine Mensch hat meine Befehle missachtet und das nur wenige Stunden, nachdem ich ihr diese erteilt hatte. Nicht nur das, sie hat mich deswegen auch noch angelogen.

„Sia. Ich weiß, was du getan hast. Gib es einfach zu." Ich durchbohre sie mit meinem Blick.

Sie senkt die Augen und fährt den Saum ihres seidigen Kaftans nach. „Ich habe nichts, äh, getan, Meister. Ich habe mir nur die Holos angeschaut, die du mir zurückgelassen hast." Sie hebt den Blick und schaut mir in die Augen. „Ehrlich." Ich kann ihren Puls praktisch rasen hören. „Ja. Nur Holos!" Sie beißt sich auf die Lippe. „Ähm, es ist schön, dich zu sehen."

Veck. Sie ist das unehrlichste Weibchen, dem ich jemals begegnet bin. Und sie ist nicht einmal gut im Lügen. Axe hat gut daran getan, ihr zu misstrauen.

Ich schüttle den Kopf und meine Belustigung verwandelt sich in Enttäuschung. Erzählt dieser Mensch *jemals* die Wahrheit? Haben alle Menschen die Veranlagung, zu lügen?

Dennoch lauert unter meinem Zorn Erregung. Ich bin erpicht darauf, meinen kleinen Schützling zu bestrafen, denn wir haben die letzte Session beide sehr genossen. Man kann ihr zwar nicht über den Weg trauen, doch wenn ich ihre Lügen einmal außer Acht lasse, kann ich viel Spaß haben, solange sie mir gehört. Ich brenne beispielsweise darauf, ihren umwerfenden rosafarbenen Mund um meinen Schwanz zu spüren.

„Sia", spreche ich mit barscher Stimme. „Wenn du diesen hübschen Mund zum Lügen benutzt, kann ich dir genauso gut beibringen, wie du ihn benutzen kannst, um für deine Sünden Buße zu tun. Und zwar jetzt."

Ihre Augen weiten sich. „Meister?" Sie versteht anscheinend nicht, was ich meine.

Nun, sie wird nicht lange verwirrt sein. Es dauert nicht allzu lange, zu erklären, wie man einen Schwanz bläst. Und *veck*, ich werde sicherstellen, dass sie zu einer Expertin in diesem Gebiet wird.

„Ah, Süße, ich sehe, dass du nicht weißt, was ich meine." Ich trete näher an sie heran.

Sie weicht zurück. „Daven, ich …" Ihre Augenlider flattern alarmiert.

„Aber du wirst." Ich strecke die Hand aus und packe sie.

Sie kreischt, schmiegt sich jedoch in meine Arme, als ich

sie an meinen Körper ziehe. Ich bin mir sicher, sie kann spüren, wie hart ich für sie bin. *Veck*, dieses schwierige kleine Weibchen erregt mich wie keine andere.

Jetzt, da sie an mich gepresst ist, vergesse ich all mein Misstrauen. Wie kann ich daran festhalten, wenn Lust durch mich fegt?

Mit einer Hand greife ich nach unten und zwicke einen Nippel durch den dünnen Stoff ihres Gewandes hindurch. Es verdeckt kaum ihren Körper und ihr Fleisch wird unter meinen Fingern hart. Als ich ihre steife Spitze necke, wimmert sie, schlingt ihre Arme um meine Taille und berührt meinen Rücken sowie meinen Hintern. Schön. Ich mag es, dass sie dreist genug ist, um meinen Körper zu erkunden, und ich habe vor, sie noch viel mehr erkunden zu lassen, vorher müssen wir allerdings etwas anderes erreichen.

„Sia, wenn du mich anlügst, zieht das Konsequenzen nach sich", warne ich, schnipse gegen ihren Nippel und genieße es, dass sie sich daraufhin windet und atemlos keucht. Sie wird nur von meinen Händen auf ihren Brüsten erregt. Ich kann es nicht erwarten, zu sehen, auf welche Höhen ich sie mit all meinen Talenten heben kann.

„Aber ich habe es nicht getan", protestiert sie schwach.

Darauf reagiere ich mit einem Knurren, packe den Stoff ihres Kleides mit beiden Händen und reiße es ihr mit einem befriedigenden Ratschen vom Körper, das durch die Unterkunft hallt.

Sie schreit auf und versucht, sich zu bedecken, vielleicht weil sie wegen der plötzlichen und unerwarteten Nacktheit schüchtern ist, doch ich packe ihre Arme.

„Nein. Lass mich sehen. Du gehörst mir, Sia. Hände runter."

Ich drücke sachte gegen ihre Arme, bis sich ihre Hände an ihren Seiten befinden, und starre ihre reizende Gestalt an.

Mit einem Finger gleite ich um ihren Nippel herum, die Seite ihres Busens entlang und langsam bis hinab zum Scheitelpunkt ihrer Schenkel.

„Daven", haucht sie und schließt die Augen.

Ich berühre ihre Klitoris nur einmal und kann spüren, wie erregt sie ist. *Veck*, ich glaube, sie würde kommen, wenn ich sie nur noch einmal berühren würde. Das wird allerdings nicht geschehen, zumindest noch nicht. Während dieser Planetenrotation wird Sia für ihre Wonne arbeiten. *Hart.*

„Auf die Knie, Süße", knurre ich und lehne mich an die Kante des Schlaflagers. Dann überlege ich es mir anders. Für diesen Winkel bin ich zu groß und ich will das hier genießen.

„Planänderung." Ich packe sie und rolle uns beide auf die weiche Matratze. Ich lehne mich nach hinten an den Kissenberg und positioniere Sia zwischen meinen Schenkeln.

„Dir wurde befohlen, auf deine Wonne zu warten", murmle ich und streichle ihre Haare. Ihre Augen sind groß und funkeln. Sie leckt sich über die Lippen, als sie meinen Schwanz betrachtet. *Veck*, ich glaube, sie weiß, was ich will, und ihr scheint die Vorstellung sogar zu gefallen.

„Also wirst du jetzt gezwungen, zu warten. Dreimal, Sia. Du wirst mir dreimal Lust bereiten, bevor du einmal kommen darfst. Das erste Mal wirst du es mit deinem Mund tun."

„Aber ich weiß nicht wie …" Sie verstummt und ihr Blick wirkt nervös, als sie meine Größe mustert. Es stimmt, ich bin groß, sogar für einen Zandianer.

„Du wirst es lernen." Ich tippe sanft auf ihre Wange. Ihr Mund wird so eng um meinen Schwanz herum sein, dass ich es kaum erwarten kann, es zu spüren. „Das zweite Mal werde ich auf deinen Titten kommen und das dritte Mal in deinem Hintern."

„Warte." Ihre Augen weiten sich. „Du wirst … dreimal? Bevor ich kommen kann?"

Sie wirkt bestürzt, was mich belustigt. Mag sie Orgasmen jetzt wirklich so sehr? Ich liebe es.

„Aber … Daven, ich glaube nicht, dass ich so lange warten kann. Wie lange wird es dauern?" Sie schluckt. „Ich brauche es schon, und zwar jetzt."

Ich lache. „Ich weiß es nicht, Sia. Vielleicht hättest du daran denken sollen, bevor du deine Hände auf Wanderschaft geschickt hast." Ich nehme eine ihrer schlanken Hände, die so zart sind, küsse die Fingerspitzen und sauge an ihrem Zeigefinger. „Und wenn ich mich richtig erinnere, schienst du neulich sehr erpicht darauf, den Gefallen zu erwidern, nachdem ich deine Pussy geleckt und dich zu einem Orgasmus gebracht hatte. Jetzt ist deine Gelegenheit."

Sie keucht und ich rieche, dass ihre Pussy reagiert. Sie ist so reaktionsfreudig. Gut. Ich will, dass sie die ganze Zeit erregt ist, während sie mir dient – immerhin muss jede sexuelle Bestrafung zu gleichen Teilen sexuell und disziplinarisch sein.

„Wir Zandianer erholen uns schnell", informiere ich sie, da ich sie zumindest ein bisschen beruhigen will. „Allerdings werde ich es dir nicht leicht machen." Ich ziehe eine Braue hoch. „Immerhin warst du ungehorsam."

„Was, wenn ich …", sie legt den Kopf schief, „wenn ich …" Ihre Nippel sind aufgerichtet und ihre Schenkel angespannt.

„Wenn du kommst, bevor ich es erlaube?" Ich schüttle den Kopf. „Dann fangen wir von vorne an. Glaub mir, Süße, du willst es dir verkneifen."

* * *

Sia

„Leg los." Davens braun-lila Augen sind violett geworden und die Hörner auf seinem Kopf stehen steif und dick ab, fast so wie sein Schwanz.

Ich greife nach seiner Männlichkeit, doch er schüttelt leicht den Kopf. „Keine Hände. Nur dein Mund."

„Ja, Meister."

Ich beuge mich zaghaft vor und befeuchte meine Lippen, bevor ich sie teile.

An der Spitze von Davens Schwanz glitzert eine schillernde, regenbogenfarbene Essenz und ich strecke meine Zunge aus, um sie zu kosten. Ich keuche wegen des Aromas. Salzig und süß. Es wirkt sich irgendwie auf meinen Körper aus und mir wird ein wenig schwindlig.

Seine steife Männlichkeit zuckt und schnellt in die Richtung seines Kopfes, wodurch ich gezwungen bin, ihr mit dem Mund zu folgen. Ich erwische die Spitze mit den Lippen, woraufhin sie sich vordrängt und in meinen Mund taucht.

Ich wirble mit der Zunge um den Rand und fahre die Konturen nach. Sein Schwanz ist dick – beinahe zu breit, um angenehm in meinen Mund zu passen, doch ich öffne meinen Kiefer, um ihn so weit in den Mund zu nehmen, wie ich kann.

„*Mehr*", befiehlt er, als ich zurückweiche.

Ich hebe meinen Blick zu seinem. Sein Tonfall ist scharf, doch er streichelt die Seite meines Kopfes, weshalb ich weiß, dass er nicht wütend ist.

Ich versuche, ihn tiefer aufzunehmen, und er stößt gegen meinen Rachen. Mein Würgereflex bringt meinen Magen zum Schlingern und ich ziehe mich zurück. Daraufhin senke ich mich jedoch sofort wieder auf ihn und versuche noch einmal, ihn tief in meine Kehle aufzunehmen, da ich ihn zufriedenstellen will. Ich will mir seine Anerkennung und meinen Höhepunkt verdienen.

„Das ist es, Süße. Lass mich deine Zunge spüren", redet er mir gut zu.

Erfreut von seinem Lob setze ich meine Zunge an der

Unterseite seines Schwanzes ein, als ich ihn so tief wie möglich aufnehme.

„Jetzt lecke um die Spitze herum."

Ich gehorche, nehme mir Zeit, lecke um seine Schwanzspitze herum, sauge sachte und stupse mit der Zunge gegen den Schlitz.

„Saug an meinen Eiern."

Ich mustere den schweren Sack unter seiner Härte. Er ist prächtig. Die lilafarbene Haut ist dort dicker und faltig. Ich senke den Kopf und drücke meinen Mund auf seine Hoden. Mit den Lippen ziehe ich eines seiner Eier in meinen Mund.

Er stöhnt.

Ich sauge sachte an seinem Hoden, gebe ihn frei und lecke um seinen gesamten Sack herum. Ich lasse dem anderen Hoden die gleiche Behandlung angedeihen, bevor ich eine lange Spur vom Ansatz seines Schafts bis zur Spitze lecke.

„Braves Mädchen."

Sein Lob fällt wie warme Funken auf meinen Kopf und meine Schultern, wärmt mich und begeistert mich. Ich lecke seine gesamte Männlichkeit ab, als würde ich sie mit Liebe bemalen. Ich lecke leicht und schnell, lang und fest. Ich blase und lecke von den Hoden zum Schwanz und wieder zurück, wobei ich sicherstelle, dass sich jeder Zentimeter von ihm verehrt fühlt.

Ich hatte noch nie zuvor einen Meister, den ich zufriedenstellen *wollte*. Das hier ist anders. Ich sehne mich danach, dass Daven mit mir zufrieden ist. Ich will, dass er weiß, dass ich mein Bestes gebe, obwohl ich nicht weiß, was ich tue. Ich wünsche mir seine Lust.

Also passe ich gut auf – ich lausche auf seine Reaktionen auf meine Bewegungen und gebe mein Bestes, ihn zufriedenzustellen.

Das nächste Mal, als ich seinen Schaft in meiner Kehle aufnehme, legt sich seine Hand auf meinen Hinterkopf, führt mich auf und ab und kontrolliert meine Bewegungen. Ich folge ihm freiwillig und erfreue mich daran, dass ihm der Atem stockt und seine Bewegungen fahrig und ruckartig werden. Seine Finger spannen sich in meinen Haaren an und zerren an ihnen. Er zieht mich von sich, als seine Essenz aus seinem Schwanz spritzt und Regenbögen auf meine Brüste sprüht.

Ich berühre die hübsche Essenz fasziniert, doch Daven blafft: „Fass es nicht an."

Ich schaue überrascht auf.

Seine Lippen biegen sich nach oben. „Ich brauche es dort für deine nächste Lektion."

Oh. Mein Körper vibriert förmlich und meine Pussy ist feucht für ihn.

Er klettert vom Schlaflager.

„Das war einmal, kleiner Mensch." Sein Lächeln ist warm. „Du hast das sehr gut gemacht."

„Danke schön, Meister." Ich bin wahnsinnig glücklich über sein Lob. Ich lecke sein Sperma von meinen Lippen und erwidere das Lächeln. Er schmeckt gut – frisch und leicht. Seine Essenz stört mich überhaupt nicht.

Seine Hand liegt warm auf meinem Schenkel. In Momenten wie diesem habe ich das Gefühl, dass wir eine Verbindung auf einem tiefgehenden Niveau schmieden. Es ist beinahe die Art von Emotion, die für immer andauern könnte. Natürlich beginnen wir wegen meiner ständigen Lügen mit dem falschen Fundament. Ich beiße mir auf die Lippe, als Schuldgefühle in mir aufsteigen.

„Stimmt etwas nicht?" Aufmerksam wie immer berührt er mein Gesicht.

„Nein." Ich zwinge mich zu einem Lächeln, wozu es nicht viel braucht, da ich bei ihm glücklich bin. „Ich warte nur darauf, dass ich dran bin." Ich schaue ihn gespielt finster an und schlage ihm auf den Arm. „Du bist gemein." Das stimmt, es ist allerdings auch aufregend, auf meine Erlösung zu warten. Zudem bin ich erpicht darauf, herauszufinden, was er als Nächstes tun wird.

Er lacht schallend und zieht mich näher. „Nun, lass uns ...“ Er unterbricht sich, als sein Kommunikator in einer bestimmten regelmäßigen Tonfolge piept. *„Veck,* das Gespräch muss ich annehmen.“ Er klingt enttäuscht, als er aufsteht und das Gerät anschaltet. „Hier spricht Daven. Ja, Meister Seke.“

Er streckt sich träge, während er in das Gerät spricht, und ich bin verzaubert von seinen kraftvollen Muskeln, seiner schlanken Figur, seiner Kraft und Geschmeidigkeit.

Er senkt das Gerät und greift nach seiner Kleidung. „Sia, es tut mir leid, aber ich muss gehen. Wir werden das hier“, er zieht seine Augenbrauen hoch, „später fortsetzen. Ich muss mich mit dem Kriegskommandant treffen.“

„Darf ich mitkommen?“ Die Worte sind raus, bevor ich darüber nachdenken kann. Ich bin überrascht von meinem eigenen Wagemut. Mein waghalsiges Verhalten bei Daven ist etwas vollkommen Neues. Ich genieße eindeutig meine neugefundene Freiheit. „Ich würde wirklich gerne irgendwo hingehen.“

Er runzelt seine Stirn und ringt vermutlich innerlich mit sich, ob das eine gute Idee ist. Vielleicht hat der jüngste Orgasmus seine Laune verbessert, denn er schaut mich an und sagt: „Du darfst mitkommen.“

„Okay! Klasse! Aber ...“ Ich schaue auf meine Brust und den Regenbogenwirbel seiner Essenz hinab. „Ich ... Daven?“

Er zieht eine Braue hoch. „Lass es. Das Gewand wird es verdecken.“

„Aber werden die Zandianer nicht erkennen können, dass wir ...“ Mein Gesicht wird warm.

„Vielleicht werden sie das tun können.“ Er verschränkt

die Arme. „Und ich habe nichts dagegen, wenn sie wissen, dass ich dich besitze, mein hübscher Mensch."

Er lächelt über meinen Gesichtsausdruck. „Ich will, dass mein Sperma auf deinen hübschen Brüsten ist, wo es auf später wartet, Sia. Es erinnert dich daran, dass ich dein Meister bin. Kein anderes Wesen wird es sehen, doch ich werde wissen, dass es dort ist. Es wird dich ein wenig kitzeln, wenn es trocknet, und du wirst dich daran erinnern, was ich getan habe und was als Nächstes kommt."

„Ja, Daven", flüstere ich. Meine Erregung nimmt zu und überwältigt beinahe mein Verlangen, die Außenwelt zu sehen. Es ist jedoch eindeutig, dass unsere Schlafzimmeraktivitäten vertagt wurden, weshalb ich mit schwachen Knien aufstehe und mir ein Gewand schnappe, das ich überziehen kann. „Danke!"

Aufgrund der Wölbung in seiner Hose weiß ich, dass er ebenfalls lieber hierbleiben würde, doch er hat sich schnell wieder unter Kontrolle und nimmt meine Hand. „Wir werden einen kurzen Spaziergang zur Kommandozentrale machen. Bleib an meiner Seite und rede mit niemandem, außer ich erlaube es."

„Ja, Meister." Wut färbt meine Stimme, was mich überrascht. Es ist unfassbar, wie schnell ich zwischen großer Dankbarkeit über meine Umstände und dem Bedürfnis nach mehr Autonomie schwanke!

Er schlägt mir einmal auf den Po und das nicht sanft. „Lerne, dich zu benehmen und mir die Wahrheit zu sagen, dann bekommst du mehr Freiheiten. Denk daran, dass jede Tat einen Preis oder eine Belohnung nach sich zieht."

Ich antworte nicht, seine Worte sinken jedoch in meinen Verstand. Ich glaube ihm. Es ist nur so, dass es sich anfühlt, als würde ich über ein Minenfeld laufen, wenn ich versuche, die richtige Vorgehensweise zu finden.

Der Tag ist hell und es weht eine Brise. Es ist berauschend, wie ein normaler Bürger draußen zu laufen. Ich habe allerdings das Gefühl, als würden mich die Wesen anstarren, und schmiege mich an Davens Seite. „Schauen sie mich an?" Ein Zandianer dreht sich um und betrachtet mich mit einem bohrenden Blick, bevor er wegschaut, als Daven leise knurrt.

Er nickt. „Nun, sie sind neugierig. Alle wissen, dass du neu hier bist."

„Was wissen sie noch über mich? Uns?"

„Nicht viel." Seine Stimme ist ruhig. „Sie wissen, dass du mir vorübergehend zugeteilt wurdest und später einem anderen zugewiesen wirst. Also sind vermutlich einige der Männchen neugierig auf dich. Wie dieses."

„Oh." All meine guten Gefühle verpuffen. Ich will später keinem anderen zugewiesen werden. Tatsächlich fühlt es sich an, als würde mir ein Speer in die Brust gerammt werden, wenn ich daran denke. Ich will Davens Gefährtin sein, so wie ich es in den Holos gesehen habe, die er mir zum Anschauen gab. Ich will ein Junges mit ihm haben. „Ich verstehe."

„Das wird allerdings noch eine Weile dauern", fügt er hinzu. „Also zerbrich dir nicht den Kopf darüber, Sia." Seine Stimme ist rau und er schaut mich nicht an, obwohl sich seine Hand um meine herum anspannt. „Fürs Erste gehörst du zu mir, ist das klar? Er wird dich nicht anfassen. Kein Wesen wird das tun."

„Ja, Meister." Ich erinnere mich daran, dass er nicht vorhat, mich zu behalten, wenn ich ihm erst einmal all meine Erinnerungen verraten habe, ganz gleich, wie sehr ich seine Gesellschaft genieße. Ich muss mich darauf vorbereiten, dass er mich abgeben wird. „Das ist es." Ich habe zwar einen kleinen Vorgeschmack auf Freiheit erhalten, bin jedoch noch immer eine Sklavin. Ich habe keine Kontrolle über meine Zukunft und es spielt keine Rolle, wie viel Regenbogenessenz mir Daven schenkt. Vielleicht ist es für Zandianer anders – nicht so persönlich. Ich weiß nicht, ob ich für einen anderen Zandianer so empfinden könnte.

Wir gehen an einigen kuppelartigen Gebäuden vorbei, die entlang eines verwinkelten Platzes stehen, und Daven führt mich zum mittleren Gebäude einer Dreiergruppe. Die Kuppel ist glänzend, golden und reflektiert das Sonnenlicht in meine Augen. „Schick." Ich deute nach oben zu den Dekorationen. „Sieht wie Schmuck aus."

Er gluckst. „Ich schätze, da hast du recht. Wir Zandianer besitzen aufgrund unserer Kristalle einen großen Reichtum und stellen in unseren Unterkünften gerne unsere Liebe für Geometrie und Harmonie zur Schau."

Er hält seinen Handgelenkskommunikator an ein Bedienfeld an der Wand neben dem Eingang, woraufhin ein Licht grün aufblinkt und eine Tür aufgleitet.

„Daven. Willkommen. Ich sehe, Sie haben Sia mitgebracht." Ein älterer befehlshabender Krieger erwartet uns. „Kommen Sie rein." Er deutet auf eine Gruppe niedriger Schwebestühle. „Ich bin froh, dass sie ebenfalls hier ist, denn wir haben einige Fragen, die wir bei den Erinnerungssessions mit Dr. Daneth stellen wollten."

Sofort versteife ich mich. „Fragen?"

Er hält eine Hand hoch. „Ich spreche mit deinem Meister. Warte hier, bitte."

Es ist allerdings keine echte Bitte. Daher bleibe ich allein sitzen und beobachte, wie sie auf der anderen Seite des Raumes reden und ihre großen Stiefel auf dem stark polierten Boden auftreten. Während ich sie betrachte, beginnt die Haut an meiner Brust, zu kribbeln. Ich hebe eine Hand und senke sie wieder. Mein Gesicht brennt, als ich mich an Davens Worte erinnere: *Es wird beim Trocknen kribbeln.* Das Kribbeln verstärkt sich und ich spüre ein Pochen zwischen meinen Schenkeln. Süße Mutter Erde, wieso bin ich so erregt, nur wenn ich an Daven denke?

Ihre Stimmen sind leise und ich kann die Worte nicht ausmachen, doch als sie sich mir nähern, fange ich Satzfetzen auf: „… Karraner kundschaften für …" und „… es hat alles zugenommen, seit Sie diese Sklavinnen hergebracht haben." Mein Kopf surrt und ich versteife mich, aber zum Glück verblasst die Empfindung.

Nach einem Augenblick kehrt Daven zurück. „Sia, das hier ist Meister Seke. Er wird dich etwas fragen."

„Ja." Ich hebe die Augen. „Ich werde mein Bestes geben, zu helfen."

„Zuerst möchte ich dich noch einmal in dieser Kuppel willkommen heißen und dir sagen, dass wir deine Hilfe zu schätzen wissen."

Ich senke den Kopf. „Wobei?"

„Dass du dein Bestes gibst, deine Erinnerungen aufzuzeichnen. Wir haben die Formeln, an die du dich erinnert hast, Dr. Daneth gegeben und er ist ziemlich erstaunt. Er sagte, die Wissenschaft würde Sinn ergeben und er würde einige der Verbindungen ausprobieren. Es ist noch nie vorgekommen, dass sich jemand so präzise an Formeln erinnern konnte wie du."

„Ich … es war mir einfach ins Gedächtnis gebrannt." Ich bin über alle Maßen glücklich, dass sie meine Informationen nützlich finden. Zugleich bin ich auch nervös – sie scheinen sich alle so viele Gedanken darüber zu machen, dass ich mich derart präzise an etwas erinnern konnte. Irgendwann werden sie wissen wollen, wie und warum das möglich war – genauso wie ich. Und wie ich bereits herausgefunden habe, stimmt etwas nicht mit meinem Gehirn, und das hat mit dem Chip zu tun. Was wird passieren, wenn die Zandianer das ebenfalls herausfinden?

„Nun, sprechen wir über die anderen Angelegenheiten. Sia, es waren drei Sklavinnen bei dir, andere Menschen. Ihr habt alle Narben an euren Köpfen und an diesen Stellen rühren sie normalerweise von Gehirnoperationen her. Kannst du mir etwas darüber erzählen?"

Meine Augen weiten sich. „Ähm. Sie haben an uns operiert. Um uns zu verbessern." Mutter Erde, sie fragen bereits danach!

„Wie?" Sein Blick ist scharf.

„Ich weiß es nicht. Sie haben uns die Einzelheiten nicht verraten."

„Du hast Daven erzählt, dass du Teil von etwas warst, was …" Er blickt auf sein Hologerät, obwohl ich mir sicher bin, dass er seine Erinnerungen nicht auffrischen muss. Er wirkt ziemlich intelligent. „Projekt Alpha genannt wird."

Ich nicke und werde nervös. Er merkt, dass ich lüge, dessen bin ich mir sicher. „Ja, so haben sie uns genannt."

Er wendet sich an Daven. „Auf den Scans, die Dr. Daneth angefertigt hat, sind keine Hinweise auf Implantate zu finden. Der Doktor hat jedoch angemerkt, dass es neue Techniken bei Gehirnoperationen geben könnte, bei denen Materialen benutzt werden, die sich besser mit menschlichem Gewebe verbinden. Dadurch wären die Chips für unsere aktuelle Technologie beinahe unsichtbar."

„Sia. Haben sie dir jemals offen gesagt, dass sie etwas in dein Gehirn implantieren würden?" Daven schaut mich an.

Ich nehme all meinen Mut zusammen und lüge: „Ich erinnere mich nicht daran. Nein."

Die zwei Krieger wechseln einen Blick, der alles bedeuten könnte.

„Bist du dir sicher?" Meister Seke zieht eine Braue hoch. „Du kannst es uns erzählen, Sia. Genauso wie du uns von dem Labor und den Formeln erzählt hast."

„Ich vertraue Ihnen, aber nein", meine Stimme ist schnell und hoch, „sie haben nie etwas über ein Implantat gesagt."

„Okay." Sie schauen mich beide an. Ihre Gesichter sind ernst und Daven ist offenkundig enttäuscht. Mein Herz schmerzt und ich erzähle ihm fast die Wahrheit. Doch ich halte mich zurück. Ich kann noch nichts sagen.

Seke wendet sich an Daven. „Oh, und Drayk hat gesagt, dass ich Sie daran erinnern soll, dass die Techniker eine Menge interstellares Geplauder aufgefangen haben. Die eine Sache, die herausstach, war Planet Larew."

Als er spricht, summt mein Gehirn und ich habe erneut dieses komische Gefühl. Dieses Mal hört es nicht auf.

Seke fährt fort: „Er steht mit Projekt Alpha in Verbindung. Darüber hinaus wissen wir nicht viel. Schau nach, ob du die Techniker dazu bringen kannst, ihre Suche zu verfeinern, indem sie diese Variablen nutzen."

Mutter Erde, ich darf nicht zulassen, dass mein Kopf diese Art von Gesprächen aufzeichnet! Ich muss meinen Chip stoppen. Selbst wenn ich außer Reichweite bin, gefällt mir die Vorstellung nicht, dass etwas ohne meine Kontrolle oder Erlaubnis in mir gespeichert wird. Denn eines Tages, bei einer Planetenrotation, an die ich nicht denken will, könnte ein Wesen kommen und mich sowie meine aufgezeichneten Informationen mitnehmen, was dann?

Ich spanne meine Mitte an und zwinge mich, an Lust zu denken. Nur Lust. Davens Körper und meiner gemeinsam. Wenn ich den Chip zuvor in Davens Domizil stoppen konnte, kann ich das sicherlich noch einmal tun.

Mein ganzer Körper widersetzt sich dem und plötzlich schießen Schmerzen durch mich hindurch, bevor die Empfindungen in meinem Kopf schwächer werden und das Summen aufhört. Ich habe es gestoppt! Ich bin wahnsinnig stolz, plötzlich aber auch erschöpft, zucke grundlos zusammen und sinke mit flatternden Augenlidern nach unten.

„Sia?" Daven ist im Nu über mich gebeugt. „Du schwitzt. Was ist los?"

„Nichts." Als er sich näher beugt, da er nicht überzeugt ist, füge ich hinzu: „Mir, ähm, ist noch etwas eingefallen." Ich ziehe etwas hervor, was ich ihnen verraten kann. „Es geht um Projekt Alpha. Sie haben gesagt, dass sie uns irgendwann kontrollieren wollen. Ich weiß allerdings nicht wie. Bei den Operationen ging es jedenfalls darum, uns gefügiger zu machen."

Ich denke, ich kann ihnen einige wichtige Informationsbröckchen geben, und hoffentlich kann ich ihnen den Rest bald erzählen. Sehr bald.

„Okay, gut." Daven berührt mein Gesicht. „Gut gemacht, Sia. Ich weiß, wie schwer es für dich ist, darüber zu sprechen."

„Es ist nur so, dass sie uns immer mit schlimmen Strafen gedroht haben, sollten wir jemals darüber reden, Daven." Ich bin im Moment benommen und verrate mehr, als ich wahrscheinlich sollte. „Sie könnten uns töten, weißt du. Sie haben eine Sklavin getötet, nur um dem Rest von uns zu zeigen, wie es passieren könnte." Ich erschaudere. „Also bin ich nervös."

„Wie haben sie das getan?" Seine Stimme ist einlullend und sanft.

„Sie ... haben sie von innen heraus verbrannt. Rauch kam aus ihren Füßen. Irgendeine Art Elektrizität." Das ist nicht unwahr und im Moment bin ich relativ enthemmt. „Sie war so lieb. Sie hat das nicht verdient." Tränen treten mir in die Augen. „Keine von uns verdient es."

Daven streichelt meine Haare. „Schh, ich weiß. Du bist hier sicher. Erzähl mir mehr von dem Labor. Der Operation."

Ich kann sehen, dass der andere – Meister Seke – mit strenger Miene zuhört. Doch das ist mir egal. Ich verrate einige weniger wichtige Erinnerungen. Er verdient es, einen Teil der Wahrheit zu kennen, und ich kann ihm wenigstens etwas geben, selbst wenn ich den Chip nicht erwähne und was er meiner Meinung nach tun soll. „Manche von uns sollten klüger und besser bei der Laboranalyse werden.

Schneller. Andere sollten kräftiger werden. Sie sollten bessere Muskeln und Sehnen erhalten. Verbesserte Reflexe. Mit uns haben sie erst angefangen. Sie sagten, es sei eine neue Technologie, speziell für mich. Es würde eine neue Generation Menschen erschaffen werden, die ihnen besser denn je dienen sollte, vor allem wenn sie uns erst einmal stationiert hatten."

„Dich stationieren?" Sekes Stimme ist scharf. „Wie und wo?"

Rosafarbener Nebel legt sich über meine Sicht, als würde ich die Dinge wie im Traum sehen. Der Chip summt erneut, woraufhin ich meinen Körper anspanne und mich darauf konzentriere, ihn zu stoppen. Ist es möglich, dass der Chip die okrezianischen Meister benachrichtigen kann?

„An anderen Orten, schätze ich." Meine Stimme klingt verträumt, weil ich so abgelenkt bin, doch dann hört das Zeug in meinem Kopf auf. Ich habe es erneut geschafft! „Sie sagten, irgendwann sollten wir von dem Planeten wegge-schickt werden. Aber noch nicht und nicht wir. Die nächste Gruppe würde ausgesandt werden, weil wir, die Versuchska-ninchen, irgendwie minderwertig waren, noch nicht stark genug. Nicht richtig für die Mission. Wir sind gestorben, wenn sie versuchten, herunterzuladen, was ..." Uups. Ist das etwas, was ich hätte verschweigen sollen? Jetzt ist es zu spät! Mein Kopf tut plötzlich weh.

Meine Augenlider flattern. „Ich bin so müde. Daven?" Ich drehe mich zu ihm. „Ich kann das nicht mehr. Mein Kopf tut weh."

„Was wollten sie herunterladen, Sia?", hakt Daven nach.

Doch ich kann nicht antworten. Ich wedle nur mit der Hand.

„Es ist alles in Ordnung." Seine Stimme ist leise. „Ich bringe dich Heim." Daven steht auf. „Wir werden zu meiner Unterkunft zurückkehren. Meister Seke, ich werde an den

Dingen arbeiten, die Sie erwähnt haben. Und ich werde nachhaken in Bezug auf", er deutet auf mich, „das hier. Was sie gesagt hat."

„Sehen Sie zu, dass Sie das tun." Sekes Stimme klingt bestimmt. „Eine der anderen hat etwas Ähnliches gesagt. Flora. Ich werde dir die Holos der Gespräche auf deinen Handgelenkskommunikator schicken."

Sie verabschieden sich mit einer zeremoniellen Verbeugung voneinander und dann sind wir wieder auf dem Pfad, wo mich weitere gut aussehende Krieger anstarren. Einer von ihnen lächelt und beginnt, näher zu kommen.

„*Veck*", flucht Daven. „Sie sind wie Geier." Er zieht mich näher an seine Seite und legt einen Arm um mich. „Bleib dicht bei mir." Er führt mich von seinem Kriegerkollegen weg, der mit den Achseln zuckt und geht.

Obwohl ich weiß, dass ich mit meinen Lügen gerade etwas Schlechtes getan habe, fühle ich mich in seinem Griff warm und sicher. Als würde ich nie wieder gehen wollen. Und die Bedürftigkeit in meinem Körper nimmt zu. *Veck*, wie Daven stets sagt.

KAPITEL NEUN

Daven

Ich vermute, dass Sia wieder gelogen hat. Natürlich hat sie sicherheitshalber einen Teil der Wahrheit eingestreut, aber sie hat etwas zurückgehalten, als sie über das Implantat gesprochen hat. Ich habe keine Ahnung, ob sie tatsächlich ein Implantat hat oder ob sie es nur glaubt oder was sie darüber weiß. Ich weiß, dass identische Narben an den Köpfen mehrerer Menschen nicht zufällig passieren, weshalb ihre vorherigen Besitzer eindeutig eine Gehirnoperation durchgeführt haben. Falls die Okrezianer vorhaben, sie zu kontrollieren – und dieser Teil klang, als wäre er wahr – welche Methode würde sich dazu besser eignen als ein Chip, obgleich Dr. Daneth keine Beweise dafür finden konnte? Warum erzählt sie uns nichts? Warum besteht sie darauf, mich immer wieder davon zu überzeugen, dass sie die Sorte Mensch ist, der kein Zandianer jemals vertrauen und die niemand als Gefährtin nehmen kann? Möglicherweise können wir ihr nicht einmal erlauben, auf dem Planeten zu bleiben.

Natürlich sagen die Technikexperten des Doktors, dass es

keine Hinweise darauf gibt, dass die Menschen Befehle erhalten oder Informationen senden. Falls sie also Chips in ihren Köpfen haben, ist es ein Rätsel, was sie tun sollen, oder was sie auf ihrem Heimatplaneten getan hätten. Warum kann sie mir nicht einfach erzählen, was sie weiß? Warum kann sie mir nicht vertrauen?

Andererseits, hat sie überhaupt genug Anreiz, mir die Wahrheit zu erzählen, ganz gleich, wie diese aussieht? Könnte ich ihr einen besseren Ansporn bieten? Wir werden nicht auf Folter zurückgreifen – das verstößt gegen die Moralvorstellungen auf Zandia und würde mir ohnehin nicht gefallen.

Vielleicht muss ich einfach die sexuellen Tests und Strafen verstärken. Darauf scheint sie am besten zu reagieren. Immerhin war sie nach einer sexuellen Begegnung das einzige Mal wirklich ehrlich.

„Sia", sage ich, „wir widmen uns nun Runde zwei. Und du wirst mir einige Dinge über deine Erlebnisse mit deinen vorherigen Meistern erzählen."

„Runde zwei?" Ihre Pupillen weiten sich und sie schluckt. Sie ist erregt, wenn sie nur daran denkt.

„Das stimmt." Ich schaue sie an, während ich meine Stiefel ausziehe und sie neben die Tür stelle. „Du erinnerst dich sicherlich daran, worüber wir gesprochen haben."

Sie errötet. „Ähm." Sie zupft am Saum ihres Gewands.

Ich streife mein Oberteil ab. Ihr Blick heftet sich auf meine Brust.

„Wenn dir gefällt, was du siehst", ich werfe das Oberteil zur Seite, „solltest du anfangen, zu reden, Sia. Ich habe dir erzählt, dass ich dreimal kommen werde, bevor du kommen darfst. Wo wollte ich beim zweiten Mal kommen?" Ich trete mit einer dunklen Absicht auf sie zu.

„Ich bin mir nicht sicher." Sie weicht vor mir zurück.

Sie ist sich sicher. Es ist ihr nur peinlich.

„Sia", spreche ich mit strenger Stimme. „Muss ich dir so bald schon wieder den Hintern versohlen?"

„Nein!" Sie schluckt. „Das zweite Mal … du hast gesagt …" Sie senkt die Stimme und schaut zu Boden. „Meine Brüste."

„Deine Titten", korrigiere ich. Ich bin ihr so nah, dass ich sie berühren kann, weshalb ich es tue: Ich strecke die Hand aus und zwicke einen steifen Nippel durch ihr Gewand hindurch.

„Oh." Sie atmet ein, schwankt leicht und schließt die Augen. „Daven."

Ich lache. „Süßes kleines Ding. Sag es."

„Meine Titten." Sie kann es kaum flüstern.

Es ist wahnsinnig erregend, sie so schüchtern zu sehen und zu wissen, dass ich derjenige sein werde, der ihr beibringt, diese Hemmungen zu überwinden.

„Und was war Nummer drei?"

Ich ziehe sie an meinen Körper, streichle sie zärtlich und necke sie, bis sie sich an mir windet.

„Ich … mein Hintern."

Ich knurre. „Ich bin vielleicht in der Stimmung, einen Schritt zu überspringen. Also lass uns sicherstellen, dass du für mich bereit bist. Zuerst einmal sollten wir das hier entfernen." Ich zerre das Gewand von ihren Schultern, entblöße diese herrlichen Brüste und mache weiter, bis sie in nichts als einem hauchdünnen Höschen dasteht. „Wunderschön."

Ich hebe sie hoch und setze sie auf das Schlaflager. „Knie hoch, kleiner Mensch. Füße flach auf die Bettdecke. Ja, genau so."

Sie gehorcht und schaut nach Anerkennung suchend zu mir.

„Jetzt zeig mir, wie du dich zuvor selbst berührt hast. Als du allein warst."

„Daven, ich kann nicht!" Sie versucht, sich aufzusetzen.

„Nein, leg dich wieder hin." Sachte, jedoch bestimmt presse ich ihre Schultern nach unten, bis sie erneut auf der Matratze liegt. „Ich bin der Meister, Sia, und das ist ein Befehl. Natürlich können wir den Riemen holen, falls du einen Anreiz brauchst."

Ich greife nach dem geschmeidigen Spanking-Riemen, den ich zuvor benutzt habe. „Sollen wir?"

„Nein, ich …"

Bevor sie den Satz beenden kann, drehe ich sie um und ziehe sie über meinen Schoß. „Lass uns mit zehn Hieben anfangen, weil du gezögert hast. Das nächste Mal werden es fünfzehn sein." Ich hebe die Hand und senke den Riemen fest auf beide Pobacken.

Sie kreischt und zappelt.

„Du weißt es besser", schimpfe ich und schlage sie erneut. „Deine Aufgabe ist es, ruhig zu bleiben und deine Bestrafung zu akzeptieren. Und sag, *Danke, Meister*."

Ich verpasse ihr einen weiteren Hieb.

„Danke, Meister!", bringt sie hervor, während ich ihr den Hintern versohle.

Als ich ihr zehn Hiebe verpasst habe, ist ihr Hinterteil hübsch gerötet, da das dünne Höschen ihre weiche Haut nicht schützt.

Sie stöhnt leise. Ich werfe den Riemen neben sie und massiere ihre Pobacken, um das Brennen zu lindern.

„Nur eine kleine Erinnerung", flüstere ich und lege eine Hand an ihren Hals. „Daran, was mit ungezogenen kleinen Menschen geschieht."

„Es tut mir leid, Meister", haucht sie und bockt mit den Hüften gegen meine Hand. „Bitte verzeih mir."

Veck, das habe ich bereits getan! Mein Schwanz ist steif und pocht, weil er ihren hübschen kleinen Körper nehmen will.

„Dann zeig mir, wie sehr es dir leidtut", schlage ich vor. „Dreh dich wieder um, spreiz deine Beine und berühr dich, so wie ich es verlangt habe."

Sie zögert für den Bruchteil einer Sekunde, tut jedoch, wie geheißen. Ihre Finger bewegen sich zaghaft, als sie den Stoff ihres Höschens beiseitezieht und ihre Hand darunter schiebt. Zuerst bewegt sie sie nicht – sie lässt ihre kleine Hand einfach auf ihrer Pussy liegen.

Schließlich beginnt sie, sich sanft zu massieren. Ihre Schenkel spannen sich allerdings an – sie ist nervös.

„Es ist okay, Sia." Ich streichle mit den Händen über ihre Schultern und rücke näher, damit ich mit ihren Nippeln spielen kann. „Tu, was sich gut anfühlt. Zeig es mir."

Ich kann es nicht ertragen, zu warten – ich will nur meinen Schwanz in ihre enge kleine Pussy stecken, aber es ist unglaublich, sie so zu necken und die Spannung für uns beide in die Länge zu ziehen.

Schließlich streckt sie ihren Zeigefinger aus und massiert ihre Klitoris. Ein leises Stöhnen kommt über ihre Lippen und sie spannt sich erneut an.

„Mach weiter", raune ich und schnipse gegen einen Nippel.

„Daven", flüstert sie. Ich ziehe in Erwägung, ihr zu befehlen, mich anzuschauen, das könnte momentan jedoch zu viel für sie sein.

Einige Minuten lang sind die einzigen Geräusche im Raum ihre und meine Atmung. Unsere Atemzüge klingen beide angestrengter, als sie ihre Schamlippen und Klitoris stimuliert. Zuerst geht sie sanft und sachte vor. Doch schon bald beginnt sie, ihre Hüften gegen ihre Hand zu drängen und leise atemlose Laute zu machen, als wollte sie kommen.

„Das reicht", befehle ich, woraufhin Sia erschrickt und keucht, die Finger nach wie vor zwischen ihren Beinen.

„Jetzt darf ich spielen. Zieh das Höschen aus." Ich lasse den Bund des feuchten Stoffs schneppern.

Sie gehorcht und windet sich leicht, um das Höschen auszuziehen, bevor sie es mir überreicht.

„Vielleicht sollte ich dich damit knebeln", schlage ich vor und lächle, als sie einen alarmierten Laut von sich gibt. „Allerdings nicht dieses Mal. Ich will jeden *verveckten* Laut hören, den du machst, Sia. Und ich rechne damit, dass du sehr laut sein wirst, wenn ich deinen hübschen kleinen Po *vecke*."

„Aber ich dachte ..."

„Ich sagte, ich würde einen Schritt überspringen."

„Also willst du nicht ... meine Titten?" Sie klingt verwirrt, nervös und erregt.

„Nun, Sia, vielleicht werde ich zuerst deine hübschen Titten um meinen Schwanz herum zusammendrücken und sie eine Weile *vecken*." Ich setze mich rittlings auf ihren Körper und begebe mich in Position. „Du hältst sie. Ja, kleiner Mensch, genau so."

Ich helfe ihr, den richtigen Winkel zu finden, ehe ich meinen Schwanz zwischen ihre Brüste schiebe. „Eines fehlt noch."

Ich greife nach unten und gleite mit den Fingern über ihre Pussy, um meine Fingerspitzen zu befeuchten. Sie ist so feucht!

Ich verteile ihre Erregung auf ihren Brüsten und wiederhole dieses Vorgehen, bis genügend Gleitmittel vorhanden ist. „Viel besser." Ich stoße mich zwischen ihre Titten. „*Veck*, Sia, du fühlst dich so gut an." Ich grunze, stoße erneut zu und genieße es, ihre zarte Haut und ihren straffen Körper zu spüren. Sie wimmert und bockt mit den Hüften, als würde es sich für sie ebenfalls gut anfühlen. Als würde sich ihre Pussy leer fühlen. Ich rieche, dass ihre Erregung stärker wird.

Ich denke darüber nach, sie ebenfalls kommen zu lassen,

beschließe jedoch, dass sie warten muss. Sie war immerhin böse und das hier ist wohl kaum die schlimmste Bestrafung, die ein Mensch jemals erhalten hat.

„Ich wollte eigentlich deinen Hintern nehmen, aber das hier fühlt sich so gut an, dass ich hier kommen werde", knurre ich. „Sag mir, dass du mir gehörst, Sia. *Sag es.*"

„Daven, ich gehöre dir." Ihre sanfte, atemlose Stimme schießt geradewegs in meinen Schwanz.

„Noch einmal." Ich stoße härter zu. „*Veck*, Sia, ich werde kommen."

„Daven, ich gehöre dir." Sie windet sich unter mir. „Bitte …"

Ich weiß, was sie will, doch dieser Moment ist für mich. Ich schreie auf und lasse die Empfindungen in mir explodieren. Der Orgasmus knistert von meinen Füßen bis zu meinen Hörnern durch meinen Körper hindurch. Ich verspritze noch mehr regenbogenfarbenes Sperma auf ihrem Körper.

„Spreiz deine Beine", befehle ich und schaffe es, meinen nach wie vor harten Schwanz zu packen und ihn an ihre Klitoris zu drücken. „Nur eine kleine Kostprobe dessen, was du später bekommen wirst", informiere ich sie und spritze den letzten Spermastrahl auf ihre hübsche Pussy.

„Daven!" Sie greift nach mir.

Ich nehme ihre Hände, halte sie zusammen und küsse ihren Mund einmal hart, bevor ich uns herumrolle. „Später, kleiner Mensch." Ich atme schwer und schwelge in den Empfindungen, während sie sich an mich kuschelt und ihren Kopf auf meine Schulter bettet.

* * *

*S*IA

Ich stehe in Flammen und brauche seine Berührung. Unbedingt.

Allerdings liegt er neben mir, atmet, streichelt träge meine Hüfte und scheint nicht die Absicht zu haben, mich dort zu berühren, wo ich es mir so sehr wünsche.

„Bitte?", flüstere ich an seinem Hals und lecke seine Haut. Er ist ein wenig salzig, doch ich liebe seine Essenz.

„Oh, du willst etwas?" Seine Stimme ist warm. „Dann wollen wir mal schauen."

Er greift nach unten und – *den Sternen sei Dank* – streichelt endlich mit den Fingern meine Pussy. Sein Sperma erleichtert die Bewegungen, erhitzt meine Haut und bringt sie auf verlockende Art zum Kribbeln.

Ich wimmere und spreize meine Schenkel in dem Versuch, ihn dazu zu verführen, mich weiterhin zu streicheln. Ich öffne meine Knie weit ohne Schüchternheit oder Scham. Ich will einfach nur, dass er mich weiterhin berührt.

„Wir werden ein Spiel spielen." Seine Finger erstarren.

„Ein Spiel?" Ich drücke mich seiner Hand entgegen und versuche vergeblich, mehr Reibung zu erzeugen. Ich rieche meine und seine Erregung, was mein Begehren verstärkt.

„Das stimmt. Jedes Mal, wenn du mir eine wahre Erinnerung erzählst, bekommst du … das hier." Er schiebt einen Finger in mich und bewegt ihn kreisend.

Ich schreie vor Lust auf, denn er hat fast die magische Stelle berührt. „Daven!"

„Also fang an, zu reden, Sia." Er streichelt mich noch einmal, zieht seine Hand weg und legt sie flach auf meinen Bauch. „Erzähl mir von den Kopfwunden."

„Ich …" Ich atme bereits schwerer. „Ich kann nicht."

„Natürlich kannst du. Vertraust du mir?"

Ich nicke und kneife die Augen zu. „Ja, aber es ist … kompliziert."

„Versuche es." Er zwickt einen Nippel und wirbelt mit einem Finger über meine Klitoris.

„Okay!" Ich bewege mich, denn qualvolles Verlangen tobt in meinem Körper. „Ich glaube ... ich glaube, sie haben irgendwie unsere Gehirne verändert, damit wir gehorsamer sind. Bessere Sklaven."

„Gut." Er beginnt, mich wieder zu massieren. „Und?"

„Und ... ich weiß nicht."

Er schlägt auf die Seite meines Schenkels. „Versuche es noch einmal."

„Ich ... sie haben gesagt, dass wir sehr nützlich sein würden. Sie haben uns nicht erzählt inwiefern."

„Und?"

„Vor der Operation war ich eine Laborarbeiterin. Sie erzählten mir, dass ich von nun an andere Arbeit verrichten würde. Doch wir wurden auf dem Planeten zurückgelassen, bevor es richtig anfing. Ich weiß nicht, was sie vorhatten, ich schwöre es."

„Hmmm." Er berührt mich erneut. „Mehr, wenn du mehr willst." Ich liebe das tiefe Grollen seiner Stimme.

Ich schwebe beinahe. „Ich kenne die Details der Technologie wirklich nicht, Daven. Ich habe keine wissenschaftliche Ausbildung erhalten. Und sie erzählten uns nichts Spezifisches."

Ich erzähle ihm noch immer nicht alles über die Aufzeichnungen, aber wenigstens sage ich etwas, oder? Dann treibt eine neue Erinnerung an die Oberfläche.

Eine Vitamin-C- und Vitamin-D-reiche Ernährung zusammen mit großen Mengen L-Lysin und MSM ist die richtige Mischung für sie, solange ihre Gehirnfunktion verbessert wird. Sowie ... Die Okrezianer listen eine lange Reihe an Dingen auf, die ich nicht kenne. Sieh zu, dass sie alle im Protokoll vermerkt werden. Sofort.

„Ich erinnere mich an etwas!" Ich deute zu Daven, obwohl

ich nicht an diese Erinnerungen denken will, während er so wundervolle Dinge mit meinem Körper anstellt.

„Zeichne es auf, dann mache ich weiter." Er reicht mir das Gerät.

Ich schaffe es kaum, in das Gerät zu stottern, woran ich mich erinnert habe, bevor ich mich zu ihm drehe und bettle: „Daven, bitte!"

Er wirkt zufrieden, denn er berührt mich wieder und bei den Sternen, bald spüre ich, dass der Orgasmus in mir aufsteigt.

Ich stöhne, als er mich streichelt und neckt, und schreie: „Daven, ich brauche es, bitte. Ich weiß, du hast gesagt, dass ich drei Orgasmen abwarten muss, aber bitte. Ich werde alles tun, ich schwöre es. Alles, was du willst, wenn du mich jetzt kommen lässt."

Er presst seinen Körper an meinen und sein Gewicht und seine Hitze treiben mich in den Wahnsinn.

Er beißt mir in den Hals. „Alles, Sia? Das ist ein ernstes Versprechen."

„Ja, ja, alles!" Ich bin verzweifelt.

„Wir werden weitermachen." Er weicht mit funkelnden Augen zurück. „Dann wollen wir mal sehen, welche süße Freuden du mir zu schenken planst."

„Nun ..." Ich greife nach unten, um meine Pussy zu berühren, weil ich es nicht ertragen kann.

Er nimmt meine Hand und hält sie an seine Brust. „Nein, vorher redest du. Wenn mir gefällt, was ich höre, werde ich womöglich nachgeben und dich kommen lassen, bevor ich deinen hübschen Hintern *vecke*."

„Dir hat es gefallen, als ich deinen Schwanz ... geblasen habe." Ich schäme mich nicht einmal mehr, als ich die Worte ausspreche. „Ich werde es noch einmal tun, Daven."

Er knurrt leise und zieht mich näher.

„Jeden Tag!" Ich bin inspiriert. „Jeden Sonnenaufgang,

gleich nach dem Aufwachen. Ich schwöre, ich werde deinen Schwanz in meinen Mund nehmen und ihn so gut blasen, Daven. Und wenn ich es nicht tue, kannst du ... kannst du mich mit diesem kleinen Riemen schlagen, bis ich weine und dich anflehe. Ich werde so brav für dich sein, ich schwöre es. Nur bitte, bitte."

Ich winde mich an ihm und versuche, meine Klitoris gegen seinen Schenkel zu drücken. Wir liegen beide auf unseren Seiten, unsere Körper sind aneinandergepresst und ich verzehre mich nach ihm. Ich brauche ihn dringend.

Er beißt mir so fest in den Hals, dass er einen Abdruck hinterlässt, und legt eine Hand an meine Kehle. „Bei jedem Sonnenaufgang, ist das so? Ohne einen Protest und ohne, dass ich dich daran erinnern muss?" Er hält mich sanft, jedoch bestimmt fest.

„Ja, ja, genau wie bei den anderen Malen!" Ich greife nach unten, um seinen Schwanz zu packen, und er lässt es zu. Er ist so hart, dass es beinahe furchterregend ist, aber ich mag es, wie er sich in meiner Hand anfühlt. Ich kann seinen herben Duft riechen und liebe es. Ich liebe alles daran.

„Du bringst ein sehr logisches Argument vor", murmelt er, leckt mein Ohr und bewegt seine Hand zu meinem Bauch. „Ich muss nur ein paar Bewegungen wie diese machen", seine Hand liegt wieder auf meiner Pussy, kreist und bringt mich zum Kreischen, „und mir wird bei jeder neuen Planetenrotation der Schwanz geblasen."

„Dir wird es so sehr gefallen", beginne ich, zu sagen, als er mich auf meinen Rücken rollt.

„Wir haben einen Deal", flüstert er mir ins Ohr und kniet sich über mich. „Ich erwarte, diesen kleinen Mund bei jedem einzelnen Sonnenaufgang ohne Ausnahme um meinen Schwanz herum zu finden. Andernfalls werde ich dir den Hintern so heftig versohlen, dass du den ganzen Tag lang wund sein wirst."

„Ja, ja." Ich schluchze beinahe, da mich die Vorstellung, dass er mir den Hintern versohlt, dermaßen antörnt, dass ich allein von seiner heiseren, knurrigen Stimme kommen könnte.

„Und weil ich so zufrieden mit deiner Vorstellungskraft bin, werde ich deine Pussy *vecken*. Wir werden uns deinen Hintern für später aufheben, wenn du böse warst."

Warum erregt mich das noch mehr? Die Vorstellung, von seinem Schwanz bestraft zu werden, törnt mich irgendwie genauso an wie die Vorstellung, Lust zu erhalten. Vielleicht liegt es daran, dass bei Daven alles eine große Mischung aus Schmerz und Ekstase in genau den richtigen Mengen ist.

„Du bist eng", raunt er, „aber so feucht. Mit der Zeit wird dein Körper lernen, sich an mich anzupassen."

Ich packe seine kräftigen Schenkel und seine Pobacken, als er seinen Körper auf meinen senkt. Dabei stützt er sein Gewicht vorwiegend auf seine Arme. „Daven, ich liebe es, wie du dich anfühlst."

„Geht mir genauso", knurrt er. „Spreiz deine Beine für mich, Süße."

Ich gehorche schnell und keuche, als er seinen Körper auf die Seite rollt, meine Beine hochzieht, sie an den Knien abwinkelt und meine Schenkel auseinanderschiebt, sodass ich komplett geöffnet und entblößt bin.

„Manchmal werde ich dich zum *Vecken* fesseln", erzählt er, „doch jetzt wirst du die Position für mich halten."

Die kühle Zimmerluft weht über meine Pussy und ich erschaudere vor Verlangen. „Daven, bitte."

Er lacht. „Ich liebe es, dich betteln zu hören." Er dringt mit einem Finger in mich, bewegt ihn rein und raus und die wunderbare Empfindung feuert mein Verlangen an.

„Ja, ja, genau so", dränge ich und drücke meine Hüften hoch.

Er macht weiter und fügt einen zweiten Finger hinzu. Und einen dritten.

Ich stöhne.

„Zu viel?" Er presst seine Finger tiefer in mich. „Mein Schwanz ist viel größer als meine Finger, Sia. Wir müssen dich darauf vorbereiten."

„Es ist zu viel und nicht genug. Ich will dich." Ich packe sein Handgelenk mit beiden Händen und ziehe es zu meinem Körper. „Mehr."

Er gluckst. „Wer ist hier der Meister, Sia? Hast du deinen Platz vergessen?" Doch er gehorcht und sein Lächeln verrät mir, dass ihm meine sexuellen Forderungen gefallen.

„Nein, du bist der Meister. Ich bin deine Sklavin, aber bitte …" Ich krümme meinen Körper, sodass ich seinen Hals küssen kann. Der Kuss fällt womöglich etwas feucht aus, doch ich beiße ihn so, wie er mich gebissen hat, woraufhin er knurrt und mich wissen lässt, dass es ihm gefällt.

„Dann erlaube mir, dich zu befriedigen." Er streckt seinen Finger etwas aus und presst von innen gegen die Seiten meines Körpers, wobei er eine Stelle findet, bei der ich pure Wonne empfinde, als er auf sie drückt.

„Daven!", schreie ich und mein ganzer Körper zuckt, als er die Stelle in mir massiert, die wegen des bevorstehenden Orgasmus in Flammen steht.

„Ich weiß nicht, ob es genug ist, aber *veck* ich kann nicht warten."

Er bewegt sich anmutig, erneut ragt er über mir auf und sein riesiger Schwanz presst sich an meinen Eingang.

Obwohl ich ihn so dringend will, verkrampfe ich mich instinktiv. „Sorry", entschuldige ich mich. „Du bist einfach so groß."

„Entspanne deinen Körper", weist er mich an und berührt mich erneut.

„Ich bin entspannt." Ich versuche es, halte die Luft an und

warte darauf, dass er sich bewegt, doch stattdessen verlagert er sein Gewicht. „Lass uns beim ersten Mal etwas anderes ausprobieren, Sia." Seine Stimme ist beinahe zärtlich. Er setzt sich auf und rutscht auf dem Schlaflager nach hinten gegen den Berg aus flauschigen Kissen. Sein Schwanz ragt dabei beinahe senkrecht, hart und dick nach oben.

„Du bist oben", erklärt er. „Senk dich langsam auf mich, kleiner Mensch. Dadurch wird es für dich einfacher sein."

„Aber ich weiß nicht wie." Mir ist es allerdings egal und ich krabble bereits zu ihm, da ich so sehr darauf brenne, ihn in mir zu spüren.

„Ich vermute, du wirst schnell lernen, Schönheit." Er hebt mich an der Taille hoch und positioniert mich so, wie er es will. „Knie dich zuerst über mich. Genau so, Kleines. Und zwar hier." Er verschiebt geschickt meinen Körper. „Siehst du, wo ich bin? Wenn du bereit bist, sinkst du einfach auf mich. Und ich werde dich zu den Sternen katapultieren."

Er knurrt den letzten Teil, als er mich zu sich zieht und meinen Mund küsst.

Ich bin verblüfft und überrascht, denn das hat er noch nie zuvor getan. Es ist irgendwie intimer als die anderen Dinge, die wir getan haben, und ich liebe es, weshalb ich meine Lippen auf seine presse. Seine Zunge erkundet meinen Mund. Ich erwidere die Geste und werde immer wilder, als er beim Küssen anfängt, meine Pussy zu streicheln. Um das Ganze noch erregender zu machen, streift sein Schwanz immer wieder meine Klitoris und sendet Lust in meinen Bauch und meine Nippel.

„*Veck*, du bist klatschnass für mich", stellt er mit vor Verlangen belegter Stimme fest. „Und du riechst so gut. Ich will von dir kosten."

„Nein!", protestiere ich aus Angst, dass er aufhören wird, mich zu berühren, und dieses Spiel beendet. „Lass mich vorher …" Daraufhin positioniere ich meine Pussy direkt über seinem Schwanz. „Lass mich nur ..." Ich entspanne meine Schenkel ganz leicht und erlaube meinem Körper, sich zu dehnen und ihn aufzunehmen. „Deinen. Schwanz. Reiten."

Plötzlich habe ich eine Idee, greife nach unten und gleite mit den Fingern über meine Pussy, während ich auf ihn sinke. Dann hebe ich meine Finger an seine Lippen. „Hier, du kannst mich gleichzeitig schmecken."

„Sia, du sexy Biest", ruft er, leckt meine Finger eifrig ab und verzieht das Gesicht. „Bei den Sternen, du bist unwiderstehlich. Ich kann es nicht ertragen!" Er packt meine Hüften. „Hinab mit dir, kleiner Mensch. Jetzt."

Es tut weh, weil mich sein Schaft weiter dehnt, als ich jemals gedehnt wurde, doch es ist zugleich genau das, was ich will. Ich bin so feucht, dass ich auf seinen Schwanz gleiten kann, bis er vollständig in mir ist, pochend und hart.

„Daven", flüstere ich.

„Bist du okay, kleiner Mensch?" Er schnipst gegen meine Nippel und verteilt Küsse an meinem Hals.

„Ja, Meister. Besser als okay."

„Gut. Dann bewegen wir uns. So." Er zeigt es mir, bringt mir einen Rhythmus bei und erlaubt mir, diesen zu kontrollieren, indem ich mich auf seinem Schwanz hebe und senke.

„Au, bei den Sternen, es ist so gut", stöhne ich, schließe die Augen und werfe den Kopf nach hinten, als ich das Tempo beschleunige. „Daven, oh süße Mutter Erde, es ist so *verveckt* gut."

Es ist das erste Mal, dass ich das zandianische Fluchwort laut ausgesprochen habe, aber ich mag es. Es fühlt sich gut auf meiner Zunge an. „*Veck* mich", wispere ich, habe eine Idee und packe seine Hörner. „Gefällt dir das?", frage ich und massiere sie.

Der Laut, den er von sich gibt, ein lüsternes Knurren, teilt mir mit, dass er es mag. Jetzt packt er meine Hüften und beginnt, die Bewegung unseres Zusammenkommens zu kontrollieren, indem er mich hart nach unten zieht und auf seinem Schwanz aufspießt. Er ist zu groß, doch es ist perfekt, denn er trifft all die richtigen Stellen in mir, vor allem diese eine, die er zuvor mit seinen geschickten Fingern gefunden hat.

„Daven, ich weiß, dass ich warten soll, aber ich glaube nicht, dass ich es kann", schreie ich, als sich der Orgasmus aufzubauen beginnt. „Darf ich bitte kommen?"

„Warte", blafft er. „Ansonsten versohle ich dir den Hintern, Sia. Und ich werde dich drei weitere Male auf deinen nächsten Orgasmus warten lassen. Vielleicht auch vier. Oder wie würde es dir gefallen, eine ganze Woche lang zu warten?"

„Nein, bitte!" Diese Vorstellung jagt mir schreckliche Angst ein. Dennoch bin ich nicht in der Lage, den Empfindungen zu widerstehen.

„Du wirst tun, was ich sage", verkündet er, „weil ich dein Meister bin. Du gehörst mir, Sia."

„Ja, Daven, dir, nur dir", wiederhole ich.

„Dann komm", drängt er. „Gemeinsam, jetzt. Komm für mich, Sia."

Ich erlaube dem Gefühl, zu explodieren, und weiß, dass er ebenfalls kommt, weil ich spüre, wie Flüssigkeit in mich spritzt, was meinen Orgasmus irgendwie verstärkt.

Ich schreie vor Wonne, die nicht nachlässt, sondern heftiger und besser über mich hinwegfegt, bis ich fast ohnmächtig werde.

Daven brüllt und packt mich hart, wobei er wahrscheinlich Blutergüsse hinterlässt. Mir ist es egal. Ich will seine Spuren, ich will sein Sperma, ich will alles.

„Ich liebe dich", denke ich. „Daven, ich liebe dich."

Ich weiß es besser, als das laut auszusprechen, doch in diesem Moment bin ich mir sicher: diesem zandianischen Krieger gehört mein Herz.

KAPITEL ZEHN

Sia

Sich gemeinsam zu entspannen, ist pure Glückseligkeit. Ich lege meine kleinen Finger um seine kräftigen und lasse meine Hände über seine durchtrainierten Bauchmuskeln und seinen Oberkörper gleiten. Ich finde seinen Hüftknochen und berühre die Haut daneben. „Ich mag diese Stelle."

Er lacht. „Diese? Ich dachte, es gäbe Teile von mir, die dir besser gefallen."

Ich lege eine Hand auf seinen Schwanz … er ist immer noch hart! „Meinst du dieses?"

Er knurrt. „Genau."

„Dieser Teil von dir ist auch okay." Ich lächle. Ich bin so befriedigt, dass aus jeder meiner Poren Freude tropft. „Das war fantastisch."

„Das war es." Er klingt staunend, beinahe überrascht. „Das war es."

Wir schweigen eine Minute lang, was nicht unangenehm ist.

„Es sieht so aus, als hätte ich das Geheimnis gelüftet, wie

ich dich dazu bringen kann, mir deine Erinnerungen anzuvertrauen." Seine Stimme ist trocken und belustigt zugleich.

Ich will nicht darüber sprechen, weil es mich traurig macht, darüber nachzudenken, dass solch unglaublicher Sex nur ein Werkzeug für ihn ist, um mich zum Reden zu bringen. Für mich hat es sich nämlich lebensverändernd angefühlt. Daher nicke ich bloß.

Dann frage ich etwas, was mir in letzter Zeit immer häufiger durch den Kopf gegangen ist. „Warum bist du nicht an eine Zandianerin gebunden? Oder an einen Menschen? Ich meine, warum bist du verfügbar und kannst dich um mich kümmern?"

Er spannt sich leicht an. „Es gibt keine zandianischen Weibchen. Und ich habe nie den richtigen Menschen kennengelernt, der mich in Versuchung geführt hat."

„Okay." Ich zögere. „Es ist nur so, dass Axe etwas gesagt hat. Dein Freund? Ich glaube, ich erinnere mich daran, dass er auf dem Schiff etwas über eine vorhergehende Beziehung gesagt hat?" Ich halte die Luft an. Ich sollte wahrscheinlich nicht nachbohren und dies ist ein sehr heikles Thema. „Als du mich gerettet hast? Ihr habt euch unterhalten?"

„*Veck*. Du erinnerst dich daran?" Er holt tief Luft. „Nun, das ist nicht unwahr. Ich, äh." Er räuspert sich. „Es gab ein … Wesen. Doch das war vor langer Zeit und es hat nicht gut geendet."

„Wieso?" Ich spüre, dass dies wichtig ist. Dass es wichtiger ist, als er zugeben wird.

„Sia, das liegt in der Vergangenheit." Seine Stimme klingt gereizt. Dann knickt er ein. Beim Sprechen starrt er an die Decke der Unterkunft. „Es gab einen Menschen, Illiana. Wir hatten sie von einer Sklavenauktion gerettet."

Er unterbricht sich und ich warte einfach darauf, dass er fortfährt. Ich spüre, dass dies ein sehr wichtiges Thema für ihn ist, vielleicht wichtiger, als er zugeben will.

„Zwischen uns hat sich ein Band entwickelt." Seine Stimme ist flach. „Ich habe versprochen, dass ich sie zu meiner Gefährtin machen würde. Das alles ist sehr schnell passiert." Er holt tief Luft. „Wir waren noch auf dem fremden Planeten. Doch es wirkte ..." Er schüttelt den Kopf. „Zum damaligen Zeitpunkt wirkte es natürlich. Es ergab Sinn. Wir verstanden einander. Illiana war ihr Name. Wir verbrachten sechs Planetenrotationen miteinander, versteckten uns mit dem Team und bereiteten die Flucht von dem Planeten vor. Ich war verrückt nach ihr."

„Hmmm." Ich will, dass er weiterspricht. Ich hasse diese Illiana bereits, weil sie Davens Herz für sich gewonnen hat. „Also was ist passiert?"

„Was ist passiert?", wiederholt er. „Wir haben uns in einem Außengebäude versteckt und machten uns bereit, zu einem fremden Raumschiff zu rennen, da unseres zerstört worden war. Es war gefährlich, Sia – ich war mir nicht sicher, ob wir es überleben würden. Sie entdeckte einige ihrer vorherigen Wächter, rief nach ihnen und erzählte ihnen, dass wir uns versteckt hätten. Dass sie wertvolle Informationen über uns hätte und sie nur bei uns gewesen sei, um an diese Informationen zu gelangen."

„Oh, Mutter Erde. Das hat sie nicht getan." Ich lege wütend eine Hand auf meinen Mund. „Aber warum?"

Er zuckt mit den Achseln und weicht weiterhin meinem Blick aus. „Bei den Sternen, wer weiß das schon? Vielleicht dachte sie, wir wären in der Unterzahl und sie würde ohnehin wieder eingefangen werden, weshalb sie beschloss, mit ihnen ihr Glück zu versuchen? Oder vielleicht hat sie uns wirklich die ganze Zeit reingelegt? Es wirkte einfach so ... echt ... was zwischen uns war. Sie war mir wichtig. Sehr sogar." Sein Kiefer spannt sich an. „Und sie schien meine Gefühle zu erwidern."

„Das ist schrecklich." Ich berühre seinen Arm.

„Wir Zandianer wehrten die Angreifer ab, betraten das Raumschiff und flohen – ohne sie. Sie hatte ihre Entscheidung getroffen und wir mussten unsere eigene Haut retten."

„Es tut mir so leid." Ich streichle seine Schulter. „Was für ein schreckliches Wesen."

„Es war meine Schuld, weil ich ihr so schnell und bedingungslos vertraut habe. Ich hätte es besser wissen sollen. Jetzt weiß ich es."

Er sieht mich endlich an, seine Augen sind jedoch verschleiert und in die Ferne gerichtet. „Ich habe mir geschworen, dass ich nie wieder Zandia oder mich in Gefahr bringen würde, indem ich einem unwürdigen Wesen vertraue. Meine Loyalität gilt meinem König und meinem Planeten. Das wird sich nie ändern. Jemals. Ich habe die Mission wegen meines fehlplatzierten Vertrauens in Gefahr gebracht." Er schüttelt den Kopf. „Ich habe Schande über mich gebracht. Es ist beschämend."

„Es war nicht deine Schuld." Meine Stimme ist leise. „Du kannst dafür nicht die Verantwortung übernehmen." Mein Bauch füllt sich mit Unbehagen und meine Brust schmerzt. Ich habe ihn bereits so viele Male angelogen. Er weiß, dass ich unzuverlässig bin. Wenn er irgendwelche Gefühle für mich hegt, wird er diese bestimmt im Nu ersticken, weil ich nicht ehrlich bin. Und ich kann ihm das nicht zum Vorwurf machen. Ich würde das Gleiche tun.

„Natürlich kann ich das. Mein Pflichtbewusstsein verlangt es." Er zuckt mit den Achseln. Dann schaut er mir in die Augen. „Also brauche ich es, dass du ehrlich zu mir bist, Sia. Erzähl mir die Wahrheit über das, woran du dich erinnert hast. Die Dinge, die du nicht aussprichst. Zeig mir, dass ich meinem Planeten nicht schade, indem ich dir vertraue. Indem ich dich hier in meiner Unterkunft wohnen lasse. Auf meinem Planeten. In meinem Zuhause."

Die Worte hängen zwischen uns und wachsen in der Stille, bis sie in meinem Schädel widerhallen.

Ich muss eine Entscheidung treffen.

Ich öffne den Mund. „Ich erzähle dir alles, was ich kann."

KAPITEL ELF

Sia

Nachdem ich Daven alles erzählt habe, verrate ich ihm, wie gerne ich meine Freundinnen sehen möchte, und er belohnt mich mit einem Besuch.

Ich brenne darauf, Flora und Katia zum ersten Mal allein zu sehen, seit wir nach Zandia gebracht wurden. Ich muss herausfinden, was sie wissen und was sie ihren Meistern erzählt – oder nicht erzählt – haben.

Doch als ich meine Freundinnen sehe, sind diese Gedanken zweitrangig, und ich umarme sie erst einmal.

Ich eile in Floras Arme und ziehe Katia in die Umarmung. „Oh den Sternen sei Dank, euch geht es gut!" Wir lachen und weinen gemeinsam.

„Ihr seht beide so gut aus!" Flora packt mich, untersucht mich und berührt das hauchdünne Gewand. „So hübsch. Besonders dein Gesicht ist so strahlend und glücklich. Oh, Sia."

„Nun." Ich nicke. „Daven, mein, äh, Meister ... kümmert sich gut um mich." Mein Gesicht fühlt sich heiß an.

„Er kümmert sich gut um dich?" Ihre blauen Augen

weiten sich. „Sia! Bist du … hast du … haben du und er das Paarungsding gemacht?"

„Ich glaube, das haben sie!", ruft Katia. „Schau nur, wie rot sie wird."

Ich lache und erröte noch stärker. „Nun, es wird nicht das *Paarungsding* genannt. Und nein, das haben wir nicht getan. Aber er ist …" Daraufhin setze ich zu einer Beschreibung dessen an, was Daven mit mir getan hat. Es ist komisch, es zu besprechen, doch es macht auch Spaß, etwas so Phänomenales erzählen zu können. Es unterscheidet sich so sehr von den Dingen, die wir uns anvertrauten, als wir noch Versuchskaninchen der Okrezianer waren.

„Oh Sia, das ist fantastisch." Ich bemerke einen Hauch von Sehnsucht in Katias Stimme. „Mein Meister ist sehr kalt. Er sieht so gut aus, wendet jedoch ständig den Blick von mir ab. Er hat mich nur ein einziges Mal berührt und das nur, um mir zu helfen, als ich gestolpert bin." Sie zwingt sich zu einem Lächeln. „Trotzdem ist es so viel besser als unser altes Leben, weshalb es mir egal ist. Es ist kein Problem. Es ist vollkommen in Ordnung. Wirklich, es ist mir egal."

„Oh, Katia. Ich bin mir sicher, er wird irgendwann …" Doch wer kann das schon mit Sicherheit sagen? „Ich hoffe zumindest, dass er es tut."

Sie zuckt mit den Achseln und wendet den Blick ab. „Es ist in Ordnung."

„Was ist mit dir, Flora?", frage ich, als mir einfällt, wie mürrisch ihr Meister wirkte.

Sie zuckt mit den Schultern. „Axe hasst Menschen, weshalb es keine Paarung gab. Noch nicht."

„Noch nicht?" Ich lache über Floras Feixen. „Willst du es denn tun?"

Sie zuckt erneut mit den Schultern. „Er sieht ziemlich gut aus. Du weißt schon, Muskeln, glatte Haut und all das. Und er will mich. Er hat es sich nur noch nicht eingestanden."

„Mmmh, ich kann es nicht erwarten, zu hören, wie sich die Dinge entwickeln."

„Aber wir haben wichtigere Dinge zu besprechen als eine Paarung", sagt Flora.

Richtig. Die Sache, über die wir als Erstes hätten sprechen sollen. Hier bin ich und erzähle leichtfertig von Sex und Anziehung, obwohl es viel drängendere Themen gibt, die sich auf uns Menschen auswirken können.

„Habt ihr zwei", ich hole tief Luft, „darüber geredet, ihr wisst schon?" Ich neige meinen Kopf. „Der ... Chip." Mein Herz hämmert wie wild und ich fasse mir an den Kopf.

Sie verneinen es beide gleichzeitig.

Flora schüttelt den Kopf. „Nein. Du weißt, dass ich es nie tun werde. Wir können nicht. Ich bin diejenige, die dich gezwungen hat, zu schwören, dass du es nicht weitererzählst."

Katia stimmt zu. „Es ist zu riskant. Du weißt, was passieren könnte."

Meine Stimme ist zittrig vor Erleichterung. „Gut. Ich habe auch nichts gesagt. Falls uns die Okrezianer jemals finden, könnten wir wie Mandy getötet werden. Wir müssen vorsichtig sein."

„Richtig", stimmt Flora zu.

„Ich weiß. Die arme Mandy." Katia macht ein finsteres Gesicht.

Wir erschaudern alle, als wir uns daran erinnern. Mandy war ebenfalls ein Versuchskaninchen. Sie haben an ihr geübt und sie dazu gebracht, einzuknicken, nur damit sie uns zeigen konnten, was sie tun können, wenn jemand die Befehle missachtet. Als sie einen Knopf der Fernsteuerung drückten, um ihren Chip zu zerstören – nicht nur um ihn zu deaktivieren, sondern um ihn zu vernichten – erstarrte ihr ganzer Körper, bevor das Licht in ihren Augen erlosch. Sie fiel auf den Boden und Rauch stieg von ihren Fußsohlen auf.

Daraufhin brachten sie sie weg und wir sahen sie nie wieder.

„Das", verkündet unser Meister, „können und werden wir tun, wenn wir herausfinden, dass ihr das Schweigeprotokoll verletzt habt."

„Aber ich glaube, hier auf Zandia ist es sicher. Es gibt keinen anderen Ort in den Galaxien, an dem wir so sicher wären", sage ich.

„Nein." Flora wirkt alarmiert. „Es ist nicht sicher."

„Wir sind so weit weg." Ich klopfe immer wieder mit dem Fuß auf den Boden. „Ich erinnere mich daran, wie sie über die Technologie gesprochen haben. Ich weiß, dass die Fernsteuerung über eine so große Entfernung nicht funktioniert. Wir müssen hier tausende Klicks von ihnen entfernt sein."

Katia schürzt die Lippen. „Bist du dir sicher?"

Flora packt meinen Arm. „Wir können es nicht mit Sicherheit wissen. Was, wenn sie in einem Raumschiff herkommen und versuchen, unsere Chips mit ihren Geräten zu synchronisieren? Wenn sie uns finden, können sie all unsere Informationen runterladen und uns töten!"

„Die Wahrscheinlichkeit, dass das geschieht, scheint sehr gering zu sein", versuche ich, sie zu beruhigen. „Sie müssten auf diesem Planeten landen. Die Zandianer würden das niemals erlauben."

Katia schüttelt den Kopf. „Die Okrezianer sind stur und hinterlistig. Wenn jemand eine Nadel in einem Ozean finden könnte, dann sie. Und wir sind sehr wertvoll. Vielleicht sollten wir es den Zandianern erzählen? Sie könnten eine Möglichkeit finden, uns zu beschützen?"

„Nein!" Flora spricht vehementer, als ich es jemals erlebt habe. „Ihr müsst schweigen. Alle beide." Sie beugt sich vor. „Falls die Zandianer herausfinden, dass wir potenzielle Spione sind, die ihre eigenen Gehirne nicht kontrollieren können, werden sie uns töten. Es ist die einzig logische

Vorgehensweise. Das wollt ihr nicht für euch oder den Rest von uns, oder? Jetzt, da wir endlich Sicherheit gefunden haben?"

Ich beuge mich ebenfalls vor. „Natürlich nicht! Aber vielleicht würden sie uns helfen, anstatt uns zu schaden."

Ich denke an Daven und mein Versprechen, immer ehrlich zu sein. Schuldgefühle steigen in mir auf.

„Wenn wir es ihnen erzählen ... sie sind klug. Sie haben Ressourcen. Vielleicht kann ihr Arzt die Chips aus unseren Köpfen entfernen. Oder sich einen Plan überlegen ..." Ich verstumme. Das Problem ist, dass ich mir ebenfalls Sorgen mache, dass wir getötet oder verbannt werden. Das Gegenteil zu behaupten, bringt uns nicht weiter.

„Du weißt, dass die Chips mit dem Gehirn verwachsen sind, Sia", erinnert mich Flora mit flacher Stimme. „Sogar die Experten auf Okrezia waren der Meinung, dass sie nicht mehr entfernt werden können, wenn sie erst einmal eingesetzt wurden."

Bei den Sternen, sie hat recht. Die Erinnerung beginnt und ich fange an, zu murmeln. *„Wenn die Chips erst einmal drin sind, kommen sie nie wieder raus. Sie wachsen in die Gehirnmasse, weshalb sie so perfekt sind. Unaufspürbar. Die perfekte menschliche Aufnahmetechnologie."*

Katia flüstert die Worte ebenfalls, genauso wie Flora. Wir starren einander an.

„Ihr habt die gleiche Erinnerung?" Katia reißt die Augen auf.

Ich nicke. „Sie stammt aus dem Labor. Es ist als ... Die Erinnerungen sind so lebendig. Als würden Holos in meinem Gehirn abgespielt werden."

Floras Augen werden schmal. „Denkst du, dass das an dem Chip liegt?"

„Ja, das denke ich. Ich glaube, unsere Chips spielen wahllos Dinge ab, die wir auf dem Planeten aufgezeichnet haben, während sie Tests an uns durchgeführt und das Signal kalibriert haben."

Neue Erinnerungen fließen und schlängeln sich durch meinen Verstand wie fiese Schlangen und ich erzittere. *Dein Verstand gehört uns, Sia. Jetzt und für immer. Du wirst das perfekte Aufnahmegerät sein.*

Der Chip wird alles aufzeichnen, was wir erfahren wollen. Wir können deine Erinnerungen löschen, nachdem wir sie runtergeladen haben.

„Also was sollen wir tun? Wir können die Chips nicht loswerden. Und selbst wenn die Okrezianer nicht lesen können, was aufgezeichnet wird, tun die Chips etwas. Ich hasse es." Flora macht ein finsteres Gesicht.

„Ich weiß. Die einzige Möglichkeit, die Technologie loszuwerden, besteht darin, sie mit dem Bedienpult auf Planet Larew zu deaktivieren. Erinnert ihr euch noch daran, dass sie dieses Meistermodul hatten, mit dem man einen Chip vollständig deaktivieren kann? Sie haben gesagt, dass es für einen Notfall sei, falls ihre Spione in Gefahr schweben, enttarnt zu werden. Sie können den Chip zerstören und alles verlieren, oder ihn einfach nur komplett deaktivieren und ihr menschliches Eigentum retten, um es später wieder zu aktivieren, wenn wir in Reichweite sind. Also was, wenn wir auf diesen Planeten zurückkehren und die Chips selbst deaktivieren? Wir könnten das ganze Programm stoppen. Wir könnten alles auf einmal deaktivieren!"

„Es ist unmöglich." Flora macht ein finsteres Gesicht. „Wie würden wir dorthin gelangen? Indem wir selbst in einem Raumschiff fliegen?" Sie schnaubt. „Als würden wir nicht auf Schritt und Tritt bewacht werden. Außerdem ist es nicht so, als wären wir schon mal in einem Raumschiff gewesen."

„Außer bei unserer Rettung." Ich denke an Daven, wie er sich bückte und mich rettete, und mein Herz schmilzt dahin.

Flora nickt. „Richtig. Also müssen wir vorerst schweigen. Versprich es mir. Um unser aller willen."

„Ich fühle mich schrecklich wegen all der Lügen. Du nicht?" Ich sehe sie flehend an.

„Nein", erwidert sie scharf. „Ich fühle mich nicht schrecklich, weil ich versuche, am Leben zu bleiben. Es ist unsere einzige Chance."

Katia ist ihrer Meinung. „Wie kann es Zandia schaden? Wir sind außer Reichweite der Chips. Für den Moment sind wir alle in Sicherheit." Sie drückt meine Hände. „Ich hoffe nur, dass die Zandianer nicht aufzeichnen, was wir gerade besprechen."

Ich lache trocken. „Vielleicht zeichnen die Zandianer auf, wie wir darüber sprechen, dass unsere Gehirne uns beim Sprechen aufzeichnen. Das ist ein ziemlich kompliziertes Konzept." Ich zögere. „Ich glaube allerdings nicht, dass sie das tun würden. Sie wirken so ehrenhaft."

Katia wirft ein: „Wir brauchen mehr Zeit, vor allem ich. Wenn ich meinen Meister dazu bringen kann, mir zu vertrauen und mich zu lie… mich zumindest zu mögen, haben wir vielleicht mehr Einfluss. Insbesondere wenn wir weiterhin die nützlichen Erinnerungen mit ihnen teilen. Wir können sie überzeugen, unsere Leben zu retten, anstatt uns zu verbannen, weil wir Monster mit Chips in unseren Gehirnen sind. Bitte."

Ich nicke langsam. „Ich will nicht verbannt werden."

„… oder getötet", fügt Flora hinzu.

„Oder getötet. Mir gefällt es hier." Ich denke an Daven und mir wird warm in der Brust. Mir gefällt es hier sogar sehr gut. Ich liebe es hier. „Wir werden unser Bestes geben, hier reinzupassen und sie dazu zu bringen, uns zu vertrauen. Uns wertzuschätzen. Sie scheinen die Erinnerungen zu mögen, die ich ihnen verrate. Die sicheren Erinnerungen über Chemikalien und Technologie."

„Das habe ich auch getan! Ich habe ihnen Informationen über einige der technologischen Sachen gegeben, die ich nicht verstanden habe, aber von meinem Chip transkribieren konnte. Das haben sie geliebt." Katia lächelt.

„Ja!" Ich drücke ihre Hand. „Jegliche Erinnerungen, die ihr von euren Chips gewinnen könnt – über Chemikalien oder die menschliche Anatomie oder Raumschiffe – erzählt ihnen alles. Alles, was nützlich wirkt. Nur nicht, dass wir Chips in unseren Köpfen haben. In der Zwischenzeit habe ich eine Idee, wie wir unseren Kopf vielleicht in Ordnung bringen können."

Flora runzelt die Stirn. „Wie soll das möglich sein?"

„Wir können uns sicherer machen. Ich glaube, ich kann den Chip manchmal daran hindern, zu tun ... was immer er tut. Spürt ihr auch dieses Surren im Kopf, wenn er sich aktiviert?"

Sie nickt eifrig mit großen Augen. „Ja."

Katia keucht. „Das tut er! Ständig."

„Nun, habt ihr jemals ..." Ich hole tief Luft und erkläre die besondere Empfindung, die mir Daven geschenkt hat – der Orgasmus. „Als ich versuchte, ihn selbst nachzuahmen oder mich zumindest auf die Lust zu konzentrieren, unterbrach das die Aktivität des Chips. Das Surren hörte auf."

„Huh", macht Flora zweifelnd.

„Das hat es wirklich getan. Probiert es selbst einmal aus."

„Wie, allein?" Flora klingt verblüfft. „Kann man das einfach so tun?"

„Ja. Du führst deine Finger zwischen deine Beine und suchst die Stelle, die sich gut anfühlt. Streichle oder massiere sie. Es hilft, wenn du dabei an deinen Meister denkst ... oder an irgendetwas, was dich erregt."

Floras Gesicht läuft rot an und ihre Brauen schnellen bis zu ihrem Haaransatz. „Ähm. Okay. Wenn es funktioniert. Ich werde auch den anderen sagen, dass sie es versuchen sollen."

Sie rutscht auf ihrem Platz herum, als wollte sie sich schon jetzt berühren.

„Ich habe bereits versucht, das selbst zu tun." Katia blinzelt. „Beim nächsten Mal werde ich schauen, ob ich die Empfindungen dazu benutzen kann, das Surren des Chips zu stoppen."

„Nun, das ist immerhin etwas", seufze ich. „Wenn wir lernen können, die Chips an der Arbeit zu hindern, sind wir weniger gefährlich." Meine Stimme versagt. Ich denke an Daven und daran, wie sehr ich ihn bereits mag. „Ich will sie nicht in Gefahr bringen", murmle ich.

„Du *kannst* deinem Meister *nichts* über den Chip erzählen", ermahnt mich Flora. „Selbst wenn er Dinge mit dir tut, die dir gefallen." Sie verengt die Augen zu Schlitzen.

Ich erröte. „Es ist kompliziert."

„Das ist es nicht." Sie macht ein finsteres Gesicht. „Anscheinend haben sich auch andere Menschen mit ihren Meistern gepaart. Ihr wirkt alle so glücklich." Sie verschränkt die Arme. „Bin ich derart widerwertig?"

„Flora! Bei den Sternen, du bist wunderschön." Ich packe ihre Hand. „Vielleicht erwärmt er sich noch für dich."

„Vielleicht."

„Behalte es einfach für dich, Sia. Komme, was wolle."

In diesem Moment sehe ich, dass Daven mit einem anderen Zandianer herkommt.

Davens Gesicht ist ausdruckslos. „Sia, es ist an der Zeit, dass wir gehen." Er nickt Flora und Katia zu. „Ich hoffe, du hattest einen schönen Besuch?"

Katia flüstert: „Er kann die Augen nicht von dir lassen, du Glückspilz."

„Still", wispere ich und glaube, dass sich Davens Lippen nach oben biegen, obwohl er nicht offen lächelt. Zandianer haben wohl ein besseres Gehör als wir.

Floras Meister Axe ist kleiner als Daven, aber muskulöser. Er hat einen kantigen Kiefer und tiefgründige Augen. „Komm, Flora." Er verschränkt die Arme und schaut sie finster an. „Falls du es deiner wertvollen Zeit für würdig erachtest." Ich nehme an, dass diese Bemerkung einen Hintergrund hat – nächstes Mal werde ich ihr mehr Fragen stellen.

„Absolut, Meister." Ihre Stimme trieft vor Herablassung. „Alles, was du befiehlst."

Sein Gesicht wird strenger. „Ich habe die Nase voll von deinen frechen Antworten."

„Ach wirklich? Was wirst du dagegen unternehmen?" Flora wirft mir einen Blick zu und formt mit den Lippen die Worte: „Wünsch mir Glück."

Ich verdrehe die Augen. „Bis bald."

Flora wird möglicherweise bald bekommen, was sie sich wünscht.

KAPITEL ZWÖLF

Sia

„Also Sia, wir hätten gerne, dass du einige Wesen kennenlernst und ihnen ein paar der Erinnerungen schilderst, die dir wieder eingefallen sind. Die, die mit den Raumschiffen und der Technologie zu tun haben." Daven führt mich zu einer kleinen Gruppe Wesen, die auf einer Ansammlung Schwebestühle in einem kleinen Raum einer großen Technologie-Kuppel sitzen.

Dieses Mal sind wir in die entgegengesetzte Richtung der Palastkuppel gegangen, in der Meister Seke zu arbeiten scheint – zu einem Ort mit mehreren Kuppeln in der Nähe eines Flugplatzes. Auf unserem kurzen Spaziergang sah ich in der Ferne ein Raumschiff auf der Startbahn schimmern und Arbeiter, die wie Bienen um es herumschwirrten. All das ist vergessen, als ich mitten in der Gruppe zandianischer Piloten etwas Unglaubliches bemerke, was nicht zum Rest zu passen scheint.

„Mutter Erde, ist sie eine Kampfpilotin?" Mein Mund steht offen, während ich das Menschenweibchen vor mir anstarre. Sie hat dichte rote Haare, die über eine Schulter frisiert sind, sodass ihr schlanker Hals entblößt ist. Sie sieht zart aus, ihr Gesichtsausdruck spricht allerdings von Macht und Selbstvertrauen. Als sie aufsteht, bemerke ich, wie sie mich, den Raum und alle darin einschätzt. Es ist die gleiche Art und Weise, auf die Daven die Welt erfasst. Dieser Mensch ist eindeutig etwas Besonderes – eine Kriegerin. Sie ist auf jeden Fall besonderer als ich mit meinem kaputten Gehirn und meinen Lügen.

„Ich bin Mirelle." Sie kommt zu mir und umarmt mich zu meiner Überraschung kurz. Dabei spüre ich, wie kräftig sie unter ihrem Kampfanzug ist. „Ja, ich bin Pilotin. Eine Freiheitskämpferin, die zu einer zandianischen Kriegerin wurde."

„Sie ist eine unserer Besten." Ein hochgewachsener zandianischer Krieger legt besitzergreifend einen Arm um sie. Seine Hörner neigen sich in ihre Richtung.

Mirelle lächelt ihn an und ich erkenne sofort, dass sie Gefährten sind – und wahnsinnig glücklich wirken.

„Das bin ich." Sie nickt und sieht zu dem kräftigen Krieger auf. „Er ist mein befehlshabender Offizier – und einer meiner Gefährten. Wir gehen gemeinsam auf Missionen."

„Wow." Ich verschränke die Hände vor mir. „Ich wurde, äh, vor kurzem gerettet. Ich habe mich an etwas über Vitamin C und Menschen erinnert und es Daven erzählt." Bei den Sternen, ich klinge wie eine Idiotin. Ich sehne mich danach, so temperamentvoll wie sie und ein eindeutiger Gewinn für diesen Planeten zu sein. Wie kann ich wie sie werden?

„Das habe ich gehört!" Sie wirkt begeistert von meiner belanglosen Erinnerung. „Und ich habe auch von den anderen Dingen gehört. Du hast eindeutig ein wirklich phänomenales Gedächtnis. Daven hat erzählt, dass du dich an etwas erinnert hast, was die Okrezianer über Raumschiffe gesagt haben? Er meinte, dass du dich vielleicht an mehr erinnern würdest, wenn du es mit uns – mit mir – durchsprechen würdest?"

„Ich kann es gerne versuchen", biete ich an und hoffe ehrlich, dass ich etwas Nützliches in der Rumpelkiste finden kann, die mein Schädel ist.

„Setzen wir uns! Erzähl mir mehr von dir", fordert sie mich begeistert auf und führt mich zu den Schwebestühlen.

Ich merke, dass sie versucht, mir meine Befangenheit zu nehmen, doch da uns alle Zandianer anstarren, fühle ich mich wie auf dem Präsentierteller. Ich verschränke die Arme vor meiner Brust und beiße mir auf die Lippe.

„Ähm", ist alles, was ich herauskriege.

Mirelle schaut mich an und wirft ihrem Kommandanten einen Blick zu, der den Kopf neigt und nickt. Er schlägt vor: „Daven, wie wäre es, wenn wir die zwei Menschen allein lassen? Mirelle ist absolut dazu in der Lage, alles Wichtige aufzuzeichnen."

Die Zandianer beraten sich, ehe sie uns beide allein lassen. Sofort bin ich entspannter.

Mirelle lacht. „Es kann zu Beginn etwas einschüchternd sein, wenn man von so vielen Zandianern umgeben ist." Sie hat ein umwerfendes Lächeln. „Aber du wirst dich daran gewöhnen."

„Wie bist du hierhergekommen?" Ich bin so neugierig auf ihre Geschichte.

Ihr Gesicht umwölkt sich kurz und als sie mir ihre Geschichte erzählt, zieht sich mein Herz schmerhaft zusammen. Jedes Menschenweibchen in dieser Galaxie hat in seiner Vergangenheit unendlich viel Schmerz erlebt und Mirelle bildet da keine Ausnahme.

„Aber wie ich höre, erinnerst du dich an eine Menge interessanter Dinge über die Okrezianer?", fragt sie und lässt mir Raum zum Reden.

Ich nicke. „Nun, ja. In letzter Zeit ist mir einiges zu neuen Tarntechnologien eingefallen."

Sie beugt sich mit funkelnden Augen vor. „Wirklich? Denn das ist so wichtig, Sia. Im Moment haben die Oks nicht die beste Tarntechnologie und wir können ihre Raumschiffe noch finden, selbst wenn sie denken, sie seien versteckt. Doch wenn sie ihre Technologie verbessern", sie schüttelt den Kopf und blickt ernst drein, „könnte das ein Desaster sein. Wir verlassen uns darauf, dass wir sie jederzeit entdecken können, um unseren Planeten zu schützen."

Ich spanne meinen Unterleib an und schließe die Augen. Wenn ich es richtig mache, kann ich meinen Chip dazu bringen, abzuspielen, was ich will, während ich ihm zugleich verbiete, etwas Neues aufzuzeichnen. Dazu muss ich mich stark konzentrieren und manchmal verliere ich die verschiedenen Erinnerungsfetzen. „Soll ich die Dinge zeichnen, die sie gezeigt haben?"

„Warum erzählst du mir nicht einfach, was du gehört hast?"

„Nun, es war eher so, dass ich zugeschaut habe. Sie haben Entwürfe auf einem Holo gezeigt, während ich im Raum war. Ich glaube, ich kann sie für dich nachzeichnen."

„Ähm, klar?" Ich merke anhand der Enttäuschung in ihrer Stimme, dass sie nicht viel erwartet. „Wenn du denkst, dass du das tun kannst." Sie glaubt nicht, dass ich etwas Nützliches zeichnen kann. Wie sollte ein beliebiger Mensch auch in der Lage sein, technische Diagramme aus dem Gedächtnis zu zeichnen? Es klingt verrückt.

Doch sie reicht mir ein Tablet. Ich nehme den Stylus und schließe kurz die Augen.

„Okay. Das Erste war das hier." Ich beginne in der oberen linken Ecke und schließe immer wieder die Augen, damit ich die Einzelheiten richtig darstelle. Dann ist es einfach nur so, als würde ich etwas abzeichnen. „Sie haben diese Gleichungen notiert, siehst du, so?" Ich chiffriere schneller, als ich mich daran gewöhne, in mein Gehirn zu schauen – als sei es ein Flachbildschirm – und es anschließend auf das Tablet zu übertragen. „Es tut mir leid, dass ein Teil davon schlampig ist. Diese Symbole benutze ich entweder nicht oder verstehe sie nicht. Ich versuche, sie so zu zeichnen, wie ich sie gesehen habe."

Ich mache weiter und fülle eine Seite nach der anderen. „Und dann noch dieses Diagramm." Ich strenge mich sehr an, die Linien und Winkel richtig hinzukriegen, bin mir aber nicht sicher, ob es perfekt ist. Wenigstens gebe ich mein Bestes.

Als ich aufschaue, zeichnet sich auf Mirelles Gesicht Staunen und Konzentration ab. „Sia, wie machst du das?" Sie klingt beinahe verängstigt, als sie auf meine Arbeit deutet. Sie zieht das Tablet näher an sich heran. „*Veck*, das ist eine neue Technologie. Ich glaube, sie … oh bei den Sternen, ich muss das sofort zu Meister Seke bringen." Sie spricht in ihren Handgelenkskommunikator. „Domm, Daven, ihr müsst zurückkommen. Sia hat sich an sehr wichtige Informationen erinnert!"

Sie schaut mich wieder an. „Wie kannst du dich an all das erinnern, wenn du es nie studiert hast?"

„Ich weiß es nicht. Daven hat mich das auch gefragt. Ich erinnere mich einfach. Vielleicht liegt es an einer der Verbesserungen, die sie mir gegeben haben. Möglicherweise habe ich dadurch ein besseres Gedächtnis erhalten." Ich kann ihr natürlich nicht von dem Chip erzählen.

Nachdem ich mich so stark konzentriert habe, tut mein Kopf weh. Ich war in der Lage, den Chip daran zu hindern, etwas aufzuzeichnen, obwohl er es mehrere Male versucht hat, und das Ringen mit ihm hat mich erschöpft.

„Ich muss mich ausruhen." Ich lehne mich auf dem Schwebestuhl zurück. „Das hier tut meinem Gehirn weh."

„Hier ist Flüssigkeit. Und Obst." Sie bringt mir einige Snacks und setzt sich neben mich. „Sia, was du gerade getan hast ... ich kenne keine anderen Menschen mit derartigen Erinnerungen."

„Oh." Ich esse die Beeren und bin dankbar für den süßen Energieschub, den sie mir bieten. „Ich schätze, ich bin einfach daran gewöhnt?" In meiner Stimme schwingt jedoch eine große Frage mit und sie merkt das.

„Sia, haben sie dir etwas Schlimmes angetan, deine alten Meister?" Sie berührt meine Hand. „Falls es etwas gibt, was du uns nicht erzählen willst, weil du Angst hast, so möchte ich dir versichern, dass jedes Wesen hier auf dich aufpassen und dich beschützen wird. Wir haben uns alle einhundert Prozent der Aufgabe verschrieben, Zandia und die Wesen hier vor jeder Bedrohung zu schützen, ganz egal, wie groß sie ist. Oder wie klein."

Ihre Augen sind aufrichtig, dennoch wende ich den Blick ab. Was, wenn ich und all die geretteten Menschen die Bedrohung sind? Was, wenn wir das Schlimme sind und sie uns wegschicken, sobald sie herausfinden, dass wir gechipt sind?

„Ich ..." Ich schaue sie beinahe flehend an. „Es gibt Dinge, die ich aus Angst nicht erzählen möchte. Verstehst du das?"

„Natürlich verstehe ich das. Ich war eine Freiheitskämpferin. Ich habe Menschen aus den schlimmsten Situationen geholt. Du hast bestimmt die Hölle durchgemacht. Aber Zandia ist sicher für dich – ich verspreche es."

Wow. Eine Freiheitskämpferin. Mirelle ist wahrhaftig ein außergewöhnlicher Mensch.

„Als ich hierherkam, fiel es mir anfangs schwer, meinen Gefährten zu vertrauen. Es hat seine Zeit gebraucht." Sie lächelt. „Es wird einfacher. Versuche einfach, eine Verbindung zu Daven aufzubauen. Du kannst ihm vertrauen."

Nur den Namen Daven zu hören, sorgt dafür, dass mein

Herz schneller klopft. Zeit mit ihm zu verbringen, ist meine Lieblingsaktivität. Und ich vertraue ihm. Ich wünschte nur, ich könnte mir vollkommen sicher sein, dass ich ihm alles gefahrlos erzählen kann. Doch das bin ich nicht.

Das Tablet erregt wieder ihre Aufmerksamkeit, wo sie durch die Dinge scrollt, die ich notiert habe. „Bei den Sternen, ich kann das einfach nicht glauben! Ich kann es nicht erwarten, das hier in unsere Systeme einzuspeisen. Es ist wirklich phänomenales Zeug, Sia. Du bist eine Heldin, weil du uns das zur Verfügung gestellt hast. Wenn du dich an etwas anderes erinnern kannst, teile uns das bitte mit. Es wird Zandia wirklich helfen."

Ich nicke. „Falls mir noch etwas einfällt, werde ich es aufschreiben."

Dann schaue ich ihr in die Augen. „Mirelle, falls der Tag kommt, an dem ich deine Hilfe brauche, um etwas Gutes für Zandia zu tun, wirst du mir dann helfen? Ich meine, wenn es wirklich dringend ist?"

Sie schaut mich einen Augenblick lang an, dann noch einen. Schließlich spricht sie: „Ja." Ihre Stimme ist leise. „Ich werde nichts tun, was dich oder mich in Schwierigkeiten bringen könnte. Allerdings verstehe ich Menschen, Sia, und die missliche Lage, in der wir uns manchmal befinden. Also ja, wenn du zu mir kommst, werde ich alles in meiner Macht Stehende tun, um dir nach besten Kräften zu helfen. Mehr kann ich nicht versprechen."

„Danke schön."

Ich fühle mich unerklärlicherweise besser, als hätte ich eine Verbündete gewonnen. Natürlich wäre sie nicht meine Verbündete, wenn sie wüsste, dass ich eine potenzielle Spionin mit einem Chip im Kopf bin. Doch wenn jemand Interesse daran hat, Menschen dabei zu helfen, Zandia zu helfen, ist es dieses Weibchen.

Die Tür öffnet sich und Daven kommt herein. Mein

Körper reagiert sofort auf seine Anwesenheit und mir stockt der Atem. Ich stehe auf und Hitze rauscht durch meinen Körper, als er mich anlächelt.

Er winkt mich zu sich. „Ich habe gehört, dass du eine große Hilfe für Zandia warst."

„Ich versuche es", erwidere ich wahrheitsgemäß. Als ich ihn erreiche, legt er seine Arme um mich und ich schmiege mich an ihn. „Ich will helfen."

Ich hebe meinen Blick zu seinem und er streichelt meine Wange. „Danke, Sia. Erzähl mir einfach alles, woran du dich erinnerst."

Ich verdränge das Gefühl eines bevorstehenden Desasters, nicke und schlucke. „Das werde ich tun, Meister."

* * *

DAVEN

Ich liebe es, dass Sias dunkler Kopf in die Höhe schnellte, als ich die Kammer betrat. Ihre warmen braunen Augen suchten sofort mein Gesicht. Sie hat sich an mich gebunden, so wie es jedes Wesen versprochen hat.

Ich habe gehört, was passiert, wenn ein zandianischer Krieger sexuelle Dominanz über ein Menschenweibchen ausübt. Doch jetzt, da ich es mit eigenen Augen sehe, kann ich nicht aufhören, darüber zu staunen. Es ist ein Wunder, die komplette Aufmerksamkeit dieses Weibchens zu haben, wann immer wir in der gleichen Kammer sind. Es ist auch wundersam, wie ihr Körper auf meinen reagiert. Ein strenges Wort oder Blick von mir und der Geruch ihrer Erregung füllt den Raum.

Sie mag meine Strafen und verzehrt sich nach meinen Berührungen.

Wenn ich fort bin, freue ich mich darauf, zurückzukommen. Und es geht nicht nur um sexuelle Wonne. Es ist der

Laut ihrer Stimme. Das Strahlen ihres Lächelns. Die Art und Weise, wie sie auf mich eingestellt ist, sodass ich nur subtil den Kopf schütteln oder nicken muss, damit sie sich beeilt, mich zufriedenzustellen.

Jetzt fängt sie zudem an, uns wirklich nützliche Informationen zu geben. Sie beweist, dass sie vertrauenswürdig ist.

Ich bin bereit, König Zander um die Erlaubnis zu bitten, sie offiziell als Gefährtin anzunehmen. Dann kann ich ihre Haut durchbrechen, meinen Kristall als Paarungsgeschenk in ihr einbetten und sie für immer als die Meine markieren.

Sie strahlt jetzt und ist glücklich. Frisch gerettete Menschen sind stets verblüfft, wenn sie Menschenweibchen mit außergewöhnlichen Fähigkeiten wie Mirelle kennenlernen. Dabei ist Mirelle nicht unsere einzige menschliche Kampfpilotin. Cambry und ihr Bruder Tal sind ebenfalls Piloten.

Sia tritt zu mir und schlingt zur Begrüßung ihre Arme um meinen Hals.

Ich gluckse, lege einen Arm in ihren Rücken und ziehe ihren kleinen sinnlichen Körper an meinen. „Dir hat das Treffen mit Mirelle gefallen."

„Das hat es", haucht sie. „Es ist so fantastisch, zu sehen, was Menschen auf Zandia tun können."

Die Freude auf ihrem Gesicht zu sehen, stellt etwas mit meiner Brust an. Ich ertappe mich dabei, wie ich ihre Wangen umfasse und ihr Gesicht für einen Kuss zu meinem hebe. Es ist ein langer, langsamer Kuss. Meine Zunge gleitet zwischen ihre Lippen und taucht aggressiv in ihren Mund.

Als ich zurückweiche, ist sie atemlos. Meine Hörner sind dick und neigen sich in ihre Richtung, genauso wie mein Schwanz. Sie hebt den Blick zu meinen Hörnern und greift nach einem.

Ich erschaudere vor Wonne, als sie es berührt. „Nicht

ohne Erlaubnis, Kleines", erinnere ich sie, in meiner Stimme liegt allerdings keine Strenge.

Ich will, dass sie meine Hörner berührt. Ich will, dass sie sie küsst, sie leckt und zwischen ihre prallen Lippen saugt.

Ich schiebe meinen Unterarm unter ihren Po und hebe sie hoch, sodass sie rittlings auf meiner Taille sitzt. „Lass uns einen Ausflug machen."

Sie schlingt ihre Arme um meinen Hals und ihre Lippen streifen eines meiner Hörner. Ich verkneife mir ein Stöhnen. „Ein Ausflug?"

„Mit meinem Schiff. Ich werde dich fliegen lassen."

Sias pralle Lippen teilen sich vor Überraschung. „Wirklich? Oh! Aber ich weiß nicht, wie das funktioniert."

Ich glucke. „Ich werde es dir zeigen. Menschen können auf Zandia alles tun, solange sie zur Gesellschaft beitragen. Es schien dich zu begeistern, dass ein Mensch fliegen kann. Lass uns herausfinden, ob es etwas ist, was du selbst anstreben möchtest."

Ich trage sie zu meinem kleineren Kampfflieger und schnalle sie im Cockpit auf den Sitz neben mir. Ihr Blick wandert über die Instrumente und sie lächelt, während ich ihr erkläre, was jedes Einzelne tut.

Ich hebe ab, doch sowie wir über der zandianischen Atmosphäre sind, erlaube ich ihr, eine Weile lang das Steuern zu übernehmen. Sie bringt das Schiff zu einigen Sturzflügen und Drehungen, die ich korrigieren muss, doch es besteht keine echte Gefahr und sie weiß das.

Als ich lande, drehe ich mich zu ihr um. „Nun, was denkst du? Hast du eine Zukunft als Kampfpilotin?"

Sie lächelt und schüttelt den Kopf. „Ich glaube nicht, aber danke, dass ich es ausprobieren durfte." Sie greift nach meiner Hand. „Das hat Spaß gemacht."

Ich verschränke meine Finger mit ihren. „Ich sehe dich gerne glücklich, Sia."

Tränen treten in ihre Augen.

Ich runzle die Stirn. „Warum weinst du?"

Sie schüttelt den Kopf. „Nein, das sind Freudentränen. Deine Worte bedeuten mir etwas."

„Was bedeuten sie?"

Sie schluckt. „Ich bin dir wichtig ... ich meine ... bin ich das?"

Meine Brust fühlt sich zu voll an. Sie hat recht. Dieser kleine Mensch ist mir wichtig. Sie bedeutet mir mittlerweile alles.

„Das bist du." Ich beuge mich vor, lege eine Hand an ihre Wange und küsse sie noch einmal. „Ich will, dass du meine Gefährtin wirst", verkünde ich, bevor ich Zeit habe, es mir anders zu überlegen und mich zu fragen, ob ich wieder überstürzt handle. „Würde dir das gefallen, Kleines?"

„Was bedeutet das?"

„Es bedeutet, dass ich deine Haut mit meinem Kristall durchbohre und du formell die Meine wirst. Für immer. Du würdest meine Jungen bekommen und wir würden eine Familie werden."

„Ja!", lacht sie weinend. „Ja, ich will das, Meister."

Etwas in mir verändert sich. Die Wut über Illianas Verrat schmilzt. Die Sorge, dass Sia das Gleiche tun wird oder absichtlich etwas verschweigt, verblasst.

Sie will meine Gefährtin sein und meine Jungen gebären. Wenn das stimmt, ist nichts anderes von Bedeutung.

Was immer in ihrer Vergangenheit liegt, spielt keine Rolle mehr. Ich glaube, sie wird mir weiterhin erzählen, woran sie sich erinnert. Sie will helfen. Sie will zu mir gehören. Ich vertraue meinen Gefühlen in dieser Sache.

„Komm." Meine Stimme ist rau vor Verlangen. Ich hebe sie von dem Cockpitsitz und trage sie aus dem Schiff zu meinem Transporter.

„Tun wir es jetzt?" Die Aufregung in ihrer Stimme erledigt mich.

Ich sollte König Zander vorher um Erlaubnis bitten, will jedoch keinen einzigen Augenblick länger warten, um meinen kleinen Menschen für mich zu beanspruchen.

„Ja."

Ich rase zu meiner Unterkunft und hebe Sia aus dem Transporter. „Geh rein. Zieh deine Kleider aus und knie dich auf den Boden, um auf mich zu warten", weise ich sie an.

Sobald sie drinnen ist, rufe ich Meister Seke, meinen Kommandanten, mit meinem Handgelenkskommunikator an. Sein Hologramm springt vor mir in die Luft.

„Ja?"

„Ich nehme sie zur Gefährtin."

Seine Brauen schnellen empor. „Teilen Sie mir das mit oder bitten Sie mich um Erlaubnis?"

Ich weiß nicht, was in mich gefahren ist, doch ich weigere mich, ihn darum zu bitten. Ich habe mich bereits entschieden und nichts wird mich jetzt aufhalten – nicht einmal Meister Seke. Nicht einmal König Zander.

„Es ist das Richtige. Sie lebt bereits wie eine Gefährtin bei mir. Sie will meine Jungen bekommen. Welche Geheimnisse sie auch hegt, ich werde sie ihr irgendwann entlocken."

Meister Seke neigt den Kopf. „Ich werde Sie bei Ihrem Vorhaben unterstützen."

„Danke, Meister." Ich verbeuge mich vor seinem Holo, bevor er den Anruf beendet.

Dann gehe ich nach drinnen, um mich mit meinem kleinen Menschen zu paaren.

KAPITEL DREIZEHN

Sia

Ich zittere vor Aufregung. Nur weil ich mich ausziehe und für Daven auf die Knie gehe, fühle ich mich unterwürfig und sexy, als würde er mich besitzen.

Ich kann nicht fassen, dass er mich heute Nacht zu seiner Gefährtin machen wird!

Ich habe mir das gewünscht, jedoch nicht gewagt, daran zu glauben, vor allem weil sich Daven stets zurückzuhalten schien. Die Vorstellung, dass wir eine Familie werden, ändert alles. Es erschafft eine Sicherheit, die ich zuvor nicht verspürte.

Endlich habe ich das Gefühl, als würde ich hierher gehören.

Die Situation mit den Chips in unseren Köpfen kann gehandhabt werden. Meine Freundinnen werden lernen, ihre Chips zu kontrollieren, so wie ich es tue. Und wenn das nicht möglich ist, nun, dann kennen wir jetzt eine menschliche Pilotin. Falls ich muss, werde ich Mirelle bitten, uns zu Planet Larew zu fliegen, damit ich die Chips im Labor deaktivieren kann.

Schuldgefühle durchbohren mich. Daven ist mein Gefährte und ich halte das noch immer vor ihm geheim.

Vielleicht ist es an der Zeit, reinen Tisch zu machen und ihm alles zu erzählen.

Aber nicht heute Nacht.

Ich will diesen besonderen Moment nicht ruinieren.

Er betritt den Raum, wobei sein gut aussehendes Gesicht unergründlich ist.

Dennoch kann ich anhand seiner dicker werdenden und geneigten Hörner erkennen, dass es ihn erregt, mich auf den Knien zu sehen.

Er tritt an mich heran und stellt sich über mich. „Braves Mädchen. Hol meinen Schwanz raus."

Ich gehe auf die Knie, sodass ich auf Augenhöhe mit seiner Taille bin. Er trägt die traditionelle zandianische Kriegerkleidung – eine weiße Tunika und weiße Hose, die aus einem fein gewebten Material gemacht sind, das vermutlich mehr als einhundert Menschensklaven gekostet hat. Mit einer Hand zieht er seine Tunika aus, während ich die Hose so weit senke, dass ich seine Erektion befreien kann.

„So ist es richtig", lobt er mich.

Ich schlinge meine Finger um die Wurzel, führe seine Länge an meinen Mund und öffne ihn.

„Warte auf Erlaubnis", warnt Daven.

Ich halte mit geöffneten Lippen inne, das Gesicht nur Zentimeter von seinem riesigen, lilafarbenen Glied entfernt. Ein Tropfen regenbogenfarbenes Sperma quillt aus seinem Schlitz.

„Langsam", befiehlt er.

Ich strecke meine Zunge aus, lecke über seinen Schlitz und schmecke seine Essenz.

Sein Schwanz zuckt in meiner Hand und Daven knurrt lüstern.

Ermutigt fahre ich mit der Zunge um seine Schwanzspitze, folge den glatten Konturen und zeichne die dicken Adern nach.

Ich umfasse seine schweren Hoden, bevor ich seine Länge so weit wie möglich in den Mund nehme.

Daven knurrt, ballt seine Fäuste in meinen Haaren und nutzt meinen Kopf, um mich auf seinem Schwanz vor und zurück zu bewegen.

Ich liebe es, dass er die Bewegung kontrolliert, mir zeigt, was er mag, und das Ganze dirigiert.

Er rammt sich tiefer und stößt gegen meinen Rachen, woraufhin mir Tränen in die Augen schießen, doch ich strenge mich an, mich zu entspannen und ihn weiterhin zu stimulieren. Er stöhnt, als er das Tempo beschleunigt.

Meine Nippel richten sich auf und meine Pussy ist klatschnass, weil ich weiß, dass er erregt und kurz vor dem Höhepunkt ist.

„*Veck*, Sia, ich rieche deine Erregung. Gefällt es dir, deinen Meister zu befriedigen?"

Ich weiche so lange zurück, dass ich „Ja, Meister" antworten kann, und widme mich wieder meiner Aufgabe.

Er spannt seine Finger in meinen Haaren an. Seine Hoden ziehen sich zusammen, er kommt zum Orgasmus und ergießt sich in meinem Mund. Meiner Kehle.

Ich schlucke alles und lecke mir über die Lippen, während er mein Gesicht streichelt.

„Hat es dir gefallen, deinen Gefährten zu befriedigen?" Seine Stimme ist sanft.

„Ja, Meister", flüstere ich.

„Süßes Mädchen." Er hebt mich hoch und positioniert mich sachte mit dem Rücken auf dem Schlaflager. Er verlässt mich, um zu einer Schublade zu gehen, aus der er eine Pistole zieht, in die er etwas einführt.

„Wo willst du meinen Kristall tragen?"

Ich habe andere Menschen mit Piercings gesehen.

Manche haben sie in ihren Nasen, den Ohren, an den Seiten ihrer Wangen oder an ihren Augenbrauen.

„Du darfst entscheiden", informiere ich ihn.

Er klettert über mich und zeichnet mit dem Finger sachte die Konturen meines Gesichts nach, bevor er zu meiner Kehle und zwischen meine Brüste wandert. „Ich will, dass es eine Stelle ist, wo ihn jeder sehen kann. Damit sie wissen, dass du zu mir gehörst."

Er befühlt eine meiner Ohrspitzen. „Hier." Er platziert die Mündung der Pistole auf dem Fleisch meines Ohrs und betätigt den Abzug. Ich zucke wegen des kurzen Schmerzes zusammen, doch schon liegt Davens Mund auf meinem und küsst den Schock weg.

„Jetzt gehörst du mir, süßes Weibchen", raunt er. „Meine Gefährtin. Mein kleiner Mensch. Zukünftige Mutter meiner Jungen."

Tränen laufen aus meinen Augen. „Ich bin so glücklich", schniefe ich.

Daven lächelt. „Spreiz deine Beine, Schönheit. Dieses Mal will ich diese hübsche Pussy."

KAPITEL VIERZEHN

Sia

Am nächsten Tag treffe ich mich mit meinen Menschenfreundinnen in der wohlriechenden Crestabaum-Grotte. Als
frisch gebackene Gefährtin und da ich mir Davens Vertrauen
verdient habe, ist es mir erlaubt, allein auf derartige Ausflüge
zu gehen. Ich kann mein Glück kaum fassen, obwohl jedes
Mal Schuldgefühle an mir nagen, wenn ich ihn lächeln sehe.
Ich habe noch immer Geheimnisse vor ihm und das macht
mich krank.

Doch in diesem Moment freue ich mich darauf, Flora
und Katia zu sehen. Das letzte Mal, als wir uns sahen, freuten
wir uns alle über die Entdeckung, dass jede von uns meine
Techniken nutzen konnte, um den Chip daran zu hindern,
etwas aufzuzeichnen. Noch besser war, dass sich die anderen
ebenfalls an einige interessante Informationen von ihren
Chips erinnert hatten und diese an ihre Meister weitergeben
konnten. Ich bin zuversichtlich, dass alles gut läuft. Schon
bald werden wir hier vollkommen sicher und integrierte
vertrauenswürdige Mitglieder der zandianischen Gesellschaft sein.

Sobald sie mich sehen, eilen sie mit verzückten Rufen zu mir.

„Was ist das in deinem Ohr?"

„Ist das ein Paarungskristall?"

Ich berühre mein Ohr, da ich es nach wie vor liebe, den Kristall dort zu spüren. „Ja. Daven hat mich zu seiner Gefährtin gemacht." Mein Gesicht wird bei der Erinnerung warm.

Flora streckt die Hand aus, um den Kristall zu berühren, zieht die Finger jedoch zurück. „Darf ich?"

Ich nicke schüchtern. „Es tut nicht mehr weh. Es fühlt sich gut an. Mach nur."

„Er ist umwerfend! Und du strahlst. Du wirkst so glücklich. Das zeigt sich." Sie berührt sachte meinen Kristall. „Ich hätte selbst gerne irgendwann einen." Ihre Stimme klingt sehnsüchtig, aber sie lächelt.

Katia nickt. „Oh, Sia, du bist ein Vorbild für uns alle. Wir können das alle eines Tages haben." Sie deutet mit der Hand auf mich. „Eine Beziehung, einen Gefährten, einfach alles." Doch plötzlich verzieht sich ihr Lächeln zu einer Grimasse. Sie schreit, packt ihren Kopf und fällt vornüber, als bestünde sie nur aus Lumpen. Als sie auf dem Boden liegt, zuckt sie ein bisschen, bevor sie vollkommen reglos wird.

„Katia! Was ist passiert?", schreie ich und bücke mich, um ihr Gesicht zu berühren.

Flora steht panisch über ihr. „Katia!" Sie packt Katias Hand.

Doch unsere Freundin antwortet nicht – sie umklammert nur ihre Stirn und kneift die Augen zu. Leises Stöhnen und Keuchen werden ihrer Kehle entrissen und ein dünner Schweißfilm überzieht ihren Hals und ihre Wangen. Ein winziges rosafarbenes Insekt fliegt dicht an ihre Nase heran und flitzt davon.

„Sia, es ist der Chip." Floras Gesicht ist trotz des warmen

Tages blass. In ihren großen Augen lodern Wut und Angst. Es ist ein Ausdruck, den ich schon einmal bei ihr gesehen habe.

Während der Planetenrotation, die uns allen für immer ins Gedächtnis gebrannt ist.

„Was ist passiert?"

„Du weißt, was es ist. Das Gleiche wie bei Neela." Flora kniet sich neben Katia und hält ihre Hand. „Weißt du noch? Sie rief, dass sich ihr Chip aktiviert hätte, und dann brach sie zusammen."

„Ist es der Chip? Bist du dir sicher?" Ich sinke ebenfalls auf den Boden und berühre Katias Schulter. Sie ist noch am Leben – also ist es nicht genauso wie bei Neela. Das ist gut. „Ich dachte, wir hätten alle herausgefunden, wie wir den Chip aufhalten können."

Floras Gesicht ist zu einer Grimasse grimmiger Panik verzogen. „Ich weiß es nicht! Ich schätze, sie ist nicht so gut darin. Vielleicht hat sie gelogen, als sie behauptet hat, dass sie es tun kann." Sie wendet den Blick ab. „Ich wollte dir nicht die Wahrheit sagen, weil ich Angst hatte, du würdest uns verraten. Und wir wollten mehr Zeit. Ich hätte dir Bescheid geben sollen."

Ich rüttle an Katia, dann noch einmal und schließlich fester. „Wach auf. Wir sind es, dir geht es gut, Katia, bitte!"

Sie schreit: „Mein Chip! Ich glaube, er aktiviert sich!" Dann erschaudert sie, reißt sich von mir los und versucht, sich zu einem Ball zu krümmen. Pollen aus den Bäumen mischen sich in ihre Haare. Ich streiche sie beiseite und zucke zusammen, als meine Finger Katias Haut berühren.

„Mutter Erde, sie ist so heiß." Ich ziehe meine Hand von ihrem Gesicht weg. „Hast du sie mal angefasst?"

Flora scheint mich nicht zu hören. Ihr Blick huscht umher wie der eines in die Ecke getriebenen Tieres, doch es ist nichts Ungewöhnliches zu sehen. „Ist dort oben ein okrezianisches Schiff?" Sie schaut zum Himmel empor, der mit Ausnahme der hellen zandianischen Sonne leer ist. Allerdings können wir ohnehin nicht bis in die Umlaufbahn schauen. „Sind sie nach all dieser Zeit gekommen, um uns zu holen?" Ihre Stimme zittert so heftig, dass ich sie kaum verstehen kann. „Ich war mir so sicher, dass wir in Sicherheit sind!"

„Ich weiß es nicht!" Ich drehe frustriert den Kopf. Wir können bloß zandianische Bäume und die Blumen sehen, die diesen Park umgeben, und in der Ferne entdecke ich den Marktplatz. Ich kann nicht einmal Daven sehen, kann ihn jedoch mit meinem Handgelenkskommunikator kontaktieren. Er ist immer in der Nähe, wenn ich mich mit meinen Menschenfreundinnen treffe.

Flora sieht aus, als wäre sie bereit für eine Schlacht. „Wir müssen etwas tun. Wir werden nicht zulassen, dass sie sie töten."

Ich schüttle Katia heftiger. „Wach auf. Katia, bitte, erzähl uns, was los ist."

Doch sie kann nicht. Ihr ganzer Körper erstarrt, bevor er erschlafft und sie schwerer atmet. Dann geht ihre Atmung nur noch krächzend. Ihr Gesicht nimmt eine bläulich-graue Farbe an.

„Wir brauchen Hilfe." Ich stehe mit rasendem Herzen auf. „Ich muss … wir müssen jemandem erzählen, was los ist."

„Nein. Es muss noch eine andere Möglichkeit geben. Denk daran, was sie tun werden!" Flora packt mich und ihre Nägel bohren sich scharf in meinen Arm.

„Darüber sind wir längst hinaus!" Wut auf sie, auf mich, auf die ganze Situation steigt in mir auf. „Sie tun es bereits! Katia stirbt", brülle ich. „Und es ist unsere Schuld, weil wir beschlossen haben, unsere Vergangenheit geheim zu halten. Und falls sie dort oben sind", ich deute wild in den Himmel, „und nah genug herankommen, dann ja, können sie uns vielleicht alle töten. Oder sie können an die Informationen auf unseren Chips gelangen, die aufgezeichnet wurden, bevor wir herausgefunden haben, wie man es blockieren kann."

„Vielleicht sollten wir sie einfach in Ruhe lassen, damit sie von allein heilt", schlägt Flora leise vor. „Vielleicht liegt es nicht am Chip." Sie zieht an meinem Arm. „Vielleicht ist sie einfach nur krank! Unsere Köpfe tun ständig weh und summen und tun komische Dinge. Es bedeutet nicht, dass sich der Chip wirklich aktiviert! Sie hat nur Panik."

Den Bruchteil einer Sekunde ziehe ich es in Erwägung. Könnten wir behaupten, dass sie hingefallen ist und sich den Kopf angeschlagen hat? Sollen wir einfach darauf hoffen, dass sich alles ergibt? Doch als ich Katias Gesicht betrachte, weiß ich, dass sie sofort Hilfe braucht.

Ich habe die Nase voll vom Lügen. Ich weiß, was ich tun muss. Ich drücke den Knopf meines Kommunikators. „Daven!", rufe ich und höre die Panik in meiner Stimme. „Ich brauche dich. Hilf mir, bitte." Ich stehe auf und recke den Hals, um ihn zu entdecken. Erleichterung durchflutet mich, als ich ihn in meine Richtung rennen sehe.

Es dauert nur Sekunden, bis er an meiner Seite ist. Seine Augen huschen zu Katia, landen jedoch zuerst auf mir und suchen mich nach Verletzungen ab. „Sia, geht es dir gut?" Er berührt einmal mein Gesicht.

Die Sorge, die ich in seinen Augen sehe, macht mich fertig. Dies ist das allerletzte Mal, dass er mich voller Sorge anschauen wird, bevor er von meiner gewaltigen Lüge erfährt.

Ich packe seine Hand und hoffe, dass ich ihm ohne Worte mitteilen kann, dass er mir wichtig ist und mir alles leidtut, was gleich geschehen wird. „Mir geht es gut. Es geht um Katia. Sie ist zusammengebrochen. Sie braucht Hilfe."

Er sinkt zu Boden, berührt ihren Hals und sucht ihren Puls. Dann blafft er Befehle in seinen Kommunikator und dreht sich wieder zu mir um. „Ich habe den Doktor und das medizinische Personal gerufen. Wir werden ihr Hilfe besorgen. Hat sie etwas Neues gegessen? War sie krank?"

„Nein." Ich bücke mich. „Das ist es nicht. Ich …"

Es ist eine Menge los, als mehrere Krieger mit einem medizinischen Team herbeieilen.

„Es ist … es gibt etwas, was ich dir erzählen muss." Ich kann ihm nicht einmal ins Gesicht schauen. Die Schuldgefühle sind so überwältigend, dass ich mich übergeben will. „Und es wird dir nicht gefallen. Es tut mir leid."

„Sichert ihren Kopf, sie beginnt, zu krampfen."

„Schnell, legt ihr das Betäubungspflaster an und holt das Analysekit."

„Was ist passiert?" Daven, der möglicherweise etwas spürt, packt meinen Arm. Der Griff ist unpersönlicher, als ich es gerne hätte. „Sia. Rede."

„Es ist ihr Chip!", ruft Flora, die Hände in die Hüften gestützt und mit wütenden Tränen in den Augen. „Ihr Gehirnchip wurde aktiviert und sie werden uns alle töten!"

„Was?" Der eisige Ton in Davens Stimme ist so heftig, dass ich zusammenzucke. Ich schaffe es, ihn anzuschauen. Seine Augen sind wild. „Sia, von was für einem Chip spricht sie?"

Ich hole tief Luft. „Daven, wir haben Implantate in unseren Köpfen, die von den Okrezianern eingesetzt wurden. Das habe ich dir nie erzählt. Ich wollte es tun, aber ich hatte Angst, dass es mich töten würde. Die Chips haben versucht, Informationen aufzunehmen, und falls die Okrezianer in Reichweite sind, ist es möglich, dass sie die Chips aktivieren, um Daten runterzuladen und unseren genauen Standort zu bestimmen." Ich schlucke und füge hinzu: „Außerdem können sie uns aus der Ferne töten. Wir sind nicht in Sicherheit, wenn sie in Reichweite sind. Allerdings sollte die Reichweite nur 15.000 Klicks umfassen, ich schwöre es!" Meine Stimme ist flehend und schwach – wie eigenartig, dass etwas so Kleines eine gesamte Beziehung zerstören kann. Denn vor meinen Augen beginnt Daven, zu realisieren, was ich sage. Ich kann sehen, dass sich sein ganzes Verhalten ändert, bis er mich ansieht, als sei ich eine Fremde und ein Feind. „Ich denke wirklich, dass wir außerhalb der Reichweite des Chips sind … sie müssten buchstäblich auf dem Planeten stehen. Doch anscheinend hat Katia etwas darüber gesagt, dass sich ihr Chip aktiviert, und dann ist sie gefallen."

„Bringen wir sie zum Med-Center", blafft jemand, woraufhin das medizinische Team Katia auf einen Transporter lädt und mit ihr davonfliegt.

Mehrere Krieger bleiben zurück, einschließlich Daven und Meister Seke.

„All diese Zeit waren Chips in euren Gehirnen, die alles aufzeichnen?" Davens Stimme ist kalt.

„Ich weiß nicht, ob sie irgendetwas aufgezeichnet haben. Ich bin mir ziemlich sicher, dass sie programmiert wurden, eine Aufzeichnung zu beginnen, wenn sie Schlüsselworte wie *Zandia, Menschen* und andere Dinge hören."

„Und haben die Chips etwas hochgeladen?" Seine Stimme ist drängend. „Denk nach, Sia. Schnell." Er drückt meinen Arm fester.

„Au!", schreie ich.

Er lässt meinen Arm los, durchbohrt mich jedoch mit seinem Blick. „Sia, haben sie etwas hochgeladen?"

Ich schüttle den Kopf. „Ich glaube nicht. Nein, nicht wenn wir außer Reichweite sind. Da bin ich mir sicher."

„Wie kannst du dir da sicher sein?", brüllt er. „Du hättest uns das sofort erzählen sollen! Wir hätten dich sichern können. Wir hätten uns alle sichern können. Jetzt schweben wir alle in Gefahr!"

Ich weiche zurück und Tränen verschleiern mir die Sicht. „Es tut mir leid. So leid."

„Bei den Sternen, sie könnten unseren ganzen Planeten gefährden", blafft Seke. „Bringt sie in den Kerker, wo wir jegliche ein- und rausgehenden Übertragungen blockieren können. *Jetzt.*"

„Ja, Kommandant." Daven starrt mich an, sein Gesicht ist jedoch ausdruckslos. Es zeigt nichts. Keine Liebe. Keine Wut. Nichts.

Oh, bei den Sternen. Meine schlimmsten Ängste sind wahr geworden.

Ich bin für ihn gestorben.

KAPITEL FÜNFZEHN

Daven

Mein ganzer Körper wird zu Stein. *Es passiert.* Es passiert schon wieder.

Ich habe mein Vertrauen in ein Menschenweibchen gesetzt und sie hat uns alle verraten.

„Wie lange weißt du schon davon?", will ich wissen, als ich Sias Arm packe, um sie zu den Kerkern zu bringen.

Sie stolpert neben mir her. „Fast von Anfang an. Bruchstücke. Ich erinnerte mich an Bruchstücke und dann habe ich sie mit Flora zusammengesetzt. Ich habe es dir nicht erzählt, weil ich vor dem hier Angst hatte. Und ich hatte es Flora versprochen. Uns wurde mit dem Tod durch den Chip gedroht, sollten wir jemals darüber sprechen."

Der Gedanke daran, dass Sia das zustoßen könnte, was ihrer Freundin Katia widerfahren ist, bricht kurz den Granit in meiner Brust auf.

Veck, falls ihr irgendetwas zustößt …

Doch es spielt keine Rolle. Ich kann sie nicht als Gefährtin behalten. Nicht nach dem, was sie getan hat. Warum hat sie mir nicht vertraut?

Sia fährt fort, sich zu erklären. „Daven, ich hatte Angst, dass uns dein König nicht erlauben würde, hierzubleiben. Oder dass er unsere Vernichtung befehlen würde. Aber ich habe versucht, einen Weg zu finden, wie man es aufhalten kann!" Sie richtet ihre Augen flehend auf mich, doch ich weigere mich, sie anzuschauen. „Ich wollte es dir erzählen, sobald ich mehr wusste. Ich habe herausgefunden, wie ich die Aufzeichnungen stoppen kann, und es den anderen beigebracht. Ich habe gehofft, dass wir sie vollständig deaktivieren können."

„Das hast du eindeutig nicht getan!", blaffe ich. „Katia ist der beste Beweis dafür."

„Ich habe nicht …" Sie zittert, als sei ihr kalt.

„Mit deinem Schweigen hast du möglicherweise deine Freundin getötet. Mit deinen Lügen hast du den Rest der Menschen und uns", ich fege mit dem Arm durch die Luft, „Zandianer in Gefahr gebracht. *Veck*, Sia." Ich fahre mit einer Hand zwischen meine Hörner. „Du hast uns alle verraten!"

„Es tut mir leid, Daven. Ich hatte Angst. Wir hatten Angst vor dem, was ihr tun würdet, wenn ihr es wisst. Und ich habe wirklich geglaubt, dass wir kein Risiko darstellen, weil wir so weit von den Okrezianern weg sind. Ich dachte, ich könnte mir einen Plan überlegen."

Ich bleibe stehen und starre sie an. Glaubt sie wirklich, was sie da sagt?

„Du – ein Menschenweibchen ohne Ressourcen und Freiheiten – wolltest allein einen Plan durchführen, der besser sein würde als alles, was sich die zandianischen Krieger und Intellektuellen überlegen könnten? Hättest du es uns erzählt, hätten wir unsere klügsten Köpfe darauf angesetzt!" Ich laufe wieder los und schleife sie neben mir her.

Hinter uns eskortieren verschiedene Krieger Flora, Alyza und Janae.

Sia entgleisen die Gesichtszüge und ich rieche ihre

Tränen. „Es tut mir leid." Sie stolpert, wahrscheinlich weil sie wegen der Tränen nichts sehen kann.

Veck, diese Tränen schlagen eine weitere Kerbe in den Stein, der mein Herz umgibt.

„Daven, es tut mir sehr leid. Ich wusste nicht, was ich tun soll."

„Alles andere wäre akzeptabel gewesen. Sia, ich habe dir so viele Gelegenheiten gegeben, mit mir zu reden. Mir die Wahrheit zu sagen. War ich nicht gut zu dir?" Mein Kiefer fühlt sich zu eng zum Sprechen an.

„Das warst du", schluchzt sie, woraufhin meine Brust schmerzt. „Aber ich hatte solche Angst. Ich wusste nicht, was ich tun soll. Ich wollte dich nicht verlieren, Daven."

Ich bin hin und her gerissen zwischen dem Drang, sie an mich zu drücken und sie über ihren Schmerz hinweg zu trösten, und dem Wissen, dass ich ihr niemals vertrauen kann. Sie ist keine geeignete Gefährtin für mich. Wann werde ich es endlich lernen?

Ich muss mich von ihr lossagen.

Wir marschieren schweigend zu den Kerkern. Als wir die Treppe erreichen, übergebe ich sie einer Wache.

„Bring sie in eine Zelle", befehle ich. „Sie sind eine Gefahr für Zandia."

„Daven, warte", heult Sia und ihre Hände krallen sich in meine Tunika.

Ich löse ihre Finger. „Ich kann dich nicht behalten", informiere ich sie und strenge mich an, mit ruhiger Stimme zu sprechen und mein Herz zu stählen. „Ich kann kein Weibchen behalten, das ein Risiko für Zandia darstellt. Ein Weibchen, dem ich nicht vertrauen kann. Ich kenne dich nicht einmal." Ich sage es noch einmal, allerdings leiser. „Ich kenne dich nicht."

Ich wende mich ab und schiebe sie zu der Wache. „Nimm sie jetzt."

Jeder Schritt, mit dem ich mich von ihr entferne, wird schwerer. Es wird immer schwieriger, mich vorwärts zu schleppen. Als ich die Palasttreppe erreiche, fühle ich mich schwerer als ein Schlachtschiff. Älter als die zandianische Sonne.

Ich schlage so fest gegen die Metallmauer, dass ich eine Delle hinterlasse. Sie funkelt in der Sonne, was mich noch wütender macht. Meine Hand tut kaum weh und das macht mich ebenfalls wütend. Ich will Schmerzen empfinden.

Die Krieger in der Nähe drehen sich um und starren mich an. Es ist ungewöhnlich, dass ein Zandianer derart gewaltige Emotionen erlebt. Zumindest war es das, bis Menschen auf unseren Planeten kamen und uns alle veränderten.

Anscheinend habe ich mich jetzt auch verändert.

Doch was bin ich geworden abgesehen von gebrochen?

Zweimal verraten?

Ich schlage erneut gegen die Wand.

Ich habe Sia gut behandelt. Ich habe sie geehrt und umsorgt. Ich war gut zu ihr. Warum hat sie weiterhin gelogen? Ich starre zu Boden, wo der Wind den Staub aufwirbelt. Ich dachte, wir würden Fortschritte machen. Ich dachte, sie würde anfangen, ehrlich zu mir zu sein. Warum hat sie mir nicht einfach von der Gefahr erzählt, in der sie schwebte?

Ich beantworte mir meine Frage selbst. Weil Menschen heuchlerische Wesen sind. Allesamt. Und ich war nicht klug genug, zu bemerken, dass sie etwas so Wichtiges geheim gehalten hat. Ich habe versagt. Schon wieder.

Erinnerungen an das letzte Mal, als ich einem Menschen vertraute, fluten mein Gehirn. *Veck*, habe ich gar nichts aus meinem ersten Fehler gelernt?

Jetzt ist Zandia in Gefahr und ...

Und ich habe keine Gefährtin mehr.

Sie ist nicht mehr meine Gefährtin.

Veck. Ich weiß nicht, wie ich ohne sie überleben soll.

KAPITEL SECHZEHN

Sia

Ich kann kein Weibchen behalten, das ein Risiko für Zandia darstellt.

Davens Worte hallen mir während der restlichen Planetenrotation in den Ohren.

Er behält mich nicht. Ich bin nicht mehr seine Gefährtin.

Nichts – keine Konsequenz – könnte schlimmer als das hier sein.

Nicht einmal der Tod durch den Chip.

Ich habe nur versucht, uns am Leben zu halten, aber was, wenn Daven recht hat? Katia könnte sterben, weil ich nichts gesagt habe. Warum war mir das Versprechen, das ich Flora gegeben hatte, wichtiger als meine Verpflichtung Daven gegenüber?

Bisher hat mir niemand verraten, ob Katia noch atmet.

Der Raum, in dem ich eingesperrt bin, ist kleiner als der, in dem ich bei meiner Ankunft wohnte. Außerdem ist er kalt wahrscheinlich wegen der Schutzmaterialien und weil er sich unter der Erde befindet. Er ist nicht schrecklich, aber auch nicht hübsch. Ich habe zwar ein Schlaflager mit einer

Decke und es gibt ein kleines angeschlossenes Bad, doch ich bin allein und verängstigt.

Das Essen wurde mir gestern Abend und heute Morgen durch ein Loch in der Tür geliefert, ich habe jedoch kein Wesen gesehen.

Ich hämmere an die Wand in der Hoffnung, dass ich mich vielleicht mit Flora, Alyza oder Janae in Verbindung setzen kann, allerdings erzeugt meine Faust auf dem dicken Beton keinerlei Geräusche, weshalb ich sofort aufgebe, auf den Kissen zusammenbreche und in geräuschvolle Tränen ausbreche.

Wie konnte alles nur so schnell derart schief gehen?

Nun, meine Lügen haben nicht geholfen, das steht fest.

Ich zerbreche mir das Gehirn in dem Versuch, mir zu überlegen, wie ich die Sache mit Daven in Ordnung bringen kann, mir fällt allerdings nichts ein.

Zuerst muss ich das Problem mit Zandia in Ordnung bringen. Ich muss beweisen, dass wir keine Bedrohung sind. Dass wir vertrauenswürdig sind. Dass wir Zandia nicht verraten haben und es auch nie tun werden.

Die einzige Möglichkeit, das zu tun – abgesehen davon, unser Leben zu opfern, damit sie die Chips und mit ihnen unsere Gehirne zerstören können – besteht darin, nach Larew zu gehen und all unsere Chips zu deaktivieren.

Mit aller Kraft konzentriere ich mich auf den Chip und die Erinnerungen, die darin gespeichert sind. Bei den Sternen, es gibt so viele Dinge, die ich aufgezeichnet habe, während sie mich trainiert und getestet haben. Dinge, die sie einen Sklaven wie mich nicht in einer Millionen Sonnenzyklen hören lassen würden – allerdings hielten sie uns für dumm und austauschbar. Vermutlich dachten sie, wir würden innerhalb kurzer Zeit sterben. Vielleicht haben sie auch einfach nur schlampig gearbeitet.

Als ich angestrengt nach etwas suche, was mit Larew zu

tun hat, entriegelt sich ein ganzer Haufen neuer Erinnerungen.

„Bei den Sternen!", keuche ich. „Ich erinnere mich an alles!" Passwörter für Laborgebäude, der gesamte Grundriss des Gebäudes, die Wachwechsel. Ich habe alles gehört – und offenkundig aufgezeichnet – während sie an mir gearbeitet haben.

„Ich kann es tun!", rufe ich aufgeregt. „Ich kann alles verschwinden lassen! Ich weiß, wie ich uns alle von dem Kontrollpult trennen kann!"

Dann sinkt mein Herz. Selbst wenn sich Daven – oder irgendein Wesen hier – die Mühe macht, sich meine neuen Erinnerungen anzuhören, werden sie mir jetzt nicht mehr vertrauen. Es wäre gefährlich und tollkühn, nach Larew zu reisen, nur um uns alle zu deaktivieren. Jetzt, da mich Daven hasst, wird er sich wahrscheinlich dafür aussprechen, mich verbannen zu lassen. Bestimmt wird kein Wesen hier das Risiko eingehen, deswegen zu einem feindlichen Planeten zu reisen!

„Daven!", schreie ich, obwohl ich weiß, dass er nicht in der Nähe ist und mich niemand durch die dicken Kerkermauern hören kann. „Bitte, es tut mir leid. Ich kann es in Ordnung bringen!"

Ich höre das Piepen eines Schlosses, das aktiviert wird, und die Tür schwingt auf. Ich springe vom Schlaflager und hoffe – törichterweise – dass es Daven sein wird. Habe ich ihn irgendwie mit meinen inbrünstigen Bitten heraufbeschworen?

Es ist nicht Daven.

Ich brauche einen Augenblick, um zu erkennen, dass das Wesen, das dort steht, die Antwort auf all meine Gebete ist.

Besser als Daven. Nein, das stimmt nicht. Nichts wäre besser als Daven, sie könnte jedoch meine Antwort darauf sein, Davens Vertrauen in mich wiederherzustellen.

Es ist Mirelle. Die einzige menschliche Pilotin, die ich kenne.

Ich renne zu ihr und umarme sie, als wären wir alte Freundinnen. Ich rechne halb damit, dass sie mich von sich stößt, doch sie tut es nicht. Sie akzeptiert die Umarmung einige Momente lang, bevor sie sich behutsam von mir löst.

„Mirelle! Ich brauche dich", keuche ich.

„Ich dachte, das könnte der Fall sein", erwidert sie. Als sie meine überraschte Miene entdeckt, erklärt sie: „Du hast etwas erwähnt, als wir uns kennengelernt haben."

„Ja! Ja, das habe ich. Ich brauche deine Hilfe. Meine Freundinnen und ich wurden chirurgisch verändert. In unsere Gehirne sind Chips eingebettet. Wir können sie nur deaktivieren, indem wir in das Kontrollzentrum auf Larew eindringen. In das Labor, in dem ich gearbeitet habe. Ich war die Labortechnikerin. Ich habe den Wissenschaftlern geholfen, die an dieser Technologie gearbeitet haben. Ich weiß, wie man die Chips deaktivieren kann."

Mirelles Augen werden schmal. „Wenn du wusstest, wie du die Chips deaktivieren kannst, warum hast du es nicht schon längst getan?"

„Sie hätten uns alle getötet! Ich war nie allein oder unbeaufsichtigt. Und ich hatte kein Selbstvertrauen. Wie hätte ich so etwas tun können?" Ich schüttle den Kopf. „Zu dieser Zeit war ich nicht bereit, so etwas zu tun."

„Also was bringt dich auf den Gedanken, dass du es jetzt tun kannst?" Mirelle verschränkt die Arme und mustert mich mit berechnendem Blick.

Mein Magen verknotet sich und zwischen meinen Brüsten bricht kalter Schweiß aus. „Ich weiß es nicht. Aber ich muss es versuchen", krächze ich. „Es gibt keine andere Option. Ich muss versuchen, meine Freundinnen zu retten und sicherzustellen, dass Zandia in Sicherheit ist."

„Wie willst du das schaffen?" Mirelle sieht mir in die

Augen. „Du bist keine Kriegerin oder Technologieexpertin. Wie wirst du das ganze System deaktivieren?"

„Ich muss nur in das Hauptlabor und zu dem Bedienpult gelangen. Ich weiß genau, welche Knöpfe ich auf der Fernsteuerung drücken muss und in welcher Reihenfolge. Ich kann das komplette Programm löschen. Ich meine, ich weiß, dass sie es wieder aufbauen können. Aber wenigstens werden die Menschen, die ihr gerettet habt, nicht mehr beschmutzt oder gefährlich für euch sein. Wir werden auch keine Gefahr mehr für uns selbst darstellen."

Mirelle sieht mich einfach nur an.

„Ich weiß, dass ich es tun kann." Meine Stimme wird kräftiger. „Ich kann es beweisen. Ich werde es dir zeigen." Mit zitternden Fingern deute ich auf ihr Holo-Tablet. „Ich kann den Umriss des Planeten und die Gebäude zeichnen. Mein Gehirn hat es aufgenommen."

Mein Kopf surrt, als ich mich zwinge, mich an weitere Einzelheiten zu erinnern. Während meiner Ausbildung habe ich gelernt, Dinge zu lesen, die der Chip aufgezeichnet hat, und jetzt fällt mir eine neue Erinnerung ein.

„Mirelle! Ich kenne den Code, mit dem man die Bewegungssensoren vor dem Labor ausschalten kann! Und ich kann mich sogar an die Passwörter erinnern, mit denen Raumschiffe den Planeten betreten können."

„Ich kann uns tarnen. Dieses Passwort werde ich nicht brauchen. Sie werden allerdings mit jedem Schiff Kontakt aufnehmen und so erfahren, dass ich nicht willkommen bin." Ihre Stimme klingt jedoch nachdenklich und zum ersten Mal glaube ich, dass sie in Erwägung zieht, mir meine Bitte zu erfüllen. „Die Codes, mit denen man ihre Sensoren ausschalten kann, sind sehr wichtig. Ansonsten könntest du niemals unbemerkt in das Gebäude eindringen."

Ich nicke hoffnungsvoll. „Ich kann es tun."

Sie reicht mir das Tablet. „Zeig mir, woran du dich erinnerst."

Ich nicke, hole tief Luft und beginne, die Dinge zu notieren, an die ich mich erinnere: die Planetenausrichtung, Eintrittsprotokolle, der gesamte Grundriss des Laborgebäudes und die geheimen Codes, die man zum Betreten jedes einzelnen Labors braucht.

„Meine Erinnerungen werden stärker, je öfter ich das hier tue", murmle ich und fahre fort, alles zu notieren.

Als ich fertig bin, reiche ich ihr das Tablet. „Was meinst du? Kannst du uns sicher dorthin bringen?"

Mirelle starrt das Tablet und anschließend mich lange an. Schließlich nickt sie. „In Ordnung, Sia. Ich bringe dich nach Larew."

* * *

DAVEN

Nach einer schlaflosen Nacht finde ich mich vor Axe' Tür wieder, an die ich klopfe.

Als er nicht antwortet, hämmere ich so hart dagegen, dass die Metalloberfläche Risse bekommt. Der Schmerz befriedigt mich.

Ich ziehe meine Faust zurück, um erneut auf die Tür einzuschlagen, als ein Wesen von hinten meinen Arm packt.

Ich drehe mich mit einem Knurren um und entdecke Axe, der mich finster ansieht.

Er wirkt noch aufgewühlter als ich. „Wir müssen sie retten", knurrt er.

Ich halte inne und blinzle.

Ich habe mit einem Tadel von ihm gerechnet. Er hat mich immer wieder gewarnt, diesen Weibchen nicht zu vertrauen, und trotzdem habe ich Sia zu meiner Gefährtin gemacht.

Ich habe nicht auf ihn gehört.

Dann beschleunigt sich mein Herzschlag zu einem Galopp. „Vor was retten?"

„Vor dem Tod. Dr. Daneth wird möglicherweise eine Operation vornehmen, die sie umbringen oder hirntot machen könnte. Das dürfen wir nicht zulassen."

Ich renne los, bevor mein Gehirn darüber nachgedacht hat. Axe packt meinen Arm und dreht mich in die entgegengesetzte Richtung. „Sie sind in der Kommandozentrale und besprechen es mit dem König." Ich akzeptiere die neue Richtung und wir rennen beide zu dem Gebäude, das in der Ferne aufragt und das Sia vor so vielen Planetenrotationen bewundert hat. „Sie warten auf uns. Du hast es nicht mitgekriegt, weil du deinen Handgelenkskommunikator nicht trägst."

Er hat recht. Ich habe mein Domizil ohne ihn verlassen. Es ist ein Wunder, dass ich es geschafft habe, Kleider und Stiefel anzuziehen.

Axe und ich ignorieren die Wachen, als wir in den Versammlungsraum marschieren. Dort ist es kühl – die dicken Mauern verströmen Kälte, obwohl die Morgensonne warm ist.

Oder vielleicht liegt es an der Kälte, die über meine Haut kribbelt. An der Angst um Sia.

König Zander reagiert nicht, als wir uns beide vor ihm verbeugen, bevor wir Platz nehmen.

Seke räuspert sich und die Gruppe verstummt. „Jetzt, da Axe und Daven gekommen sind, können wir beginnen. Die Weibchen sind momentan isoliert und in den Kerkern, wo sie von Bleibarrieren und digitalen Chiffriergeräten abgeschirmt werden für den Fall, dass die Chips Informationen übermitteln. Dr. Daneth kann uns erklären, was er gefunden hat."

Dr. Daneths Gesicht ist wie üblich ausdruckslos. „Ich habe keine Signale von Katias Kopf aufgefangen, weder eingehende noch ausgehende."

„Kann der Chip entfernt werden?", fragt König Zander.

„Er ist komplett mit der Gehirnmasse verwachsen. Ihn zu entfernen, würde bedeuten, die Patientin zu töten." Dr. Daneth spricht vollkommen emotionslos und ich will ihm den Hals umdrehen.

Denn Axe hat recht. Sie besprechen den Tod unserer Weibchen, damit sie die Chips entfernen können.

„Mein Lord", meldet sich Lon, ein zandianischer Ingenieur, zu Wort. „Auf mich macht es den Anschein, als sollten wir sofort an allen geretteten Weibchen operieren, ihre Gehirne untersuchen und diese Chips entfernen, um herauszufinden, womit wir es zu tun haben." Er schaut zu den Älteren im Raum und sucht bei ihnen nach Zustimmung. „Ich muss diese Technologie untersuchen, damit ich in Erfahrung bringen kann, was auf dem Chip ist und wie er funktioniert. Falls die Okrezianer Chips in Menschen einsetzen, sind wir es uns und unseren Jungen schuldig, mehr darüber zu erfahren, sodass wir die Technologie verstehen und uns schützen können. Nicht nur jetzt, sondern für alle Zeiten."

Einige nicken nichtssagend, doch kein Zandianer sagt ein Wort. Mein Herz hämmert gegen meine Brust und meine Hörner versteifen sich vor Wut.

Lon fährt fort: „Wenn wir eines oder alle Weibchen opfern müssen, um an diese Informationen zu gelangen", er zuckt mit den Achseln, „ist das meiner Meinung nach den Verlust wert."

„Nein!", brülle ich und springe auf, bevor ich mir bewusst bin, dass ich stehe. „Wir opfern die Weibchen nicht."

„Sie sind womöglich eingeweiht", widerspricht Lon.

„Das sind sie nicht", knurre ich und bin mir plötzlich sicher.

Ich bin mir sicher, dass Sia nicht eingeweiht ist. Sie

arbeitet nicht mit ihren ehemaligen Meistern zusammen, um uns zu verraten oder reinzulegen. Sie hat nur ihr Leben und das ihrer Freundinnen geschützt. Sie hatte vor genau diesem Ergebnis Angst – dass unser König ihren Tod im Namen der Sicherheit und Forschung anordnen würde.

Mitgefühl für ihre missliche Lage trifft mich wie eine Faust in den Magen. Mein süßer Mensch wird womöglich wie ein Labortier auseinandergenommen werden. Ich kann das nicht zulassen.

„Sie waren Sklaven", knurrt Axe. „Sie haben den Mund gehalten, um ihre Haut zu retten. Ich hege keinerlei Zweifel daran, dass ihre Loyalität Zandia gelten würde, wenn sie eine Wahl in dieser Angelegenheit hätten – was sie nicht hatten und nicht haben."

„Daran hege ich ebenfalls keine Zweifel", bekräftige ich.

„Es könnte die einzige Möglichkeit sein." Lon erhebt sich jetzt ebenfalls und baut sich vor mir auf. Da er nur wenige Zentimeter von mir entfernt ist, kann ich die Hitze seines Atems spüren und die Wut in seinem Blick sehen. „Wäre es Ihnen lieber, wenn der ganze Planet gefährdet ist? Wir müssen tun, was notwendig ist."

„Unnötig zu töten, ist nicht unsere Art!" Ich bin bereit, die Hand gegen ihn zu erheben.

„Ruhe." Der König hebt kaum die Stimme, doch bei dem Befehl erstarren wir alle. „Nehmen Sie Platz. Wir werden das hier vernünftig besprechen."

Lon und ich starren uns noch eine Sekunde lang an, bevor er endlich Platz nimmt. Axe und ich setzen uns ebenfalls.

„Dr. Daneth, bitte fahren Sie mit Ihren Untersuchungen und Ihrem Versuch fort, das Leben des Menschen zu erhalten", sagt König Zander. „Falls sie stirbt, machen Sie eine Autopsie und entnehmen Sie den Chip." Er wendet sich an Lon. „Lon, Sie müssen herausfinden, ob irgendwelche

Informationen von ihren Chips den Planeten verlassen haben."

„Ich glaube nicht", bemerkt Tral, ein anderer Ingenieur. „Ich sorge für die Kommunikationssicherheit der Heimbasis und habe keine Hinweise auf illegale Übertragungen gesehen. Kein einziges Mal, nicht einmal als der Mensch Katia seinen Anfall hatte." Er berührt seinen Kommunikator. „Wir halten routinemäßig nach Übertragungen Ausschau, die wir abfangen können, und ich habe nichts aufgefangen, was *von* unserem Planeten kam. Natürlich gab es die übliche Fülle an beliebiger Kommunikation, die von Frachtschiffen und Zivilisten ausgesandt wurde, allerdings hat nichts den Planeten verlassen. Die Menschen haben berichtet, sie hätten gespürt, dass die Aufzeichnungen von bestimmten Worten ausgelöst wurden ..."

„Vielleicht haben sie eine neue Technologie, die unsere Systeme nicht erfassen können." Lon ist wieder auf den Beinen und gestikuliert wild. „Vielleicht sollten wir in Erwägung ziehen, die gefährlichen Menschen zu eliminieren." Er sieht sich um. „Ich spreche nur aus, was andere Zandianer denken."

Ich werde ihm die Arme ausreißen. Ich stehe auf und blecke die Zähne. Axe springt an meine Seite und zieht sein Schwert.

Bevor ich zu ihm gelangen kann, unterbricht uns König Zander. „Das reicht, Lon. Verlassen Sie den Raum."

Lon wirft uns einen finsteren Blick zu, als er geht.

Axe und ich erwidern ihn.

König Zanders Kommunikator piept und ein Holo springt empor, das den Kopf und die Schultern des Kerkerkommandanten zeigt. „Majestät, einer der Menschen ist nicht mehr in seiner Zelle", verkündet der Kommandant.

„Welcher?", blafft König Zander.

„Sia. Davens Weibchen."

Mein Weibchen. Ja, Sia *ist* mein Weibchen. Meine Gefährtin. Wie konnte ich mich nur von ihr lossagen? Sie hat bloß getan, was sie tun musste, um am Leben zu bleiben.

Ich springe zum dritten Mal auf.

„Wie ist sie entkommen?" Die Stimme des Königs klingt angespannt. Der Blick, den er mir zuwirft, ist anklagend.

Mein Herz hämmert schmerzhaft gegen meine Brust und meine Hände ballen sich an meinen Seiten zu Fäusten.

„Anscheinend hat sie ein anderer Mensch befreit. Mirelle, die Pilotin."

Meister Seke schaut von einer Nachricht auf, die auf seinem Handgelenkskommunikator eingegangen ist. „Ich habe soeben die Nachricht erhalten, dass die beiden den Planeten verlassen haben."

KAPITEL SIEBZEHN

Sia

„Wappne dich für die Hypergeschwindigkeit." Mirelles Stimme ist ruhig, als sie das Steuerpult des Raumschiffes bedient.

Ich sitze mit vor Angst feuchten Händen neben ihr und nicke. „Ja. In Ordnung." Das Raumschiff ist wendig, hochmodern und ich kenne mich nicht damit aus.

Ein eigenartiges Pulsieren erfasst das Raumschiff, als würde mein ganzer Körper zurückfallen und wieder aufholen, wobei mein Herz wie wild in meiner Brust hämmert.

„Das erste Mal, wenn man es im Wachzustand erlebt, schockiert es Menschen sehr." Mirelle sieht mich nicht an, während ihre Finger über das Steuerpult tanzen. Ihre Augen sind auf die Holo-Displays vor uns gerichtet.

„Wir werden in Kürze im Luftraum von Larew sein. Bist du bereit?"

Sie dreht sich zu mir um. Ihr Gesicht ist ernst. „Ich kann das Raumschiff im Tarnmodus landen, sodass sie uns nicht sehen, Sia. Aber wenn du in das Labor reingehst, kommst du vielleicht nicht mehr lebend raus."

Ich berühre die kleine Laserwaffe an meiner Taille. Auf dem Weg zum Raumschiff haben wir darüber gesprochen; es war meine Idee. Mirelle konnte sehen, dass ich es ernst meinte, und ich glaube, das war einer der Gründe, aus denen sie einwilligte, mir zu helfen.

„Falls ich die Chips deaktivieren kann, werde ich das tun. Falls sie dabei sind, mich zu fangen, werde ich tun, was nötig ist. Ich werde dich benachrichtigen, damit du dich retten kannst." Ich schlucke schwer, meine Stimme klingt jedoch ruhig. „Ich habe keine Angst."

Ich weiß, wie die Waffe funktioniert. Sie kann ein Wesen verglühen lassen, vor allem aus der Nähe. Ich will nicht darüber nachdenken, bin allerdings gewillt, mich für die anderen Menschen – und für Zandia – zu opfern.

Mirelle streckt ihre Hand aus. „Ich glaube an dich, Sia. Du kannst das." Ihre ruhige Stimme beruhigt mich.

„Ich werde mein Bestes geben." Meine Stimme klingt jetzt kräftig. Mein Selbstvertrauen ist zurück. „Ich muss es tun. Das bin ich euch allen schuldig. Daven. Jedem Wesen auf Zandia."

„Du bist klüger und stärker, als du denkst." Mirelle wendet sich wieder dem Steuerpult zu. „Wir landen jetzt. Wappne dich bitte noch einmal."

Ich drücke mich in den Sitz, denke jedoch an nichts anderes als das Labor. Nicht einmal, als das Raumschiff mit einem sanften Rumms auf dem Boden aufsetzt, verliere ich meine Konzentration.

„Ich weiß genau, wie ich reinkomme und wie ich die Codes eingeben muss", erzähle ich Mirelle. „Um diese Zeit befinden sich keine Wesen im Labor und die Wachen kommen erst bei Sonnenaufgang zurück. Möglicherweise werde ich erfolgreich sein."

„Sie werden stinksauer auf mich sein, weil ich dich hierhergebracht habe." Mirelles Stimme ist leise. „Aber mein

Bauchgefühl sagt mir, dass das hier richtig ist, Sia. Ich habe all meine großen Entscheidungen mit meinem Bauch getroffen. So überlebe ich. Ich denke, meine Krieger werden es verstehen. Zumindest hoffe ich, dass sie das tun werden." Sie nimmt meine Hand. „Pass auf dich auf."

Ich nicke. „Du auch. Flieg sofort weg, falls ich gefangen genommen werde."

Mirelle nickt und scannt die Gegend mit ihrer Videotechnologie. Wir landen hinter dem kleinen Wäldchen vor dem Labor. Larew ist größtenteils unbelebt. Die Okrezianer nutzen den Planten lediglich für ihre Experimente und er ist mit Ausnahme der Kolonie aus Aufsehern und Arbeitern nicht bewohnt.

„Das hier ist die beste Stelle", informiere ich sie. „Es ist einfach, von hier ins Labor zu gelangen, und sie befindet sich nicht in der Nähe der Lavagrube."

Mirelle rümpft die Nase. „Warum haben sie überhaupt Lava auf diesem Planeten?"

„Es ist keine richtige Lava. Es ist ein offenes Loch im Boden voller brennendem Zeug. Sie nutzen es als Müllverbrennungsanlage. Und um den Sklaven Angst zu machen. Wenn wir nicht gehorchen, drohen sie uns damit, uns dort reinzuwerfen. Das haben sie auch tatsächlich getan."

Ich versuche, die schrecklichen Erinnerungen abzuschütteln. „Aber die Grube ist hinter dem Gebäude auf der anderen Seite und die Lava ist in der Betongrube eingeschlossen."

Mirelle überprüft erneut ihre Scanner. „Du hattest recht. Es ist ruhig und es sind keine Wesen in der Nähe. Ich habe gerade den Code benutzt, den du mir gegeben hast, um ihre Bewegungssensoren aus der Ferne zu deaktivieren. Aber mach schnell." Mirelle drückt meinen Arm.

Sie entriegelt die Tür des Raumschiffs, lässt mich runter und ich betrete den grasigen Boden.

Sofort laufe ich los. Als ich mich umdrehe, kann ich das Raumschiff nicht sehen. Die Tarntechnologie ist makellos! Ich versuche, mir keine Sorgen darüber zu machen, ob ich sie wieder finden werde, denn im Moment muss ich mich einzig und allein darauf konzentrieren, in dieses Labor einzudringen und die Chips zu deaktivieren.

Es ist so komisch, wieder hier zu sein, und weitere Erinnerungen prasseln auf mich ein. Die Schlafräume, die Essenshalle (das Essen hier ist im Vergleich mit dem der Zandianer widerlich), die Bestrafungen. Das Labor. Die Operation. Und am wichtigsten, das Kontrollpult.

Ich bin ein anderes Wesen wie damals, als ich hier lebte. Die kurze Zeit auf Zandia – meine Zeit mit Daven – hat mich verändert.

Ich weiß jetzt, dass so viel mehr möglich ist. Ich habe etwas gesehen, für das es sich zu leben lohnt. Etwas, für das es sich zu kämpfen lohnt. Ich habe Menschen in wichtigen Rollen gesehen – wie Mirelle. Ich habe Menschen gesehen, die glücklich sind, Gefährten und eine Familie haben. Die Kraft dieser Menschen ist in meine Adern gesickert.

Das Gras ist weich und vom Tau ein wenig feucht unter meinen Füßen – das ist eine neue Erfahrung. Ich durfte nie nachts draußen herumlaufen. Abgesehen davon sieht alles wie zuvor aus und fühlt sich genauso an. Als ich mich dem Laborgebäude mit leicht feuchten Schuhen nähere, rast mein Herz. Jede Faser meines Wesens will zurück in die Sicherheit von Mirelles Raumschiff rennen und so weit wie möglich weg von hier.

Doch ich muss das hier tun.

Ich schaue mich um und rieche den vertrauten Gestank des ätzenden Reinigungsmittels, das sie im und außerhalb des Gebäudes benutzen. Sogar der Geruch des brennenden Mülls in der entlegenen Lavagrube wird mit der Brise zu mir getragen. Dieser Geruch hat uns immer fürchterliche

Angst eingejagt – doch ich schiebe diesen Gedanken beiseite.

Es sind weit und breit keine Wesen zu sehen. Ich hebe eine Hand, zögere und tippe den Code ein, um das Labor zu betreten. „77477564", flüstere ich. „Der persönliche Code meines alten Meisters."

Es gibt eine kurze Pause, in der nichts geschieht, und mein Magen verkrampft sich, als ich mich frage, ob die Codes geändert wurden. *Natürlich wurden sie geändert; wie konnte ich nur so dumm sein?* Dann gleitet die Tür lautlos auf und ich trete hindurch.

Ich habe es geschafft. Ich bin im Labor.

Zuerst beuge ich mich vornüber und übergebe mich beinahe. Meine Knie werden so schwach, dass ich kaum stehen kann. Der Geruch von Desinfektionsmittel flutet meine Nase und Erinnerungen an meine Operationen, den Schmerz und die Angst überwältigen mich.

Ich stolpere und falle gegen eine Wand in der Nähe. Bei den Sternen, ich kann das nicht.

Ich fühle mich wieder klein und unbedeutend. Ich habe Angst um mein Leben.

Dann denke ich an Daven. Ich berühre den Kristall, den er in meinem Ohr eingebettet hat.

Ich bin nicht hilflos. Ich bin hier keine Sklavin mehr.

Ich habe die Chance, zu leben.

Und ich muss sicherstellen, dass ich sie erhalte. Ich muss sicherstellen, dass Katia, Flora, Alyza und Janae ihre Chance erhalten.

Ich zwinge mich, aufzustehen, und schüttle meine Arme sowie Beine aus, um die Nervosität in den Griff zu kriegen. „Jetzt gibt es kein Zurück mehr", forme ich lautlos mit den Lippen. Trotz meiner Panik weiß ich es besser, als laut zu sprechen – die Bewegungssensoren sind zwar ausgeschaltet, aber ich darf keinen Laut machen. Wer weiß, ob ein Wesen zuhört? „Ich kann das."

Die Hauptlichter sind ausgeschaltet, die Nachtlichter brennen allerdings und ich kenne den Weg. Ich wurde jede Planetenrotation auf diesem Weg zu meiner Arbeit gebracht.

Meine Füße schlittern beim Laufen leicht über den Boden und ich bemühe mich, ruhiger zu laufen. Das Tau auf dem Gras hat meine Schuhe rutschiger gemacht, als mir bewusst war.

Ich schaffe es durch den ersten Gang und gebe den Code ein. Die Tür gleitet auf, als würde sie mich hereinwinken.

Und da ist es, am Ende des Raumes – das Kontrollpult. Mein Ziel ist in Sicht!

Kann es so einfach sein?

Ich eile zu dem Pult.

Die Knöpfe leuchten hellgrün und das Start-Holo blitzt blau auf. Mein Meister hat den Code mehrere Male eingegeben und ich erinnere mich daran.

„Gib den Notfallcode ein", sage ich mir selbst und bemühe mich, das Zittern in meinen Fingern unter Kontrolle zu bringen. „Ein falscher Versuch löst bereits den Alarm aus."

Ich hole tief Luft und gebe den Code ein, den ich eigentlich nicht kennen sollte. Den Code, den kein Sklave kennen sollte. Den Code, von dem ich nur weiß, weil uns die Technologie, die sie in unseren Köpfen installiert haben, erlaubte, Dinge aufzuzeichnen, während sie an uns arbeiteten.

Es piept leise und der Bildschirm leuchtet auf. „Notfallprotokoll aktiviert. Sind Sie sicher, dass Sie fortfahren möchten? Fortführung bedeutet die Deaktivierung des gesamten Projekt Alpha Protokolls."

Ich drücke auf: „Ja. Fortfahren."

Die nächste Option ist: „Individuelle Deaktivierung oder Gesamtes Projekt?"

Ich wähle „Gesamtes Projekt".

Die Optionen werden vor mir auf dem Holo aufgelistet: *Deaktiviere Alle Alpha Sklaven* oder *Vernichte Alle Alpha Sklaven.*

Ich drücke sofort auf *Alle Deaktivieren.*

Es ertönt ein Piepen und ein Summen. Die Lichter im Raum gehen plötzlich an und ein Alarm ertönt.

Bei den Sternen! Was passiert hier?

Noch ein Befehl erscheint auf dem Bildschirm.

„Verifiziere *Alle Deaktivieren* auf Fernbedienung."

Bei den Sternen. Fernbedienung? Das ist definitiv neu. So etwas hatten sie zuvor nicht!

Panisch schaue ich mich im Raum um. Wo und was ist die Fernbedienung, die ich brauche? Alles sollte auf diesem Pult sein! Sie haben den Vorgang geändert.

Ich werde keinen Erfolg haben.

Das Geräusch von Rufen und Schritten erklingt und plötzlich platzen zwei Wachen in den Raum.

„Halt!"

Sie heben ihre Waffen und richten sie auf mich.

Unfähig, mich zu bewegen, stehe ich da und starre sie an.

„Es ist eine Sklavin!"

„Wie ist sie hier reingekommen?"

„Ergreift sie. Bringt sie zum Kommandanten."

Kräftige Arme packen mich, verdrehen meine Handgelenke und ich schreie vor Schmerz auf.

Doch bevor sie mich bewegen können, durchschneidet eine vertraute Stimme den Raum.

„Welche ist es? Ist es eine der vermissten Alphas?"

Es ist mein alter Meister.

„Lasst sie los", befiehlt er den Wachen. „Zeigt mir ihr Gesicht. Ich brauche Gewissheit."

Er packt mein Kinn mit seiner warzigen Hand. „Du siehst

anders aus." Er starrt mich an. „Aber du bist es. Sia. Wo warst du? Wer hat dich mitgenommen? Wir dachten, ihr wärt alle tot."

Ich antworte nicht.

Er steht vor mir. „Du bist zurück und hast es irgendwie geschafft, dich in das Kontrollpult einzuloggen?" Er ist wütend und überrascht. „Das nützt allerdings nichts, wie du sehen kannst. Denn du musst die Befehle auch auf dem hier verifizieren." Er klopft auf ein Gerät an seiner Taille. „Weißt du, nachdem wir deine Gruppe verloren hatten, beschloss ich, alles besser zu sichern."

Er tritt näher. „Das hier ist allerdings keine Schande. Tatsächlich ist es ein Bonus. Du warst bestimmt an einem ziemlich interessanten Ort. Vielleicht bei einigen Zandianern? Ich kann es nicht erwarten, dir diesen Chip zu entnehmen und herauszufinden, was du gehört und gesehen hast." Seine Stimme wird vor Freude lauter. „Wir werden das sofort tun. Bringt sie zur Med-Bucht."

Es ist vorbei. Wenn sie den Chip in die Finger kriegen, bin ich nicht nur tot, sondern habe den gesamten Planeten Zandia und alle, die mir wichtig sind, in Gefahr gebracht. Das kann ich nicht zulassen. Ich weiß nicht, was mein Chip aufgenommen hat, bevor ich herausgefunden habe, wie ich ihn stoppen kann. Jedes einzelne Bild oder Informationsbröckchen könnte reichen, um die Okrezianer so wütend zu machen, dass sie Zandia angreifen.

Ich muss etwas tun. Ich muss das hier in Ordnung und zu Ende bringen.

Bevor sie mich packen können, bewege ich mich. Ich ziehe die Pistole unter meiner Tunika hervor, richte sie auf die erste Wache und drücke ab.

Er fällt hart zu Boden, der Kopf federt ab und Blut spritzt. Daraufhin ziele ich auf die zweite Wache, bevor ich nachdenken kann. Ihn erwische ich ebenfalls, mein Schock ist jedoch so groß, dass ich meine Pistole fallen lasse. Bei den Sternen!

Mein Meister brüllt und greift nach seiner eigenen Waffe. Er ist allerdings keine Wache, sondern ein Wissenschaftler. Seine Reflexe sind langsamer. Als er auf mich zukommt, rutscht er leicht auf der zähflüssigen Blutspur der toten Wachen aus.

Das verschafft mir die Gelegenheit, die ich brauche, und ich ergreife sie. Ich packe das Gerät an seiner Taille, reiße es an mich, drehe mich um und renne los.

Wenn ich zu Mirelle zurückgelangen kann, werden wir in Sicherheit sein. Wir werden alle in Sicherheit sein!

Ich schaffe es aus dem Gebäude, wobei meine Füße immer wieder wegrutschen. Ich weiß nicht, ob es der restliche Tau vom Gras ist oder das Blut der Wachen oder beides, wegen dem ich gegen Wände krache und ausrutsche.

Das Raumschiff ist zu weit weg, denn mein Meister ist bereits hinter mir und brüllt meinen Namen.

„Sia!", schreit er und ich spüre, dass ein Schuss aus seiner Laserpistole an meiner Haut vorbeisaust. Die Hitze verbrennt meine Wange. Er hat mich verfehlt – doch das nächste Mal wird er das nicht tun. Wenn er mich erwischt, bedeutet das, dass er meinen Chip bekommt.

„Gib auf!", brüllt er. „Wenn du jetzt stehen bleibst, werde ich dich nicht foltern, bevor ich dich töte."

Er schießt erneut und dieses Mal erwischt mich der Schuss an der Seite meines Beins. Das glühende Brennen ist überwältigend und in meinem Gehirn rauscht es, als ich versuche, auf den Beinen zu bleiben – aber ich kann nicht.

Ich schreie vor Schmerz und Panik auf, stolpere und stürze. Er hat mich beinahe erreicht.

Ich schaffe es, aufzustehen und weiterzurennen. Meine Lunge brennt und mein Körper ist langsam. Ich kann spüren, dass ich blute, und weiß, dass ich vermutlich bald einen Schock erleiden werde. Außerdem ist offensichtlich, dass ich ihm nie entkommen kann. Hätte ich nur die Waffe länger festgehalten! Doch das habe ich nicht getan.

Ich brauche Hilfe.

Aber nein. Hilfe wird nicht kommen. Mirelle hat gesagt, dass sie das Raumschiff nicht verlassen wird, und ich weiß, dass sie ein Mensch ist, der sein Wort hält. Ich möchte auch nicht, dass sie sich in Gefahr bringt.

Ich bin auf mich allein gestellt. Ich muss eine Entscheidung treffen.

Der Geruch der Lavagrube steigt mir in die Nase und ich sehe das gruselige orangefarbene Leuchten des Feuers, das in der Dunkelheit ein ekliges Licht verströmt.

Ich renne auf die Grube zu. Dabei piept das Gerät in meiner Hand.

„Bestätige *Alle Deaktivieren*", intoniert eine Stimme. „Drücken Sie auf JA, um alle zu deaktivieren."

Allerdings kann ich nichts anderes tun, als zu rennen und zu versuchen, den Schüssen auszuweichen.

„Bestätige *Alle Deaktivieren*", wiederholt das Gerät. „Wenn die Bestätigung nicht in fünf Sekunden erteilt wird, wird der Befehl abgelehnt."

Bei den Sternen! Ich muss es tun.

Der Geruch der brennenden Materie wird stärker und ich halte schlitternd an – ich befinde mich am Rand der Grube.

„Sia!" Mein alter Meister ist dicht hinter mir. „Gib mir das. Sofort."

Panik färbt seine Stimme. Warum schießt er nicht auf mich?

Oh!

Ich verstehe. Wenn er das tut, falle ich in die Grube und

nehme das Gerät mit mir … und mein Gehirn. Die zwei Dinge, die er braucht.

„Stopp!", schreie ich und halte das Gerät hoch. „Oder ich springe."

Alles verlangsamt sich zu einem Kriechen.

Die Zeit scheint vor mir zu wogen.

Meine Zeit ist beinahe abgelaufen, doch es fühlt sich an, als würde ich die der anderen in meinen Händen halten.

Mit zitternden Fingern drücke ich auf den blinkenden Knopf: *Alle Deaktivieren.*

In meinem Kopf spüre ich eine eigenartige surrende Empfindung und dann … nichts. Als hätte der Chip wirklich seine Arbeit eingestellt.

Kann mein Meister noch an die Bilder und Aufzeichnungen gelangen? Ich weiß nicht, ob „Alle Deaktivieren" bedeutet, dass alles komplett runtergefahren wird und alte Erinnerungen gelöscht werden, oder ob der Chip nur ausgeschaltet wird.

Ich kann das Risiko nicht eingehen.

Ich schaue zurück und in die Grube.

Es gibt nur eine Möglichkeit, zu garantieren, dass Daven, Mirelle und alle anderen Wesen auf Zandia in Sicherheit sind.

Ich hole tief Luft.

* * *

DAVEN

„Schneller!", dränge ich, als Axe unser getarntes Raumschiff sachte neben Mirelles landet. Sie ist vor Feinden getarnt, allerdings nicht vor uns. Als sie vor kurzem einen Notruf abgesetzt hat, waren wir bereits auf dem Weg nach Larew. Zuvor hatte sie eine Nachricht übermittelt, in der sie uns mitteilte, wohin sie unterwegs waren und was Sia tun würde. Außerdem hatte sie Verstärkung angefordert.

Ich öffne die Kommunikation zu ihrem Schiff, doch bevor ich sprechen kann, ruft Domm, einer von Mirelles Meistern und Gefährten: „Mirelle, was hast du dir nur dabei gedacht?" Er und Lanz, ihr anderer Gefährte und Meister, haben uns auf dem Flug begleitet, um ihren Menschen zu beschützen.

Unser Holo-Bildschirm zeigt die Umrisse ihres Raumschiffs hinter dem kleinen Wäldchen und unsere Scanner zeigen uns einen Plan des Planeten – es sind hauptsächlich Gebäude zu sehen. Ich will unbedingt zu Sia, entdecke jedoch keine Wesen in unserer Nähe.

Mirelles Stimme kommt ruhig und deutlich durch unseren Kommunikator. „Ich habe gedacht, dass ich dabei helfen könnte, weitere Menschen zu retten. Vielleicht sogar Zandia. Aber Sia steckt in Schwierigkeiten, Daven. Ich habe sie eine Weile über den Kommunikator gehört, aber ihr Funkempfänger muss rausgefallen sein. Sie wurde verfolgt und vielleicht erwischt. Ich sollte dir sagen …" Sie verstummt.

Mein Herz hämmert schmerzhaft gegen meine Brust.

„Sie hat vor, sich notfalls zu opfern."

„Nein!" Das Wort löst sich aus meiner Kehle. „Das werde ich nicht zulassen. Axe, wir müssen sie finden."

„Ich weiß", sagt Mirelle. „Ich wollte ihr helfen, konnte es allerdings nicht riskieren, mein Raumschiff zu verlassen."

„*Verveckt* richtig, das konntest du nicht", schimpft Lanz, der bereits zu Mirelles Raumschiff rennt. Domm folgt ihm dicht auf den Fersen.

Axe und ich schnappen unsere Waffen und sprinten ebenfalls aus dem Raumschiff. Ich bin mit dem Planeten nicht vertraut, doch als wir uns den Gebäuden nähern, höre ich Stimmen.

Mirelle spricht durch den Kommunikator mit uns. „Ich habe all ihre Sensoren und Kameras mit den Codes ausgeschaltet, an die sich Sia erinnert hat, und kann euch den Weg beschreiben. Geht nach links, dann zwanzig Schritte nach rechts zu dem flachen grauen Gebäude. Ich glaube, sie sind dahinter. Beeilt euch."

Wir rennen los, doch als wir dort ankommen, wohin uns Mirelle dirigiert hat, werden wir langsamer und spähen um die Ecke eines flachen grauen Gebäudes, das wie ein Schlafsaal aussieht.

In der Ferne, nicht allzu weit entfernt, leuchtet es orangegelb und ich bemerke Hitze. *Veck*, ist das eine riesige Feuergrube?

Zu meinem Entsetzen steht eine kleine Gestalt direkt an deren Kante.

Sia!

Sie ist blutverschmiert, wirkt schwach und hält etwas in der Hand, irgendein Gerät.

Ein Okrezianer steht wenige Schritte entfernt von ihr und hat eine Waffe auf sie gerichtet, nutzt sie allerdings nicht. Stattdessen fleht er sie an, während er immer näher auf sie zugeht. „Hör zu, Sia, du bist klug. Gib mir das Gerät und wir befördern dich. Du wirst nicht mehr in den Laboren arbeiten. Du kannst wählen! Agri-Sklavin, Lustsklavin? Deine Wahl. Du kannst sogar eine Freundin mitnehmen."

Okrezianer sind nicht bekannt für ihr Mitgefühl oder Fingerspitzengefühl und er lügt eindeutig. In seiner Stimme liegt nicht einmal ein Hauch von Freundlichkeit, allerdings würde sie ihm ohnehin nicht glauben. Meine Sia ist zu klug dafür.

Für den Bruchteil einer Sekunde erinnere ich mich an meinen ersten Menschen, diejenige, die mich verraten hat. Das hier ist jedoch anders. Ich weiß, dass Sia nicht so ist. Sie ist nicht hier, um uns Zandianer zu verraten. Sie hat mich nicht gebeten, ihr zu folgen. Was auch immer sie tut, sie versucht, zu helfen.

„Willst du ein größeres Schlafgemach? Wir werden den Schockstab nicht mehr bei dir einsetzen, ich verspreche es." Er streckt eine Hand aus.

„Komm nicht näher!" Sias Stimme ist kräftig. „Ich werde es fallen lassen, ich schwöre es." Sie blutet und schwankt. Ich habe schreckliche Angst, dass sie einfach nach vorne ins Feuer fallen wird, da sie so unsicher wirkt, während sie ihren Arm ausstreckt und das Gerät über dem Feuer baumeln lässt.

„Ich bin dein Meister, Sia. Die Loyalität, die wir dir eingetrichtert haben, ist sicherlich noch vorhanden. Das hier ist ein direkter Befehl. Komm jetzt zu mir und übergib mir das Gerät." Er knurrt und ist mittlerweile so nah bei ihr, dass er sie fast packen kann. Er wird alles versuchen, um an seinen Preis zu gelangen.

„Niemals. Ich werde dir niemals meinen Chip geben." Sie starrt ihn nieder. „Ich würde lieber sterben."

Er tritt noch näher und greift nach ihr.

Sie schaut ihn an, dann in die Grube und ich weiß, was sie tun wird. Sie wird sich opfern, damit er nicht an ihren Chip herankommt.

„Nein!", brülle ich aus voller Kehle.

Erschrocken drehen sich beide um und ich gehe in Position, um einen Schuss abzufeuern. Wenn ich richtig ziele, kann ich ihrem alten Meister ins Herz und anschließend in den Kopf schießen.

Doch das muss ich nicht tun. Sia streckt die Hand aus und gibt ihrem alten Meister einen kräftigen Schubs. Er taumelt und schreit am Rand der Grube.

Sia besitzt genug Geistesgegenwart, zurück zu springen, als sein Körper schwankt und torkelt, was eine Ewigkeit zu dauern scheint. Schließlich stürzt er nach vorne in die Grube.

Flammen lodern auf, als sie seinen Körper verschlucken, dann herrscht Stille.

Ich renne zu Sia und reiße sie in meine Arme. Als ich ihren kleinen, zerbrechlichen Körper an meinem spüre, würde ich am liebsten vor Dankbarkeit auf die Knie fallen.

„Sia! Du bist in Sicherheit. Dir geht es gut." Ich kann es kaum glauben.

„Daven", sagt sie verwundert.

Ich ziehe sie weiter vom Rand des schrecklichen Lochs weg. „Komm, wir müssen sofort zurück zum Raumschiff."

Axe hat mir seinen Rücken zugekehrt, die Waffe gezückt und hält nach anderen Wachen Ausschau. Es ist eigenartig still, bis ich in der Ferne gedämpfte Rufe höre. „Wir müssen von hier verschwinden", knurrt Axe. „Bevor uns jemand sieht."

Ich hebe Sia hoch und habe das Gefühl eines Déjà-vus. Unsere Beziehung hat fast genau so begonnen. Dieses Mal bedeutet mir Sia allerdings mehr, als ich jemals für möglich gehalten hätte.

„Daven, was machst du hier?" Sias Stimme bricht, aber ich kann noch nicht antworten. Zuerst müssen wir zurück zu unserem Schiff.

Es dauert nicht lange, bis wir sicher im Raumschiff sind. Ich funke Mirelle an. „Wir haben Sia. Wir müssen sofort los."

„Schon dabei, ihr zuerst", antwortet sie und Axe lässt das Raumschiff an.

Im Nu heben wir vom Boden ab und rasen zu den Sternen, weg von Larew, wo wir zumindest einen toten Okrezianer zurückgelassen haben sowie ein Rätsel, das ihnen nicht gefallen wird, wenn sie es untersuchen. Doch der einzige Okrezianer, der Zandianer gesehen hat, Sias alter Meister, ist tot. Mirelle hat die Sensoren und Kameras der Okrezianer von ihrem Schiff aus deaktiviert, weshalb sie im Idealfall keine Ahnung haben, wer reingekommen ist und ihr

Labor ruiniert hat, auch wenn sie einen Verdacht haben. Allerdings kann ich mich jetzt nicht darauf konzentrieren, wie wir damit umgehen sollen. Mich interessiert nur Sia.

Ich wiege Sia auf meinem Schoß, da ich sie nicht absetzen will. Ich klebe ein Heilpflaster auf die Wunde an ihrem Bein, die – *Veck* sei Dank – oberflächlich wirkt. Außerdem gebe ich ihr etwas zu trinken.

„Daven." Ihre Stirn runzelt sich besorgt. Sie blickt mir forschend ins Gesicht.

„Schh, kleiner Mensch. Du bist in Sicherheit. Wir sind auf dem Rückweg nach Zandia. Deinem Zuhause."

Sie entspannt sich in meinen Armen und lehnt ihren Kopf an meine Schulter.

„Was ist passiert, Sia?"

Sie blinzelt und schenkt mir ein kleines Lächeln. „Ich habe es geschafft. Ich habe getan, weshalb ich dorthin gegangen bin."

„Was war das?" Ich wische über ihre Stirn und entferne Blutspritzer und Schweiß. „Warum bist du nach Larew gegangen? Dort hast du als Sklavin gelebt. Was hast du dir nur dabei gedacht?"

„Ich konnte Informationen von meinem Chip abrufen, Daven. Ich erinnerte mich daran, wie ich das ganze Alpha Projekt zerstören kann! Und ich habe es getan."

Mirelle hat mir das erzählt, aber ich möchte es von Sia hören. Ich will den Stolz meiner mutigen kleinen Gefährtin sehen. „Wie, mein süßes Weibchen?"

„Ich habe uns Alpha Projekt Sklaven deaktiviert. Unsere Chips sind jetzt vollkommen inaktiv. Wir sind sicher und Zandia ebenfalls. Wir werden euch nicht schaden, niemals."

Ich drücke sie an meine Brust. „Warum hast du uns nicht erzählt, dass du das tun kannst?"

„Ich habe es erst in dieser Planetenrotation herausgefunden. Als ich in der Zelle war, ist es mir eingefallen. Ich wusste, dass du mir niemals glauben würdest, genauso wenig wie Seke oder der König. Nicht, nachdem ich so lange in Bezug auf so vieles gelogen habe."

Sie liegt nicht falsch. Alles, was sie gesagt hätte, nachdem sie gefangen genommen worden war, wäre mit großem Misstrauen aufgenommen worden. Und sie hätten wahrscheinlich einige oder alle der Menschen geopfert, anstatt zu versuchen, sie zu deaktivieren, vor allem, wenn es nach Lon gegangen wäre.

Sie erklärt mir, wie sie sich an sämtliche Informationen von ihrem Chip erinnerte, Grundrisse und Codes für Mirelle zeichnete und sie überzeugte, mit ihr nach Larew zu fliegen. Dass Mirelle den Plan guthieß, weil ihr Bauchgefühl sagte, dass er richtig war, und sich ihr Bauchgefühl nie irrt.

Sia fügt hinzu: „Und dann hat mich zufällig der eine Mensch, der in der Lage war, mir zu helfen, in meiner Zelle besucht. Ich erklärte Mirelle die Situation und sie war gewillt, mich nach Larew zu fliegen. Bitte bestrafe sie nicht. Es war meine Idee. Ich weiß, dass es verrückt wirkt, aber ich hatte einen Plan. Ich hätte mich umgebracht, hätten sie mich erwischt."

Mein Herz hämmert wie wild und ich kann nicht sprechen. Mein süßer Mensch hatte vor, sich umzubringen. Ich hätte sie verlieren können – nicht nur an die Okrezianer, sondern durch ihre eigene Hand.

Die Vorstellung macht mich fertig.

„Ich hätte mich lieber in diese Grube geworfen, als ihm den Chip zu geben. Ich hätte nicht zugelassen, dass sie den Chip oder mich in die Finger kriegen, da die Chance besteht, dass er Informationen über Zandia enthält."

Veck.

„Das habe ich gesehen." Meine Stimme zittert. Jetzt verstehe ich, was es bedeutet, von einem Menschen verändert zu werden, Emotionen zu spüren und zu lieben. „Ich bin froh, dass du es nicht getan hast", würge ich hervor. Die Worte können nicht die Tiefe des Entsetzens ausdrücken, das ich empfand, als ich dachte, ich würde sie für immer verlieren.

Sie fährt fort: „Und ich habe diese Fernbedienung. Eure Ingenieure können sie studieren, um mehr darüber zu erfahren, was die Okrezianer erschaffen haben." Sie umklammert noch immer etwas in ihrer Hand und gibt es mir. Es ist glitschig von Blut und Schweiß, weshalb ich es nehme und Axe gebe. Soll er sich darum kümmern.

„Sie werden alles besser und stärker wiederaufbauen, aber wenigstens werdet ihr wissen, was sie tun. Wir können ihnen einen Schritt voraus sein. Oder ihr könnt das tun." Sie zögert.

Ich nehme ihr Gesicht in meine Hände. „Das können wir tun."

„Muss ich zurück ins Gefängnis? Oder ... werde ich weggeschickt werden?"

„Nein", antworte ich. „Das wird nicht passieren."

Es steht mir nicht zu, ein derartiges Versprechen zu machen, doch ich werde eher sterben, bevor ich zulasse, dass irgendein Wesen Sia schadet. Falls König Zander sie wegschickt, werde ich ebenfalls gehen. Und sie wird definitiv nicht seziert werden. Das steht fest.

„Daven, mir tut das alles so leid. Die Lügen. Dass ich dir nicht von Anfang an von dem Chip erzählt habe. Ich hoffe, du verstehst, dass ich das Gefühl hatte, als hätte ich keine andere Wahl. Ich dachte, dass ich sterben würde, wenn ich es dir erzähle. Aber ich habe es wiedergutgemacht. Ich habe alle Chips deaktiviert, sodass wir euch nicht schaden können. Selbst wenn dein König beschließt uns ... loszuwerden", sie erschaudert, „habe ich meinen Fehler wenigstens ausgemerzt."

Ich streichle mit den Fingerknöcheln über ihre Wange

und küsse ihre dunklen Haare. „Das hast du getan, süßer Mensch. Es tut mir auch leid. Ich hätte nicht glauben sollen, dass du uns verraten würdest. In meinem Herzen wusste ich, dass du es nicht tun würdest. Was du enthüllt hattest, war jedoch so gewaltig wie ein Schlag in den Magen, dass ich es vorübergehend vergessen habe."

Sie greift nach oben und berührt mein Gesicht. Ihre kleine Hand schmiegt sich an meine Wange. „Es ist dir schon einmal passiert", erwidert sie sanft. „Ich weiß das. Ich wollte dir nie auf diese Weise wehtun, aber ich weiß, dass ich es getan habe. Ich habe dir alles erzählt, von dem ich dachte, dass ich es dir gefahrlos verraten kann. Es war ein schrecklicher Drahtseilakt."

Ich schüttle den Kopf. „Ich verstehe, warum du die ganze Wahrheit zurückgehalten hast. Euer Leben hing von eurem Geheimnis ab. Das könnte ich dir niemals vorwerfen." Ich hebe ihr Kinn an und gleite mit den Lippen sachte über ihre. „Ich liebe dich, süßer Mensch. Ich will dich nie wieder verlieren."

Tränen treten ihr in die Augen. „Heißt das, dass ich noch immer zu dir gehöre?"

Ich küsse sie noch einmal, dieses Mal härter. Es ist ein beanspruchender Kuss. Die Sorte, die sie daran erinnern soll, dass sie mir gehört.

Sie reagiert darauf, indem sie einen schlanken Arm um meinen Hals legt und die andere Hand hebt, um meine Hörner zu packen.

Mein Schwanz und meine Hörner werden sofort steinhart.

„Das ist richtig, Sia." In meiner Stimme schwingt jetzt ein Knurren mit. „Du gehörst mir. Du bist meine Gefährtin, die ich beherrsche, mit der ich mich paare und von der ich absoluten Gehorsam verlangen werde." Ich gleite mit dem Mund über die Seite ihres Halses und knabbere sanft daran.

„Mmmh." Sie gibt einen glücklichen Laut von sich.

„Und denk nicht, dass es keine Konsequenzen nach sich ziehen wird, dass du dein Leben aufs Spiel gesetzt hast." Ich lege so viel Hitze in meine Drohung, dass sie stöhnt. „Dein süßer Hintern wird tagelang wund sein." Ich umfange ihren Busen und drücke zu. „Aber ich verspreche, dass du jede Minute lieben wirst."

KAPITEL ACHTZEHN

Sia

Ich habe mein ganzes Leben lang auf Larew gelebt, dennoch fühlt es sich wie eine Heimkehr an, nach Zandia zurückzukommen. Vor allem da Daven noch immer meine Hand in seiner hält. Er hebt mich in seine Arme, bevor er mich über die Türschwelle unserer Unterkunft trägt.

Axe bot nach der Landung an, die Einsatznachbesprechung zu übernehmen, weshalb mich Daven sofort nach Hause bringen konnte.

Denn ich habe jetzt ein Zuhause. Es ist bei Daven. Auf diesem schönen Planeten, mit diesen mutigen und ehrenhaften Wesen – das gilt für die Zandianer und Menschen gleichermaßen.

Tränen rinnen aus meinen Augen, weil es so schön ist.

Daven erstarrt, als er sie riecht. „Hast du Angst vor deiner Bestrafung, Kleines?"

Ich lächle und schüttle den Kopf. „Nein, Meister. Ich bin glücklich."

Seine Stirn runzelt sich. „Du bist glücklich und deswegen weinst du?"

Ich lache wässrig. „Ja. So werden die Emotionen rausge-
lassen. Manchmal weinen Menschen, wenn sie glücklich
sind."

Seine Stirn glättet sich und er marschiert auf seinen
langen Beinen zur Waschröhre. „Mache ich dich glücklich,
süßes Mädchen?"

„Ja, Meister."

„Wie glücklich?"

Er stellt mich vor der Waschröhre ab, zieht mir mein
blutiges Gewand aus und legt anschließend seine eigene
Tunika und Leggings ab.

„So glücklich." Ich schlinge meine Arme um seinen Hals,
ziehe seinen Kopf nach unten, gehe auf die Zehenspitzen
und hebe mein Gesicht zu seinem.

Er drängt mich rückwärts in die Waschröhre, als unsere
Lippen aufeinander krachen. Die Tür schwingt zu und
Wasser beginnt, die Röhre zu füllen, was ich kaum bemerke,
weil Daven mir den Kuss meines Lebens gibt. Er ist leiden-
schaftlich und hart wie der Schwanz, der sich gegen meinen
Brustkorb bohrt.

Er legt einen Unterarm unter meinen Po und hebt mich
hoch, sodass ich meine Beine um seine Taille schlingen kann.
Daraufhin presst er mich gegen die Wand der Waschröhre
und schiebt seine Zunge zwischen meine Lippen. Ich stöhne
in seinen Mund. Als sein Schwanz die Stelle zwischen
meinen Beinen findet, stöhne ich lauter.

Dass mich seine glatte Haut an meiner empfindlichsten
Stelle berührt, sorgt dafür, dass ich nach mehr giere.

„Bitte, Meister", wimmere ich.

„Du willst das hier?", knurrt er und reibt mit der großen
Schwanzspitze über meinen Eingang.

„Ja, bitte."

Er dringt in mich und bringt mich vor Lust und mit der
Intensität unserer Vereinigung zum Keuchen.

„Danke, Meister." Ich will beinahe erneut vor Freude weinen. Ich liebe dieses Gefühl – nicht nur die körperliche Lust, sondern auch das, was sie bedeutet. Mein Meister vergnügt sich mit mir, beansprucht mich als seine Gefährtin und schwängert mich möglicherweise.

„Du musst dich nicht bei mir bedanken, Kleines." Daven fixiert mich an der Wand rammt sich in mich. Seine Finger sind auf meinem Hintern gespreizt und halten mich fest. „Das hier dient meinem Vergnügen. Und dich zu *vecken*, wird meine Pflicht werden – für Zandia."

Ich bin atemlos. Mir ist heiß. Das Wasser reicht jetzt bis zu unseren Taillen und umhüllt uns. „Für Zandia?", keuche ich verwirrt.

Das Wasser steigt bis zu meinen Brüsten, dann bis zu meinen Schultern.

„Das stimmt." Daven grinst mich an. „Für die Wiederbevölkerung unseres Planeten."

Das Wasser reicht mir nun bis zum Kinn. Als ich sein Lächeln erwidere, dringt das Wasser in meinen Mund und ich muss ihn rasch schließen, während ich die Augen zukneife und komplett von Wasser umgeben werde.

Er *hat* vor, mich zu schwängern. Wir werden eine Familie sein, wie die süße Familie, die ich vor der Klinik kennengelernt habe.

Die Freude überwältigt mich so heftig, dass ich glaube, ich werde platzen. Als das Wasser schnell abzulaufen beginnt, lache ich. Weine. Bocke gegen Daven, als ich meinen ersten Höhepunkt erlebe.

Er knurrt, als sich meine Muskeln um seinen Schwanz herum verkrampfen. Sobald das Wasser bis zu unseren Taillen gesunken ist, fängt er an, sich mit strafenden Stößen in mich zu hämmern.

Das Wasser auf unserer Haut sorgt dafür, dass unsere

Körper besser übereinander gleiten, und als uns die warme Luft trocken bläst, brüllt Daven seinen Höhepunkt hinaus.

„Ja, bitte", plappere ich und Dankbarkeit für das, was aus meinem Leben geworden ist, überwältigt mich. „Danke schön, Meister. Danke."

Daven lehnt seinen Kopf an meinen. „Du machst mich glücklich, Kleines. So sehr."

„Danke, Meister", flüstere ich erneut. „Ich freue mich so sehr, dass ich dir gehöre."

„Du gehörst mir. Für immer, Sia. Ich werde nicht zulassen, dass dir oder deinen Freundinnen etwas zustößt. Komme, was wolle", verspricht er.

Natürlich verstehe ich ihn. Über unser Schicksal wurde noch nicht entschieden. Wir sind hier alle Untertanen des Königs.

Das Wissen, dass Daven mich beschützen wird, hält meine Ängste jedoch in Zaum. Ich habe jetzt einen Meister. Einen Gefährten. Das ist das Einzige, was für mich zählt.

* * *

DAVEN

„Es ist Zeit für deine Bestrafung, Kleines."

Ich habe mich um Sias Wunden gekümmert und sie gefüttert. Axe hat mir mitgeteilt, dass die Einsatznachbesprechung gut gelaufen ist. Katia hat sich erholt, sobald die Chips deaktiviert wurden.

Mirelle, Lanz und Domm sind sicher zurückgekehrt und haben ebenfalls Bericht erstattet. Ich gehe davon aus, dass sich die zwei Krieger ihr Weibchen in diesem Moment ebenfalls liebevoll zur Brust nehmen.

Es freut mich, dass Sia erregt und wachsam, aber nicht verängstigt wirkt. Sie vertraut mir. Sie unterwirft sich mir gerne – so wie es sein sollte.

Das ist der Grund, aus dem Menschen so gut zu unserer Spezies passen, nehme ich an. Dieses sexuelle Band macht Beziehungen auf beiden Seiten wahnsinnig befriedigend. Die gleiche Schwäche, die Menschen zu idealen Sklaven für die Okrezianer macht, macht sie zu perfekten Bürgern Zandias.

Wenn sie sich erst einmal an jemanden gebunden haben, sind sie vollkommen loyal, endlos großzügig und haben ebenfalls das Wohl des Planeten im Sinn.

Zumindest sehe ich das jetzt so.

Vor Sia war ich mir nicht so sicher. Insbesondere nach Illiana.

Sia hat mir jedoch gezeigt, was die anderen verpaarten Zandianer schon immer geschworen haben – Menschenweibchen wurden für uns gemacht.

Ich stelle sie vor mich. Sie verschränkt die Hände vor sich und senkt den Blick.

„Nein, schau mich an." Ich trenne ihre Hände, damit ich ihre hübsche Pussy sehen kann.

Sie hebt das Kinn und blickt mir in die Augen.

„Wunderschönes Weibchen", raune ich und streichle mit einer Hand über ihren Arm, während die andere über ihre Hüfte gleitet.

Ich rieche ihre Erregung beinahe sofort, ein berauschendes Parfüm, bei dem meine Hörner dicker werden und pulsieren.

„Du wirst bestraft werden, weil du dein Leben auf Larew in Gefahr gebracht hast."

„Ja, Meister", flüstert sie honigsüß.

Ich stehe auf und ziehe einen großen, viereckigen, gepolsterten Fußhocker in die Raummitte. „Setz dich rittlings darauf und leg dich hin", befehle ich.

Sie gehorcht und präsentiert ein perfektes, wunderschönes Ziel für meine Hand. Ihre Pobacken sind am Ende des Hockers gespreizt. Ihre Titten pressen sich an das gegenüberliegende Ende, weshalb ihr Kopf vorne runterhängt.

Ich schlage mit der Hand auf eine Seite ihres Pos.

Sie keucht, hält jedoch still.

Ich schaue zu, wie mein Handabdruck auf ihrer olivfarbenen Haut erblüht.

Ich lasse ihrer anderen Pobacke die gleiche Behandlung angedeihen und beginne, ihr richtig den Hintern zu versohlen, wobei ich zwischen rechts und links abwechsle, bis sie keucht und wimmert.

„Braves Mädchen", raune ich. „Du erträgst deine Bestrafung so gut."

„Danke, Meister", wimmert sie.

Ich trete zurück und bewundere mein Werk. Ihr Hintern hat ein rosiges Leuchten angenommen. Ich bin hin und her gerissen, ob ich den Riemen benutzen oder ihren hübschen Hintern *vecken* soll. Er sieht in dieser Position viel zu einladend aus, um mir die Gelegenheit entgehen zu lassen.

Ich entscheide mich dafür, sie kurz mit dem Riemen zu schlagen, bevor ich ihren Hintern *vecke*.

„Schließe deine Beine und rutsche vor, sodass deine Hände den Boden berühren", weise ich sie an.

Ich bin zufrieden, als sie ohne eine Beschwerde gehorcht.

Daraufhin nehme ich den Riemen in die Hand. „Ich werde dir zehn Schläge verpassen und dann werde ich dir zeigen, wo du *geveckt* wirst, wenn du böse warst."

Sie gibt einen unverständlichen Laut von sich.

Ich senke den Riemen mit einem Knall mitten auf ihr Hinterteil.

Sie kreischt.

Ich reibe das Brennen weg und verpasse ihr noch einen Hieb. „Wirst du dich erneut in Gefahr bringen, kleiner Mensch?"

„Nein, Meister!", kreischt sie und tritt mit einem Fuß aus.

Ich verpasse ihr drei weitere Hiebe. „Die Hälfte hast du geschafft." Ich halte inne, um sie erneut zu massieren. „Du machst das so gut."

„Danke, Meister." Sie klingt ein wenig schmollend, doch ich finde das niedlich.

Ich verpasse ihr die letzten fünf Schläge mit langsamer, gleichmäßiger Präzision, wobei ich von ihren Schenkeln bis zur Mitte ihres Hinterns wandere. „Braves Mädchen", lobe ich, als wir fertig sind. „Jetzt rutsch nach hinten in deine vorherige Position."

Während sie meinem Befehl nachkommt, hole ich ein Gleitmittel. Ich drücke einen Klecks zwischen ihre Pobacken und massiere ihn in ihre Rosette. Ich gehe langsam vor, öffne sie mit dem Finger und bringe sie vor Lust zum Stöhnen.

„Gefällt es dir, wenn ich deinen Hintern nehme, hübscher Mensch?"

„Ähm …"

„Hmm?"

Sie antwortet nicht. Ich lache. „Ist das ein Nein, aber du willst es mir nicht sagen? Oder ist es eine Mischung aus Ja und Nein?"

„Eine Mischung aus Ja und Nein", gesteht sie.

Ich pumpe meinen Finger in ihrem Hintern rein und raus. „Ich werde dir beibringen, es zu mögen, Süße. Selbst wenn es eine Strafe ist, solltest du Lust verspüren."

Sie stöhnt.

Ich entferne meinen Finger, ziehe meine Leggings aus und verteile das Gleitgel großzügig auf meinem Schwanz.

„Greif nach hinten und spreize deine Pobacken für mich, unartiger Mensch", befehle ich.

Ich habe noch nie so etwas Erotisches oder Hübsches gesehen wie meine süße Gefährtin, die meinem Befehl gehorcht. Ich muss mich zwingen, langsam vorzugehen und sie zwischen ihren Beinen zu massieren, um sicherzugehen, dass sie dort feucht ist.

„Nutze deine Finger", befehle ich und positioniere meine Schwanzspitze an ihrem hinteren Loch. „Massiere deine süße kleine Pussy, während ich deinen Hintern *vecke*."

Sie lässt ihre Pobacken los und schiebt ihre Hand unter ihre Hüften, als ich sanften Druck ausübe, um ihren Anus zu durchbrechen.

Ein lustvoller Schauder durchfährt mich, als ich ihren engen Hintern erobere. Ich gehe langsam vor und bewege mich mit gleichmäßigen Stößen vor und zurück, während sie sich zwischen den Beinen stimuliert.

Als sie lauter zu wimmern und zu stöhnen beginnt, beschleunige ich mein Tempo und ergebe mich meiner Lust. Das Zimmer dreht sich und ich scheine irgendwie jeden Kristall auf Zandia zu spüren – deren Energie pulsiert mit mir, für mich.

„Daven, ich muss kommen!", ruft sie voller Dringlichkeit.

Mein erster Gedanke ist, zu sagen: „*Veck*, ja, komm." Allerdings ist das hier eine Strafe – ich werde sie warten lassen.

„Nein", knurre ich und kann vor Erregung kaum sprechen. „Du hältst es zurück, mein süßer kleiner Mensch. Du darfst noch nicht kommen."

Sie schreit frustriert auf und der Laut ihrer Stimme stößt mich über die Klippe.

Meine Hoden ziehen sich zusammen, pumpen und ich komme mit einem Brüllen, während ich mich tief in ihrem Hintern vergrabe, um sie mit meiner Regenbogenessenz zu füllen. Ich packe ihre Hüften, ziehe sie hart an mich, als mein Schwanz pocht, und stoße mich so tief wie möglich in sie.

Als ich erschöpft bin, tippe ich ihr auf die Schulter.

„Drück deine Pobacken zusammen, Sia. Sorg dafür, dass jeder Tropfen meines Spermas in deinem Hintern bleibt, wenn ich mich entferne."

Sie stöhnt. „Daven, ich muss kommen."

Ich greife nach hinten und schlage einmal auf ihre Pobacken. „Denk an die Regeln. Du kommst, wenn ich es sage."

„Ja, Meister", flüstert sie. Ich spüre, dass sie sich um meinen Schwanz herum anspannt, und *veck*, ich bin schon bereit, erneut hart zu werden.

„Oooh", murmelt sie, als ich meinen Schwanz langsam rausziehe.

„Das brennt womöglich ein wenig", warne ich sie. „Weil dein Hintern so gut benutzt wurde."

Es wird vermutlich gar nicht brennen und falls es das tut, wird es verfliegen. Immerhin werde ich sie mit einem großartigen Orgasmus dafür belohnen, dass sie so brav gewartet hat.

Sie zappelt unter mir, als ich meinen Schwanz Stück für Stück rausziehe. „Drück mich weiterhin", warne ich sie.

Sie gehorcht und spannt ihren Po an.

Ich beobachte sie und lausche auf Hinweise, dass es zu viel ist, doch die einzigen Geräusche, die sie von sich gibt, sind voller Lust.

Als ich ihren Körper vollständig verlassen habe, entspanne ich mich. „*Veck*", murmle ich. „So sehe ich dich gerne. Splitterfasernackt, ausgestreckt und den hübschen Hintern voll mit meinem Sperma."

„Ja, Meister", antwortet sie. Allerdings kann ich riechen, dass ihre Erregung minütlich stärker wird.

„Du kannst jetzt loslassen." Ich streichle ihre Haut.

Sie entspannt ihren Körper und etwas Regenbogensperma tröpfelt aus ihrer hübschen Rosette.

Jetzt ist es offiziell – ich bin angetörnt und bereit, sie erneut zu *vecken*.

„Ich muss dich viel öfter so bestrafen", murmle ich. „Vielleicht werde ich beim nächsten Mal einen kleinen Plug einführen, damit mein Sperma länger dort drinbleibt. Womöglich lasse ich dich mit diesem herumlaufen, bis ich bereit bin, erneut zu kommen."

Ich glaube, ihr gefällt diese Vorstellung, denn obwohl sie „neeiiin" sagt, zappelt sie und windet sich.

Ich lächle und streichle ihren Hintern, während ich an all die Arten denke, auf die wir einander in Zukunft Wonne bereiten können.

„Bin ich dran?" Sie dreht sich um, greift nach oben und gibt mir einen Kuss. Ihre Arme schlingen sich um meine Hörner. „Du kannst meinen Hintern jederzeit *vecken*, wenn du mich bitte, bitte kommen lässt!"

„Fast." Ich lasse mich fallen, um mich eine Minute lang zu entspannen, und denke darüber nach, wie ich ihr am besten Wonne bereiten kann. Ihre Hände auf meinen Hörnern lenken mich allerdings ab – und ich liebe es. Ich werde sie nicht daran hintern, diese zu packen, wenn es ihr auch gefällt.

„Mach weiter. Streichle sie härter, als du es bei meinem Schwanz tun würdest. Pack sie mit deinen Fäusten, Sia." Meine Stimme ist tief vor Verlangen.

Sie tut es und ihre Bewegungen sind zuerst zaghaft. Doch als sie einen Rhythmus findet und ich vor Lust zu stöhnen beginne, nutzt sie ihre Hände fester und gewinnt an Selbstvertrauen.

„Ja Baby, genau so. Mach weiter." Mein Körper beginnt, vor Verlangen zu vibrieren. Dass mich der Mensch auf diese intime Art berührt, ist das Beste, was ich jemals gefühlt habe.

Ich streichle ihre weiche Haut, ihre Brüste und zwicke einen Nippel. Mein Schwanz wird hart genauso wie meine Hörner und die zweifache Lust sorgt dafür, dass mir beinahe schwindlig vor Verlangen wird. Ich habe das Gefühl, als sei ich härter denn je.

Aber ich will sie für ihren Gehorsam belohnen, bevor ich mir meine Wonne nehme. Deshalb ziehe ich ihre Hände sanft weg, obwohl ich die Empfindung liebe. „Leg dich auf das Schlaflager und spreiz deine Beine, Süße. Ich glaube, dir wird das gefallen."

Sie gehorcht sofort. „Daven, bitte." Ihre Stimme ist voller Begehren.

„Bitte was? Soll ich meine Zunge in deine Pussy stecken?"

„Ja, ja, genau dort … ahhh. Oh!", schreit sie, als ich mit der Zunge gegen ihre Klitoris schnalze und sie in ihre köstliche Essenz tauche. „Daven, oh bei den Sternen, ich werde kommen."

„Noch nicht. Erst, wenn ich es sage", befehle ich, obwohl ich nicht weiß, ob einer von uns noch viel länger warten kann.

Ich lecke sie langsam und kreise so schnell mit der Zunge um ihre Klitoris, dass sie fast vibriert. Als sie stöhnt und sich windet, packe ich ihre Schenkel und ziehe sie weiter auseinander, um meinen Kopf so nah wie möglich an sie zu pressen und sie mit meiner Zunge zu *vecken*. Meine Hörner stoßen gegen ihre Haut und der Druck ihres Körpers, der über sie reibt, verstärkt mein Verlangen. Es ist alles fast zu viel.

Sie ist tropfnass und ich kann nicht genug von ihrem Aroma kriegen. Meine Sia. Mein.

Ich kann sie mit meiner Zunge zum Kommen bringen, will jedoch meinen Schwanz in ihre Pussy stecken.

„Nur noch ein paar Minuten", verspreche ich und setze mich rittlings auf ihren Körper. „Schau mich an. Sia."

Wir blicken einander in die Augen, während ich über ihr aufrage und der Geruch von Sex in der Luft hängt. Es fühlt sich an, als würde ich in ihre Seele schauen. Meine Seele. Eine magische Kombination aus dem Besten von uns beiden.

Ich gleite mit meinem Schwanz in ihre Pussy und schaue ihr dabei unverwandt ins Gesicht.

„Komm für mich", wispere ich. „Mach dies zu dem besten Orgasmus, den du jemals hattest."

Ich fange an, mich sanft, dann härter in sie zu stoßen. „Wann immer du bereit bist", informiere ich sie, „werde ich ebenfalls kommen."

Unsere Körper sind glitschig vor Schweiß und Sex und schon bald schließt sie ihre Augen und beginnt, ein hohes Wimmern von sich zu geben. Dann verkrampft sie ihre Pussy um meinen Schwanz herum und schreit ihren Höhepunkt hinaus. Mehr braucht es nicht, um mich erneut über die Klippe zu stoßen. Ich pumpe mich immer wieder in sie und wir kommen gemeinsam, bis mich meine Wonne beinahe an den Rand des Universums befördert.

„Süßer Mensch", säusle ich, als ich fertig bin. Ich ziehe mich aus ihr zurück, hebe sie vom Schlaflager und trage sie erneut zur Waschröhre.

Sie ist schlaff von ihrem Höhepunkt, weshalb ich sie festhalte, während wir unsere Körper ein zweites Mal waschen. Im Anschluss trage ich sie zu unserem Schlaflager.

Sie ist so kostbar für mich. Ich habe nie verstanden, wie sich Zandianer so eng an ihre menschlichen Gefährtinnen binden können, doch jetzt weiß ich es. Dieses kleine Wesen ist alles für mich.

Ich hoffe, dass sie genauso empfindet.

Sie dreht sich zu mir um und legt ihre Hand auf meine Brust. „Ich liebe dich, Daven", murmelt sie.

Die Worte durchbohren mein Herz.

Liebe.

Meine Gefährtin liebt mich. Es ist ein menschliches Konzept, aber eines, das viele hier zu verstehen gelernt haben.

Mir wird bewusst, dass ich es jetzt auch verstanden habe.

Dieses hübsche Weibchen hat mich vollkommen verändert. Ich bin genauso stark an sie gebunden wie sie an mich. Sie hat mir gezeigt, was es bedeutet, wieder zu vertrauen, sich um andere zu kümmern und ja, zu lieben.

Ich lege meine Hand an die Seite ihres Gesichts und küsse sie tief. „Ich liebe dich, Sia. Meine süße Gefährtin."

EPILOG

Sia

Ich liege mit dem Rücken auf Dr. Daneths Tisch, während ein winziges geflügeltes Gerät über und um meinen gerundeten Bauch herumfliegt.

Ein Hologramm unseres Babys springt über uns in die Luft.

Davens Hand spannt sich auf meiner an. „Es ist ein Männchen."

Klingt seine Stimme erstickt?

Ich glaube, das tut sie.

Daven freut sich genauso sehr auf dieses Junge wie ich.

Wir lernen uns noch immer kennen. Jede Planetenrotation verliebe ich mich stärker in dieses Männchen.

Er ist mehr, als ich mir jemals erträumt hätte. Ich wusste nicht, dass Männchen wie er existieren. Doch hier ist er – stark und gut aussehend. Beschützend. Fürsorglich. Liebevoll.

Er wird der perfekte Vater für unser Junges sein.

Nach meiner Reise nach Larew wurde ich zum König gerufen, um mich für meine Verbrechen zu verantworten.

Daven sagte mir, dass ich vollkommen ehrlich sein sollte. Das war ich, da ich endlich das Gefühl hatte, ich hätte nichts zu befürchten, und ich riet meinen Freundinnen, das Gleiche zu tun. Nachdem er sich mit uns allen einzeln getroffen hatte und anschließend mit unseren jeweiligen Meistern, verkündete König Zander, dass wir auf Zandia bleiben können, solange wir uns mit einem Zandianer paaren und unser Gefährte sein Vertrauen in uns setzt.

Ich war die Einzige aus unserer Gruppe, die sich zur damaligen Zeit in dieser Situation befand, weshalb meine Freundinnen eine Probezeit bekamen. Daven glaubt allerdings, dass sie alle irgendwann hier akzeptiert werden.

Das insektenähnliche Gerät umkreist weiterhin meinen Bauch, während Bayla Notizen auf ihrem Tablet macht.

„Warte", sagt Daven mit alarmierter Stimme. „Was ist das?"

Ich betrachte das Holo. Er hat recht, unser Baby sieht verformt aus.

Ich setze mich auf und meine Hände fliegen zu meinem Bauch.

Bayla wirkt allerdings nicht beunruhigt. Sie lächelt sogar.

Mit den Fingerspitzen dreht sie das Holo. „Das", sagt sie und vergrößert das Holo, „ist ein zweites Baby. Und es sieht so aus, als sei es ein Mädchen."

„Oh, süße Mutter Erde!", rufe ich. „Zwillinge?"

„Ja", lacht Bayla. „Anscheinend bekommt ihr Zwillinge."

Daven lacht und hebt mich in seine Arme.

„Warte", rügt Bayla mit einem Lächeln, doch Daven wirbelt mich herum und küsst mich überall.

„Zwillinge! Ich kann es nicht fassen!", sagt Daven. „Zwei zum Preis von einem! Wir können unsere Familie doppelt so schnell vergrößern. Ich bin so glücklich."

Ich lache und sauge seine Freude, seine Liebe, seine

Küsse, diesen Moment und alles in mir auf, zu dem mein Leben geworden ist.

Es geht über alles hinaus, was ich jemals für möglich hielt. Manchmal bin ich so glücklich, dass es wehtut.

WOLF RANCH

ungezähmt
 Wolf Ranch – Buch 1

Boyd
Rudelregel #1: Zeige dich niemals einem Menschen.
Ich brach diese Regel an dem Tag, als ich der hübschen Ärztin begegnete.

Ich mag zwar ein Rodeochampion sein, aber ein Blick auf sie und ich verlor meine Konzentration.

Der Bulle warf mich ab und spießte mich auf, und jetzt ist mir die süße Frau auf der Spur.

Als ich innerhalb von Stunden heilte, wusste sie, dass irgendetwas nicht mit rechten Dingen zuging.

Mein Alpha befahl mir, sie im Auge zu behalten.

Kein Problem. Ich werde sie im Auge behalten. Aus *nächster* Nähe.

Ich werde wie Superkleber an ihr haften.

Und diese menschlichen Männer, die sie daten wollen?

Die sollten sich besser zurückhalten.

Denn die Ärztin gehört *ganz allein mir.*
Ob sie das nun weiß oder nicht.

ungezähmt

RENEE ROSE: HOLEN SIE SICH IHR KOSTENLOSES BUCH!

Tragen Sie sich in meine E-Mail Liste ein, um als erstes von Neuerscheinungen, kostenlosen Büchern, Sonderpreisen und anderen Zugaben zu erfahren.

https://www.subscribepage.com/mafiadaddy_de

BÜCHER VON RENEE ROSE

Zandianische Bräute

Eine Nach md den Zandianern

Von den Zandianern gekauft

Von den Zandianer beherrscht

Das Licht der Zandianer

Festgehalten vom Zandianer

Vom Zandianer beansprucht

Vom Zandianer gestohlen

Vom Zandianer gerettet

Die Meister von Zandia

Seine irdische Dienerin

Seine irdische Gefangene

Seine irdische Gefährtin

Seine irdische Rebellin

Seine irdische Frau

Ihr Gefährte und Meister

Zandianisches Haustier

Sein irdischer Besitz

Bad Boy Alphas

Alphas Versuchung

Alphas Gefahr

Alphas Preis

Alphas Herausforderung

Alphas Besessenheit

Alphas Verlangen

Alphas Krieg

Alphas Aufgabe

Alphas Fluch

Alphas Geheimnis

Alphas Beute

Alphas Blut

Alphas Sonne

Alphas Mond

Alphas Schwur

Alphas Rache

Alphas Feuer

Alphas Rettung

Alphas Befehl

The Werewolves of Wall Street Serie

Der große böse Boss: Mitternacht

Der große böse Boss: Mondverrückt

Der große böse Boss: Markiert

Der große böse Boss: Miteinander

Bad Boy Bears Serie

Alphas Anspruch

Wolf Ridge High

Alpha Bully

Alpha Knight

Step Alpha

Alpha King

Alpha Varsity

Wolf Ranch

ungebärdig - Buch 0 (gratis)

ungezähmt

ungestüm

ungezügelt

unzivilisiert

ungebremst

unbändig

unkontrolliert

Two Marks

ungebärdig - Buch 1 (gratis)

versucht

Begehrt

verzaubert

Alpha Doms (DE)

Das Begehren des Alphas

Die Strafe des Alphas

Das Versprechen des Alphas

Der Schutz des Alphas

Mitternacht Doms

Alphas Blut von Renee Rose & Lee Savino

Seine gefangene Sterbliche von Renee Rose & Lee Savino

Chicago Bratwa

Der Direktor

Gefährliches Vorspiel

Der Mittelsmann

Bessessen

Der Vollstrecker

Der Soldat

Der Hacker

Der Buchmacher

Der Reiniger

Der Torwächter

Unterwelt von Las Vegas

King of Diamonds

Mafia Daddy

Jack of Spades

Ace of Hearts

Joker's Wild

His Queen of Clubs

Dead Man's Hand

Wild Card

Mafia Männer Reihe

Reiz mich nicht

Verführe mich nicht

Zwing mich nicht

Mountain Men

Held

Rebell

Krieger

Sündhaftes Chicago

Sündenpfuhl

Verwurzelt in Sünde

Master Me

ÜBER DIE AUTORIN

USA TODAY Bestseller-Autorin RENEE ROSE liebt dominante, verbalerotische Alpha-Helden! Sie hat bereits über eine halbe Million Exemplare ihrer erotischen Liebesromane mit unterschiedlichen Abstufungen verruchter sexueller Vorlieben und Erotik verkauft. Ihre Bücher wurden außerdem in *USA Todays Happily Ever After* und *Popsugar* vorgestellt. 2013 wurde sie von *Eroticon USA* zum nächsten *Top Erotic Author* ernannt und freut sich ebenfalls über die Auszeichnungen Spunky and Sassy's *Favorite Sci-Fi and Anthology Autor*, The Romance Reviews *Best Historical Romance* und Spanking Romance Reviews *Best Sci-fi, Paranormal, Historical, Erotic, Ageplay and Couple Author*. Bereits fünfmal gelang ihr eine Platzierung in der USA-Today-Bestsellerliste mit verschiedenen literarischen Werken.

Besuchen Sie ihren Blog unter www.reneeroseromance.com

ÜBER DIE AUTORIN

Über Rebel West / Alexis Alvarez

Alexis Alvarez – Autorin erotischer Belletristik und heißer, zeitgenössischer Liebesromane. Ihre Werke handeln von starken, intelligenten, frechen Heldinnen und den Männern, die ihre Liebe verdienen.

Mehr über ihre Arbeit findest du auf ihrer Webseite www.graffitifiction.com, auf der sie und ihre beiden Schwestern – die ebenfalls Romanautorinnen sind – über ihre Bücher bloggen.

Alexis ist nicht nur Romanautorin, sondern auch Fotografin und Digital Designer. Am liebsten verbringt sie Zeit mit ihrer Familie, sie liebt es zu reisen und wirklich unanständige Witze zu machen.